Klaus Uhlenbrock · Nur ein Spiel

Klaus Uhlenbrock

Nur ein Spiel

Ein Münsterland-Krimi

Tecklenborg Verlag

Der Autor:
KLAUS UHLENBROCK, geboren 1964 in Steinfurt-Borghorst/Westf., machte 1986 in Münster sein Examen als Kinderkrankenpfleger und arbeitet in der Dialyse-Abteilung eines Krankenhauses.
Anfang der 80er-Jahre begann er zu schreiben. Seit 1997 erschienen seine ersten Kriminalromane, denen weitere Regionalkrimis aus dem Münsterland folgten. Seit 2002 arbeitet er darüber hinaus an einigen Hörspielen sowie Drehbüchern und schrieb mehrere Theaterstücke. Klaus Uhlenbrock ist verheiratet, hat zwei Kinder und lebt in Steinfurt.
Weitere Informationen finden Sie unter www.uhlenkrimi.de

Impressum

Das Papier wurde aus chlorfrei gebeichtem Zellstoff hergestellt

Die Deutsche Bibliothek - CIP-Einheitsaufnahme

Nur ein Spiel
Klaus Uhlenbrock - Steinfurt, Tecklenborg Verlag 2010
ISBN: 978-3-939172-64-2
NE: Uhlenbrock, Klaus
1. Auflage 2010

Printed in Germany
Druckhaus Tecklenborg, Steinfurt

ISBN: 978-3-939172-64-2

Prolog

Region Sölvesborg, Süd-Schweden

Zweimal, hatte er gesagt. Zweimal, nicht dreimal. Wie oft hatte Pastor Erikson es betont. Ein Weihrauchfass war keine Wasserflasche, die man so oft hin- und herschütteln durfte, wie man wollte. Ole Johansson war gerade mal ein halbes Jahr Messdiener und hatte zum ersten Mal die Ehre gehabt, der Thuriferar, der Ministrant, der den Weihrauch-Behälter schwenken darf, zu sein. Und dann das! Solch ein Donnerwetter nach der Messe. Ob der liebe Gott die Worte des Pastors auch gehört hatte? Wie würde ER das finden, dass sein Vertreter wegen dieser, in Oles Augen, Lappalie solchen Wirbel machte? Zum Glück war das scheinbare Unglück den meisten der Kirchenbesucher nicht aufgefallen. Aber einem war es nun mal ein Dorn im Auge gewesen und das war entscheidend.

Der Bus hatte Ole vom Bosjökloster aus kurz hinter der Abfahrt nach Västanå herausgelassen. Vom Ivosjön-See her wehte ihm ein kühler Wind entgegen, als er sich anschickte, den letzten Kilometer nach Näsum anzutreten. In diesem Jahr war es an Ostern noch bitterkalt, ein Umstand, der ihn eigentlich hätte schneller laufen lassen müssen. Doch die Worte des Geistlichen in seinen Ohren hielten ihn davon ab, seinem Zuhause entgegenzustreben. Er konnte sich ausmalen, was seine Eltern, die nicht in der Messe gewesen waren, dazu sagen würden, wenn er ihnen von seinem Missgeschick erzählte.

Ole steckte die Hände in seine Hosentaschen und kickte missmutig einen Stein vom Feldweg. Es war nicht mehr weit bis nach Näsum, die Kirchenspitze konnte er bereits sehen, trotz der zahlreichen Bäume, die ihm die Sicht versperrten.

In einem Baumwipfel raschelte es, und wenig später flog nur wenige Meter von ihm entfernt ein Eichelhäher über den schmalen Pfad. Ole lächelte. Der Vogel war ein Zeichen, *sein* Zeichen. Eichelhäher waren für ihn immer schon der Inbegriff von Freude und Glück gewesen. Vielleicht waren es die bunten Farben, die den Vogel so lustig aussehen ließen und ihn an Clowns erinnerten, mit denen er seit frühester Kindheit Spaß und Unbeschwertheit verband.

Nach ein paar weiteren Metern und einer Kurve des Feldweges war der Gedanke an den Eichelhäher allerdings wie weggeflogen. Ein Polizeiwagen versperrte ihm den Weg. Ole blieb gebannt stehen, starrte mit offenem Mund auf die Szene, die sich ihm etwas abseits im Wald bot.

Hinter einer Absperrung aus flatternden Bändern liefen mehrere Uniformierte herum. Auch ganz in Weiß gekleidete Personen waren darunter. Sie machten allem Anschein nach Fotos, hier und da mit Blitzlicht. Das eigentlich Seltsame dabei war aber der große Lastwagen, den jemand fast achtlos mitten im Wald geparkt hatte. Die dunkle Schrift auf dem zerkratzten Lack konnte Ole zwar lesen, aber nicht verstehen. „Raum-Fahrt", darunter eine Adresse, die nicht aus Schweden zu stammen schien. Hinter dem LKW hatte man Schränke, Stühle und einen Tisch aufgebaut. Fast sah es so aus, als würden die Männer und Frauen eine Kulisse mitten im Wald aufbauen. Waren sie etwa vom schwedischen Fernsehen und wollten hier im Västanåberget einen Film drehen? Wenn er das seinen Eltern erzählen würde, die würden staunen!

Doch der Blick auf die Polizeibeamten ließ die aufkeimende

Sensationslust schnell verschwinden. Und als einer der in blau gekleideten Männer missmutig auf ihn zustapfte, erstarb auch der letzte Funke von möglichen Dreharbeiten in seinem Kopf.

„Verschwinde, Kleiner“, rief die Person schon von weitem.

Ole blieb trotz des Aufrufs wie angewurzelt stehen und sah dem Polizisten, der ihn soeben erreicht hatte und an den Armen packte, ängstlich ins Gesicht. Böse sah er nicht aus, aber Ole ahnte, dass es besser sein würde, den Worten des Mannes zu gehorchen.

„Geh weiter“, riet er ihm und schob ihn am Polizeiwagen vorbei. „Hier gibt es nichts für kleine Jungs wie dich zu sehen.“

„Was ist denn los?“, wagte Ole dennoch zu fragen.

„Nichts, was dich interessieren müsste.“

„Aber …“

„Kein Aber!“, unterbrach ihn der Mann, ehe er sich herabließ, sich in Oles Augenhöhe zu knien.

„Hör mal“, fuhr er eindringlich fort, „du hast nichts gesehen, ist das klar? Und wenn in der nächsten halben Stunde einer aus deiner Verwandtschaft oder irgendwelche Freunde von dir hier auftauchen sollten, werde ich nach dir suchen und dich aufs Revier mitnehmen. Hast du das verstanden?“

Ole nickte.

„Gut.“

Der Polizist stand wieder auf und gab ihm einen Klaps auf den Rücken.

„Und nun sieh zu, dass du weiterkommst“, riet er und schubste ihn Richtung Näsum.

Ole gehorchte mechanisch und lief weiter, ohne sich umzudrehen. Erst an der nächsten Gabelung blieb er kurz stehen und blickte zurück. Der Polizist war zu seinen Kollegen in den

Wald gegangen. Sie waren immer noch sehr beschäftigt, wie es schien. Eine junge Frau sah ihm hinterher. Ole dachte an die Worte des Mannes. Kein Wort, keine Geschichte, alles vergessen. Durfte er wirklich gar nichts über den komischen Lastwagen mitten im Wald erzählen? Für einen Moment war er sich nicht sicher, aber dieser Polizist würde ihn bestimmt finden. Daher war es besser, zu Hause nichts zu erwähnen.

Der kühle Wind vom Ivosjön wurde stärker und blies ihm Waldgerüche ins Gesicht. Als er sich umwandte, fiel sein Blick auf ein Foto, das in einem Brombeergebüsch hängen geblieben war. Eine Windböe riss am Papier und ließ es flattern. Ole nahm es an sich.

Mehrere Personen waren darauf zu erkennen. Drei Männer und eine Frau, die lachend in die Kameralinse schauten. Mit einem Mal lief Ole ein kalter Schauer über den Rücken. Einen der Männer erkannte er wieder. Er hatte ihn vor ein paar Tagen in Näsum gesehen. Er war sich ganz sicher. So sicher, dass er fast zurück zu dem Polizisten gegangen wäre ... aber er ging nicht.

Kein Wort, keine Geschichte, alles vergessen.

Er steckte die Fotografie in seine Jackentasche.

Ein letzter Blick auf den Lastwagen, auf die Aufschrift „Raum-Fahrt“ und die seltsam anmutende Adresse darunter.

Als Ole seinen Weg fortsetzte, ging ihm eines der Wörter nicht mehr aus dem Sinn. Steinfurt, seltsamer Name.

I.

Das Licht der Kerzen warf unruhige Schatten an die hellen Fliesen des Badezimmers. Hin und wieder bewegte sich eine der gelblichen Flammen, als würde sie eine unsichtbare Gestalt mit seiner Aura streifen. Dann kroch ein Frösteln über Paulas unbedeckte Haut, trotz des warmen Schaumbads, in dem sie lag, und ließ sie für Momente den Atem anhalten, um zu lauschen. Aber sie vernahm keine Stimme oder einen anderen Laut, der sie beunruhigen müsste.

Mehrere dutzend der Wachslichter hatte sie in der Wohnung zusammengetragen und entzündet, bevor sie Wasser einließ und versuchte, in der Wanne Entspannung zu finden. Doch zu kurz schien die Zeit zu sein, seit sich der Vorfall zugetragen hatte, als dass sie durch diese Art der Muße Trost finden würde.

Drei Wochen war es her, genau genommen zwanzig Tage. Eine Zeitspanne, in der sie unbewusst gelernt hatte, Scharlatane und Wichtigtuer von den durchaus notwendigen Menschen in ihrem Leben zu unterscheiden. Zurück blieben Narben auf ihrer Seele, die sie einsamer und angreifbarer gemacht hatten.

David hätte es nicht verstanden.

An manchen Tagen war der Schmerz auszuhalten. Dann konnte sie die medikamentöse Betäubung herunterschrauben und damit die Nebenwirkungen auf ein erträgliches Schwindelgefühl herabsenken.

Dann aber kamen wieder die Stunden und Tage, in denen sie die Wucht der Ereignisse aus den vergangenen Wochen wie

Hammerschläge trafen und sie die Dosis ihrer Psychopharmaka erhöhen musste. Albträume und nebulöse Bilder waren das Nebenprodukt, ließen kaum Platz zum Atmen, bis die einsetzende Wirkung der Präparate ihre Gefühle dämpften.

Es war mehr als ein Schock gewesen, keine Frage. Jede ihrer Freundinnen wiederholte sich in ihren Beteuerungen, wie sehr sie Davids schrecklicher Unfalltod getroffen hatte; dass sie Paula verstehen konnten und ihr alle nur erdenkliche Hilfe und Ratschläge zuteil kommen lassen würden. Letztlich blieben unter dem Strich aber nur freundlich gemeinte Andeutungen von Personen, die sich in Rauch auflösten, sobald man sie zu sehr damit bedrängte, Wort zu halten.

Paula hatte es bald herausgefunden, und es war ein Grund mehr, warum sie sich in ihr neues Zuhause verkroch.

Das einzige Indiz, wie der Unfall zustande gekommen sein konnte, waren die Rehhaare an der vorderen Stoßstange, die sich beim Aufprall vom Wagen gelöst hatte. David musste das Tier gestreift haben und dann frontal vor einen Baum gefahren sein. Als der Motor angefangen hatte zu brennen und der Benzintank in die Luft flog, hatte er keine Chance, dem Inferno zu entkommen. In der Gerichtsmedizin war er nur noch anhand seiner Zahnbrücke zu identifizieren gewesen. Nicht einmal Gen-Material konnte man gewinnen.

Das schlimmste für Paula aber war die Situation jener Nacht, in der David den Tod fand. Wie unwirklich hatte das Telefonat mit ihm geklungen. Beschwingt hatte er am Handy gewirkt, betont, dass er jeden Augenblick zu Hause sein würde. Hatte sich aufs Essen gefreut, gedanklich schon den köstlichen Wein gelobt, den sie zusammen trinken wollten, Paula von seinem

Wunsch vorgeschwärmt, seiner kleinen Tochter Vicky im Arm haltend eine Geschichte vorzulesen.

Dann war das Gespräch abgerissen und Davids existente Gegenwart aus Paulas Leben verschwunden.

Einfach so.

Die Weinflasche hatte noch Tage später unberührt auf dem Esstisch gestanden. Als Paula den Inhalt irgendwann in die Spüle goss, roch er faulig und schal.

Bestimmung, hätte es David beschrieben. Er war nicht religiös im eigentlichen Sinn. Sein spiritistisches Interesse galt jeder Religion, aus denen er das Beste für sich ziehen konnte. Etwas Buddhismus hier, etwas germanische Mythologie da, und ein wenig Katholizismus, wenn er es gebrauchen konnte. Eigentlich aber brauchte er nur wenig Glauben, um sein Leben zu leben. Ihm reichte die Begeisterung, am Leben zu sein.

Die Wucht der Detonation hatte nicht nur seinen Wagen zerrissen, sondern auch Paulas bisheriges Dasein zerstört. Ein Teil von ihr war mit David gestorben. Nichts würde mehr so sein wie zuvor. Gar nichts. Was blieb, war eine Eiseskälte, die wehtat.

Das war jetzt drei Wochen her, genau genommen zwanzig Tage.

Der einundzwanzigste startete sonnig.

II.

Sie hatte begonnen, ihren Alltag neu zu sortieren. Rudimentär zwar, aber der Anfang war seit ein paar Tagen gemacht. Eine große Hilfe war dabei ihre Freundin Katharina, Rini genannt. Schon als es vor einem Jahr darum ging, dieses Haus zu finden, hatte sie sich ins Zeug gelegt und das Anwesen für David und Paula entdeckt. Ganz am Rand des kleinen Dorfes Darup, und doch nicht weit vom Dorfkern entfernt. Fünf Zimmer, Küche, Bad, mit Keller und Dachgeschoss, dazu eine Terrasse und eintausend Quadratmeter Umschwung, wie es der Makler beschrieb.

Die beiden hatten sich sofort in das Anwesen verliebt. Nicht nur, weil es einen alten Baumbestand gab, der Paula besonders gut gefiel, sondern weil das Angebot finanziell zu tragen war. David hatte zu dem Zeitpunkt eine feste Stelle als Berichterstatter bei einer Zeitung in Münster und musste sich nicht um seinen Job sorgen. Zudem verdiente er als freier Journalist für verschiedene Fachzeitschriften nebenbei genug Geld, war allerdings für seine Reportagen auch viel im Ausland unterwegs. Paula hatte sich daran gewöhnt, brachten seine Reisen doch hin und wieder etwas Neues in ihr Leben, immer dann, wenn es begann, trist zu werden. Noch war Vicky in dem Alter, in dem man sie für ein paar Tage aus dem Kinderhort nehmen konnte, um den *Rasenden Reporter*, wie Paula David gerne betitelte, zu begleiten. So kam es, dass sie seit ihrem Umzug nach Darup in vielen europäischen Ländern Urlaub machen konnten, ohne sich voneinander entfernen zu müssen. Ein Punkt, den sowohl David wie auch Paula genoss.

Eigentlich hätte es bis an ihr Lebensende so weitergehen können.

Bis zu jenem Abend, der sie beide aus der Umlaufbahn geworfen hatte.

An diesem einundzwanzigsten Tag nach Davids Unfall hatte Paula Vicky früh in den Kindergarten gebracht, um dann in Ruhe ein paar Dinge regeln zu können. Gegen Mittag öffnete sie die Tür zur Veranda und ließ den lauen Wärmehauch des beginnenden Frühlings herein, als Rini anrief. Daraufhin machte sie es sich mit dem schnurlosen Telefon und einer Tasse Kaffee auf ihrem Sofa gemütlich und lauschte nebenbei der Natur vor ihrer Terrassentür. Gespräche mit Rini dauerten erfahrungsgemäß einige Stunden, auch wenn es zumeist keinen triftigen Grund gab, warum einer den anderen anrief.

„Ach, Liebes", sagte Rini gerade, „du musst mal wieder ausgehen. Schoppen oder in einen Biergarten. Du sitzt jetzt seit drei Wochen ununterbrochen alleine mit Vicky zu Hause."

„Ich kann nicht, Rini", antwortete Paula verlegen und ließ ihren Blick über die kleine Rasenfläche vor der Terrasse streifen. Eine Elster hatte sich neugierig auf dem gepflasterten Sitzplatz niedergelassen und sah keck zu ihr ins Wohnzimmer. Bei ihrem Anblick musste sie lächeln.

„Du sagst es ja selber, ich habe Vicky."

Paula hörte Rini ausatmen.

„Aber für einmal kannst du dir doch ein Kindermädchen leisten", konterte Rini und fügte eifrig hinzu: „Du, meine kleine Nichte macht das gerne."

„Wie alt ist denn deine kleine Nichte?"

„Dreizehn. Man kann sich wirklich auf Louisa verlassen",

sagte Rini, begeistert über ihren Einfall. „Ich kann sie fragen, wenn du willst."

Paula zögerte. Dann antwortete sie gedehnt: „Vielleicht."

„Ach, was!" Rinis Stimme klang unnachgiebig. „Ich frage sie, gleich heute Nachmittag, wenn sie aus der Schule wieder da ist. Und morgen gehen wir beide in Münster einkaufen."

„Ich weiß nicht so recht." Paula suchte nach einem Grund, um ihrer Freundin eine Absage erteilen zu können, aber die schien sie ohnehin nicht zuzulassen.

„Papperlapapp! Du wirst sehen, Louisa ist herzensgut. Die erobert deine kleine Tochter im Sturm."

Paula konnte sich ein erneutes Lächeln nicht verkneifen.

„Na, von mir aus", gab sie endlich nach. „Vielleicht hast du Recht, und ich muss hier wirklich mal raus."

„Natürlich hab ich Recht. Deine Wände haben bestimmt schon Brandlöcher, weil du sie zu lange angestarrt hast, stimmt's?"

„Ich hab Bilder drüber gehängt", konterte Paula scherzend. Sie hörte ihre Freundin am anderen Ende kichern.

„Ja, ist klar. Also, dann ist es abgemacht", entschied Rini resolut. „Morgen um ein Uhr hole ich dich ab und wir fahren zusammen nach Münster. Ich berate dich beim Klamottenkauf, für dich natürlich kostenlos", fügte sie dienernd hinzu.

„Aber einen Kaffee darf ich dir schon ausgeben, oder?", hakte Paula, erneut feixend, nach, als es in ihrem Hörer *anklopfte*.

„Du, da versucht gerade jemand mich zu erreichen", sagte sie schnell.

„Erwartest du denn noch einen Anruf außer von mir?", fragte Rini weiterhin erheitert.

„Nein, eigentlich nicht. Könnte aber trotzdem wichtig sein."

„Versteh schon." Ihre Gesprächspartnerin räusperte sich vernehmlich. „Also, dann bis morgen um eins. Ich hol dich ab und bring Louisa mit."

Paula seufzte lächelnd. „Ich warte auf euch. Bis dann."

„Ciao Bella", ertönte es noch, ehe Paula den Anruf ihrer Freundin beendete.

Das Klopfen wurde zu einem normalen Klingelton. Paula zählte innerlich bis drei, ehe sie den Ruf entgegennahm.

„Leander am Apparat", meldete sie sich deutlich und lauschte dann.

Zunächst war nur ein kurzes Atmen zu hören, als zögere der Anrufer. Dann aber erklang eine leicht kratzige Männerstimme, gefolgt von einem unterdrückten Räuspern.

„Äh, Frau *Paula* Leander?"

„Ja", gab Paula zurück und nippte an ihrer Kaffeetasse. Der Inhalt war kalt geworden, was oft eintrat, wenn sie mit Rini telefonierte.

Sie stand auf, um sich eine neue Tasse Kaffee zu machen. Während sie in Richtung Küche schritt und den Rest in die Spüle goss, hakte sie nach: „Und wer sind Sie?"

„Ich …", der Mann schien zu zögern, dann erklärte er mit festerer Stimme: „Mein Name ist Walter Behrendt. Ich bin Leiter eines Altenheims in der Nähe von Nottuln."

Er stockte erneut.

„Mm, ich weiß nicht so recht, wo ich anfangen soll, Frau Leander", fügte er letztlich hinzu.

Paula entrang sich ein Lächeln und wandte sich der Kaffeemaschine zu.

„Ich gehe mal davon aus, dass Sie mir kein Zimmer in Ihrem Heim anbieten wollen, oder?", scherzte sie spöttisch.

Das vernehmliche Geräusch mahlender Bohnen überlagerte für einen Moment das Gespräch mit ihrem Anrufer. Als sie ihn wieder hören konnte, wirkte er noch eine Spur unsicherer.

„Nein, eigentlich nicht, Frau Leander. Ich betreue hier sehr viele alte Menschen, von denen einige an Demenz leiden."

„Hoffentlich hat es bei dir nicht schon abgefärbt", dachte Paula missmutig und überlegte, was der Mann eigentlich von ihr wollte.

„Und ich habe hier eine Bewohnerin", fügte der Leiter hinzu, ehe sie eine Zwischenfrage stellen konnte, „die Sie gerne kennen lernen würde."

Ihr stockte für einen Moment die Sprache.

„Sind Sie sicher, dass Sie die richtige Leander am Apparat haben?"

„Sie sind doch Paula Leander, die vor kurzem ihren Mann verloren hat, oder nicht?", hakte Behrendt nach.

„Ja."

Die Maschine war fertig, und Paula nahm die Tasse an sich. Als sie in Richtung Terrasse schritt, bemerkte sie, wie ihre Hand flüchtig zu zittern begann.

„Dann bin ich mit der richtigen Leander verbunden." Behrendt räusperte sich erneut und fügte eilig hinzu: „Ich weiß, es hört sich seltsam an. Frau Modritz, so heißt sie, hat an einigen Tagen sehr klare Momente, trotz ihrer fortschreitenden Demenz. Und sie redet in diesen Momenten sehr viel über Sie."

„Über mich? Aber, ich kenne die Frau doch gar nicht?", entfuhr es Paula verlegen.

Sie war soeben in den lichten Schatten der Terrasse eingetaucht und ließ sich in einen der Gartenstühle sinken.

„Ich bin mir wirklich nicht sicher, wie ich Ihnen helfen kann,

Herr Behrendt …"

Behrendt unterbrach sie. „Wie gesagt, ich weiß, es hört sich seltsam an."

„Und was will diese Frau Morlitz …?"

„Modritz", unterbrach sie ihr Gesprächspartner. „Sie heißt Jelena Modritz."

„Von mir aus Modritz", fuhr Paula gereizter fort. „Da ich nicht an Demenz leide, würde ich mich an den Namen erinnern können, wenn ich ihn bereits früher einmal gehört hätte, Herr Behrendt."

„Ja, das habe ich ihr auch gesagt", antwortete der Altenheimleiter. „Aber ich kann Ihnen auch nur das wiedergeben, was sie mir aufgetragen hat. Und sie drängt mich seit Tagen, dass ich Sie unbedingt anrufen soll, um Ihnen den Wunsch eines Treffens auszurichten. Falls Sie natürlich absolut nicht wollen, kann ich das verstehen, aber …"

Behrendt ließ seinen Satz unvollendet und schien nun zu warten. Paula überlegte fieberhaft, was sie antworten sollte, ohne allzu schroff zu wirken. Irgendwann nickte sie unmerklich.

„Ich werde es mir überlegen", sagte sie zögernd. „Geben Sie mir einfach Ihre Telefonnummer, ich melde mich dann bei Ihnen."

„Das wäre nett."

Fast schien es ihr, als atme der Mann zufrieden auf. Als er ihr seine Nummer gab, die sie auf einer Ecke ihrer Tageszeitung mitschrieb, wirkte er wie befreit. Dann verabschiedete er sich freundlich und beendete das Gespräch, ohne den Wunsch seiner Altenheimbewohnerin noch einmal zu wiederholen.

Minuten später saß Paula noch immer in ihrem Stuhl und starrte auf die Telefonnummer, während das anhaltende

Singen der Vögel um sie herum kaum merklich zunahm. Der Atem der Natur begann von Tag zu Tag lauter zu werden. Jetzt, Ende April, verschwanden endlich die letzten Gespenster des frostigen Winters und machten neuen Gefühlen Platz, die wie Knospen auszutreiben begannen.

Es wurde Zeit, dass sie Vicky aus dem Kindergarten abholte.

Natürlich hatte sie viel zu erzählen. Vicky hatte immer viel zu erzählen, wenn Paula sie aus dem Hort abholte. Heute schien es aber noch mehr als sonst und um Nuancen wichtiger für das kleine Mädchen zu sein. Sie plapperte ohne Unterbrechung im Fond des Wagens, berichtete über alle erdenklichen Winkelzüge ihres abwechslungsreichen Morgens und bedachte Paula zusätzlich noch mit Anekdoten ihrer Freundinnen und Freunde, die ihre Mutter mehr als erheiterten. Paula wusste, dass die meisten Geschichten aufgebauscht und durch Vickys blühende Kinderfantasie künstlich ausgedehnt wurden, doch sie ließ ihre Tochter nur allzu gern wissen, dass alles, was sie erlebte, für sie von größtem Interesse war.

Vicky war jetzt sechs; im Sommer würde sie in die Schule kommen. Trotzdem wirkte sie für ihr Alter eher zart und fast schmächtig. Die dünnen, flachsfarbenen Haare und die blassblauen Augen taten ein Übriges, um sie noch jünger erscheinen zu lassen.

„Die Haare und die Augenfarbe hat sie eindeutig von mir", hatte David immer betont, und Paula hatte ihm insgeheim Recht gegeben. Sie selber war mit einer wüsten, braunen, kaum zu bändigenden Mähne bedacht worden, die selbst bei regnerischem Wetter nicht aus der Fassung zu bringen war. Dazu besaß sie von Natur aus rehbraune Augen und einen dunklen Teint, der ihrem Äußeren etwas Ausländisches verlieh. Sie erinnerte sich nur allzu gerne an die vielen Erzählungen ihres Vaters über die arabischen Vorfahren, die sie zwar nie kennen, aber doch schätzen gelernt hatte. Angeblich war ihr Urgroßvater sogar einer der Begleiter von August Macke und Paul Klee auf deren Tunisreise gewesen. Das war allerdings so lange her und nicht wirklich durch Urkunden belegbar, dass es selbst ihr Vater nur mit einer vagen Gewissheit beglaubigen konnte.

Als sie die Wohnung betrat, blinkte der Anrufbeantworter. Vicky verschwand direkt in ihrem Zimmer, und Paula hörte wenig später, wie sie ihre Lieblingspuppe ebenfalls mit ihren Erlebnissen des Tages überfiel. Sie lächelte dankbar, dass wenigstens ihre Tochter den Tod des Vaters einigermaßen überwunden zu haben schien. Sie wusste, dass es bei ihr noch Monate dauern würde, bis man von einer Trauerbewältigung sprechen konnte.

Aus dem Lautsprecher des ABs erklang die Stimme von Werner Herzog, Davids langjährigem Arbeitgeber. Sein kräftiger Bass hatte immer wieder etwas Wohltuendes für Paula. Als sie in die Küche schritt, um den Einkauf in die Schränke zu räumen, sprach er im Hintergrund über den Job, den er ihr angeboten hatte. Davids Stelle in abgespeckter Form. Nur vormittags, wenn Vicky im Hort war; ohne Feiertage und Wochenenden, und das zu einem wirklich angemessenen Gehalt. Paula hatte innerlich bereits angenommen, doch noch keine Zeit gefunden, um ihm ihre Entscheidung mitzuteilen. Schade, dass sie seinen Anruf an diesem Tag verpasst hatte. Sie sah kurz auf die Küchenuhr; fünf nach drei. Er hatte sein Büro sicherlich bereits verlassen. Aber Morgen war ja auch noch ein Tag. Vielleicht sollte sie ihren Ausflug mit Rini in Münster nutzen, um bei ihm vorbeizuschauen und persönlich zuzusagen.

Aus dem Kinderzimmer erklang ein lautes Poltern. Paula hielt erschrocken inne, aber Vicky blieb ruhig.

„Alles in Ordnung, Liebes?“, rief sie mit klopfendem Herzen.

„Ja, Mama! Die doofe Mecki hat nur das Puppenhaus umgeschmissen!“, erklang es zurück, und Vickys künstlich aufgeregte Stimme ließ Paula aufatmen.

Seit dem Unfall von David stockte ihr jedes Mal der Atem, wenn ihre Tochter abseits ihres Sichtbereiches lauter als gewöhnlich spielte.

„Dann sag deiner doofen Puppe, sie soll das demnächst lassen!“, rief sie zurück und wusch einen Apfel unter dem Wasserkran ab.

„Ich sag es ihr!“, erklang erneut Vickys Stimme, diesmal heiterer, bevor es wieder ruhig im Haus wurde.

Paula nahm den Apfel und schlenderte hinaus in den Garten. Ihr fielen ein paar Unkräuter auf, die sich im Rosenbeet, das an die Terrasse grenzte, breit gemacht hatten. Sie nahm sich vor, sie am kommenden Tag auszuzupfen. Jetzt war ihr nach etwas Ruhe und der Tageszeitung, dessen komplette Lektüre sie am Vormittag nicht geschafft hatte.

Den Lokalteil von Darup überflog sie, er war, seit sie hier wohnten, redaktionell noch nie wirklich gut gelungen. Ein kurzer Blick auf den Sportteil; der FC Darup hielt sich tapfer in der Bezirksliga, dann stieß sie auf die wirklich interessanten Seiten mit dem Kulturteil darin. Ein Ressort, für das sie, wenn alles gut ging, bald zuständig sein würde.

Nach etwa fünf Minuten wurde sie von Vicky unterbrochen. Das Mädchen mühte sich mit einem Teller, Butterbroten und einem Glas Marmelade ab und erreichte um Haaresbreite den

Gartentisch, ehe ihr das Glas auf den Boden fallen konnte.

„Was gibt das denn?", fragte Paula amüsiert.

„Mecki und ich haben Hunger", antwortete Vicky ernst, setzte ihre Puppe auf den Tisch und strich fast im gleichen Moment Butter auf ihr Brot. Als sie zum Marmeladenglas griff, stoppte Paula sie.

„Warte", entfuhr es ihr impulsiv, „das Glas hab ich gestern erst eingekauft. Du wirst es nicht aufbekommen."

Paula hielt staunend in ihrer Bewegung inne, als sie bemerkte, mit welcher Leichtigkeit ihre Tochter den Deckel abschrauben konnte.

„Hast du Zauberkraft gefrühstückt?", fragte sie.

Vicky sah sie verständnislos an.

„Nein", antwortete sie ernst. „Wieso?"

„Weil du das Glas so einfach los bekommst."

„Aber, Mama, ich bin doch kein kleines Kind mehr!"

Das Mädchen verdrehte die Augen, bevor sie ihr Messer fast bis zum Griff in die Marmelade eintauchte. Als sie es viel zu heftig wieder herauszog, schwappte ein halbes Pfund Konfitüre mit heraus und blieb auf der Titelseite der Zeitung hängen, von wo aus es in klebrigen Brocken gen Erdboden fiel.

„Ach, Vicky!", entfuhr es Paula aufgebracht und zog die Zeitung zur Seite. „Kannst du denn nicht aufpassen?!"

Aber ihre Tochter war bereits auf dem Weg zur Küche.

„Ich hol einen Lappen!", hörte Paula sie noch rufen, bevor etwas anderes ihre Aufmerksamkeit auf sich lenkte und sie verwirrt innehalten ließ.

Von der Zeitungseite, genau dort, wo sie die Telefonnummer des Altenheims notiert hatte, fehlte ein Streifen! Hatte sie selber das Stück am Mittag abgerissen und konnte sich jetzt nur nicht mehr daran erinnern?

Ja, so musste es wohl sein.

III.

Sie fand den kleinen Papierschnipsel hinten in der Küche unter einem Magneten an der Pinnwand, neben den Zeichnungen ihrer Tochter. Wie er dahin gekommen war, konnte sie allerdings nicht mehr nachvollziehen. Zuletzt schob sie es auf ihre Schusseligkeit, die sie hin und wieder ereilte. In letzter Zeit war ihr alles zuviel geworden. Das Haus, ihre Tochter, sich um alles selber kümmern zu müssen und vor allem der Tod von David. Die Tage danach waren mit dermaßen vielen Dingen angefüllt gewesen, dass sie Nebensächlichkeiten kaum mehr wahrgenommen hatte.

Und der Anruf dieses Herrn Behrendt schien Letzteres zu sein.

Vicky hatte sich am Nachmittag mit einer Freundin aus dem Kindergarten verabredet. Nachdem Paula sie dorthin gebracht hatte, nutzte sie die Gelegenheit, um ein paar Sachen hinsichtlich verschiedener Versicherungen in Münster zu regeln. Aus einem Impuls heraus rief sie danach die Nummer des Altenheims an und verabredete sich mit Walter Behrendt. Er schien mehr als erfreut, dass sie sich so schnell meldete, obschon Paula sich nicht sicher war, dass sie das Richtige tat. Was ging sie eigentlich der Wunsch einer ihr unbekannten Demenzpatientin an?

Sie gab der Frau insgeheim eine halbe Stunde, dann war für sie die Angelegenheit wohl geklärt, hoffte Paula.

Das Heim befand sich gar nicht weit von Darup entfernt,

direkt an der Straße von Nottuln nach Roxel gelegen. Ein geschmackvoller Klinkerbau, der nach reichen Witwen und Ehepaaren im fortgeschrittenen Alter roch, die sich einen erstklassigen Altersruhesitz leisten konnten. Der gepflegte Garten, ein breiter Vorplatz und dezente Sitzgelegenheiten boten den Eindruck einer zwar biederen, aber nichts desto trotz sündhaft teuren Wohnanlage für Rentenempfänger im gehobenen Milieu. Die vielen Nobelkarossen, die den Besucherparkplatz bevölkerten, taten ein Übriges, um das schmucke Anwesen noch weiter aufzuwerten.

Paula parkte ihren zerbeulten Daihatsu neben einem 3er BMW. Als sie abschloss, überfiel sie kurz das Gefühl einer wohltuenden Leere. Zwar kam ihr das Anwesen keineswegs bekannt vor, aber doch irgendwie vertraut, warum auch immer. Sie konnte sich nicht erinnern, je hier gewesen zu sein …

An der Pforte musste sie kurz warten, während der Pförtner, ein freundlicher, älterer Herr mit einem Schnurrbart, Walter Behrendt per Telefon über ihre Anwesenheit informierte. Paula ließ derweil ihren Blick über die bunten Gemälde schweifen, die den lichtdurchfluteten Eingangsbereich umrahmten. Aber schon nach einer Minute faszinierte sie der Anblick einiger Bewohner, die auf einer leicht abschüssigen, großen Wiese Zerstreuung suchten und die sie durch eine Panoramascheibe aus beobachten konnte. Einige wirkten gedankenverloren, andere wiederum schienen in verschiedenen Beschäftigungen aufzugehen. Mehrere ältere Herren spielten eine Partie Boule, während ihnen ein paar Frauen von einer Bank aus zusahen und hin und wieder aufmunternde Worte zuwarfen, die sie erheiterten. Paula musste lächeln. War es das, was eines Tages auch auf sie zukam? Wenn sie Zuhause nicht mehr gewollt war und ihre Vicky sie in solch eine Einrichtung abschob?

„Frau Leander?“

Paula drehte sich abrupt um. Aber statt wie erwartet in Augenhöhe auf Herrn Behrendt zu treffen, sah sie sich getäuscht. Er war klein, vielleicht eins siebzig. Und sein minimal beharrter Kopf ließ ihn noch winziger erscheinen. Paula selber maß knappe eins achtzig, mit schmalen Beinen und einer etwas fülligeren Hüftregion. Neben ihr wirkten Männer schnell mal schmächtig. Herr Behrendt hingegen wirkte nicht nur schmächtig, sondern verloren.

Er reichte ihr seine Hand zur Begrüßung.

„Walter Behrendt.“

„Angenehm.“ Paula lächelte erneut unbewusst und drückte seine schmalen Finger. „Paula Leander.“

„Ich weiß.“ Behrendt winkte mit einer Hand den Gang hinauf und setzte sich dabei in Bewegung. Sie folgte ihm.

„Tja, Frau Modritz habe ich schon informiert, dass Sie kommen, Frau Leander“, sagte Behrendt und schob seine schmale Brille mit einer nervösen Handbewegung an der Nase hoch. Vorsichtig fuhr er fort: „Ich bin mir allerdings nicht sicher, ob sie heute zugänglich genug für Sie sein wird.“

„Das bedeutet?“, hakte Paula nach.

„Das bedeutet“, erklärte Behrendt, „dass es Frau Modritz seit heute Mittag nicht sehr gut geht. An manchen Tagen geht es einigermaßen, dann aber kommt doch ihre Demenz hervor und gewinnt die Oberhand.“

„Und heute Mittag hat ihre Demenz gewonnen?“

Behrendt stutzte, dann entrang sich ihm ein Lächeln. „Wenn

Sie es so ausdrücken wollen, ja."

Sie erreichten eine gläserne Zwischentür, die Behrendt mit etwas Mühe aufhielt. Paula schlüpfte durch den schmalen Spalt, den er ihr geöffnet hatte und wartete dann, dass er ihr folgte.

„Demenz tritt in Schüben auf", sprach er weiter und wies in Richtung einer Außentür. „Man weiß nie, wann der nächste Schub kommt und wann die noch relativ klaren Momente durchdringen."

„Hören Sie", beeilte sich Paula zu sagen, „wenn ich ungelegen komme, dann …"

„Nein, nein", unterbrach sie Behrendt und blieb stehen. „Das ist es nicht. Wie schon am Telefon gesagt, Jelena wartet auf Sie, das hat sie mehr als einmal betont."

„Aber warum?", entfuhr es Paula. „Ich kenne die Frau doch gar nicht, wie ich ebenfalls schon betonte."

Behrendt nickte unbewusst. Er schien nach einer passenden Erklärung zu suchen.

„Frau Leander", begann er dann. „Jelena hat keine Verwandten, zumindest wissen wir von keinem noch lebenden. Sie stammt, wenn es stimmt, was sie sagt, aus dem Sudetenland und kam Ende des Krieges hierher. Ihr Mann, den sie später kennen gelernt hat, starb vor mindestens zehn Jahren. Kinder hatten sie ebenfalls keine, und bevor man sie vor einem Jahr hierher brachte, lebte sie alleine und zurückgezogen in einer Zweizimmer-Mansarde in Münster-Hiltrup."

Paula runzelte die Stirn.

„Und wer bezahlt ihren Aufenthalt hier?", hakte sie interessiert nach, fügte dann aber schnell hinzu: „Ich meine, allzu billig scheint Ihre Einrichtung nicht zu sein, oder?"

Behrendt lächelte weiterhin und gab seiner Brille mit einer

Handbewegung erneut die Gelegenheit, ihre beharrliche Fliehkraft über seinen Nasenrücken zu beginnen.

„Sie ist nicht arm“, gestand er zurückhaltend. „Und ihr Vormund hat alle Verfügungsgewalt über ihre Konten. Bevor Sie jetzt fragen sollten: Ja, Frau Modritz hat mehrere davon mit verschieden hohen Geldbeträgen, die ihr ein langes Leben bei uns garantieren.“

„Sehr schön.“ Ihr fiel nichts Besseres ein.

„Ob das so schön ist, bezweifele ich“, sagte Behrendt und trat durch die offen stehende, breite Glastür ins Freie. „Einige der Bewohner unserer Einrichtung leben eigentlich nur noch, weil sie Verwandte haben, die sie regelmäßig besuchen. Da nützen auch die besten Geldvorkommen nichts mehr.“

Er schlenderte neben Paula mit auf dem Rücken verschränkten Händen über den breiten Weg aus Natursteinen und sinnierte dabei leise weiter.

„Am Ende aller Tage hat uns der liebe Gott mit Langeweile und einer endlosen Warterei versehen. Die meisten ertragen diese Last, wieder andere versuchen, auszureißen. Und dann gibt es Menschen wie Jelena, die ihr Leben lang vielleicht sogar auf diese Tage gewartet haben. Seltsam, nicht?“

Paula zuckte die Schultern und versuchte, nicht allzu unhöflich zu wirken.

„Herr Behrendt“, sagte sie behutsam, „es ist ja ganz nett, mit Ihnen über die Philosophie des Lebens nachzudenken, aber ich frage mich seit heute Morgen, was Frau Modritz eigentlich von mir will? Hat sie sich Ihnen gegenüber mal dazu geäußert? Kennt sie mich, und wenn ja, woher?“

Behrendt hob die Schultern und seufzte.

„Geäußert hat sie nie etwas. Sie redet allerdings von Natur

aus nicht viel. Selbst die anderen Mitbewohner kommen nicht an sie heran. Das einzige, was ich weiß und was Ihnen weiterhelfen könnte, ist, dass ich Ihren Mann ein paar Mal bei ihr gesehen habe, als er sie besucht hat."

Paula blieb wie angewurzelt stehen, und Behrendt reagierte erst zwei Schritte später. Er drehte sich zu ihr um und blickte sie irritiert an.

„Hat er Ihnen das nie erzählt?", hakte er nach.

Sie schüttelte verwirrt den Kopf. „Nein."

„Hm, seltsam."

„Was wollte er von ihr?", fragte Paula begierig. Sie konnte sich keinen Reim aus der Tatsache machen, dass ihr David eine völlig unbekannte Frau besucht haben sollte.

„Ich hatte angenommen, dass könnten Sie *mir* erklären", gab Behrendt zurück. In seinem Blick lag Neugier, die Paula nicht entging.

„Ehrlich gesagt", begann sie nachdenklich, „David war Journalist. Vielleicht hat er für einen Bericht recherchiert und ist dabei auf Frau Modritz Namen gestoßen."

Behrendt schnalzte kurz mit der Zunge und sah dann hinüber auf eine Gruppe älterer Personen, die an einem Tisch saß und von einer Pflegekraft mit Kaffeetassen versorgt wurde. Leise Gesprächsfetzen, durchsetzt mit Porzellanklirren, drangen zu ihnen hinüber. Er nickte abwesend.

„Könnte sein", gestand er bedächtig. „Aber um was für einen Artikel es sich dabei gehandelt hat, wissen Sie natürlich nicht?!"

Er sah sie wissbegierig an, aber sie schüttelte nur den Kopf.

„Nein, Herr Behrendt", antwortete Paula entschuldigend. „Tut mir leid, David hat mir nie viel von seiner Arbeit erzählt."

„Tja, macht ja nichts“, beendete der Heimleiter das Gespräch. „Ich hatte nur überlegt, vielleicht ist Jelena dadurch auf Ihren Namen gestoßen. Möchten Sie auch einen?“

Paula schreckte aus ihren Gedanken auf und sah Behrendt verständnislos an.

„Was?“

„Einen Kaffee.“ Er wies mit einer Kopfbewegung zu dem Tisch mit der Gruppe älterer Personen hinüber und lächelte dabei. Paula nickte erneut unbewusst.

„Ja, gerne.“

„Gut“, entschied er, „dann führe ich Sie jetzt zu Jelena und lasse Ihnen dann eine Tasse Kaffee bringen. Mit Milch und Zucker?“

Das erste Wort, das Paula einfiel, als sie Jelena Modritz zum ersten Mal sah, war: Falten. Ihr Gesicht war übersät davon. Auch die Hände und die Armregionen, die nicht von der viel zu großen Strickjacke verdeckt wurden, wirkten runzelig und gaben der älteren Dame ein verhutzeltes Aussehen, das durch ihren eingefallenen Körper noch verstärkt wurde. Dass Behrendt ihr Alter *nur* mit fünfundsiebzig angab, mochte Paula im ersten Moment gar nicht glauben. Der Heimleiter drängte sie auf einen der Gartenstühle direkt neben die Frau und versprach, sie wieder dort abzuholen. Danach hatte er Frau Modritz eine Hand auf die Schulter gelegt und ihr Paulas Ankunft mitgeteilt, was sie aber scheinbar nicht zu registrieren schien. Überhaupt wirkte Jelena Modritz, als sei sie in eine andere Sphäre entrückt, weit weg von der normalen Gegenwart, die sich um sie herum abspielte.

„Vielleicht kommt es noch“, hatte Behrendt betont. „Halten

Sie einfach ihre Hand fest.“

Dann war er gegangen und hatte Paula mit einem Gefühl von Hilflosigkeit und unterdrücktem Unbehagen zurückgelassen.

Bisher war es noch nicht gekommen. Paula sah nach einer ihr äußerst lang vorkommenden Zeit auf die Armbanduhr. Die halbe Stunde war längst aufgebraucht. Allein die Tatsache, dass David auch irgendwann hier gesessen hatte, ließ sie dableiben und verschiedenen Gedanken nachgehen.

Was wusste sie eigentlich von ihrem Mann? Von seiner Arbeit scheinbar herzlich wenig. Sie versuchte sich an Gespräche zu erinnern, in denen er von seinen Artikeln für die verschiedenen Zeitungen, für die er arbeitete, gesprochen hatte. Er hatte sie ihr gezeigt, später, als sie gedruckt und erschienen waren. Aber vor dem Erscheinen? Nein, David hatte immer eine große Geheimniskrämerei um sie gemacht, wenn es darum ging, Recherche zu betreiben. Fast wie ein Kind, das ein Geschenk vorbereitete und nicht dabei gestört werden wollte, ehe der große Tag gekommen war, an dem es diese Überraschung mit großem Stolz übergab. Das Kind im Mann: David hatte diese Eigenschaft besessen.

Paula schreckte zusammen, als jemand neben ihr einen Beistelltisch aufbaute und darauf Kaffeegeschirr verteilte. Die Person wirkte im ersten Moment ungewöhnlich groß und stellte sich als Pfleger Hans vor. Das Gesicht des jungen Mannes umrahmte ein gepflegter Vollbart, unter dem sein breites Grinsen kaum zu bemerken war. Nur seine Augen und die belustigte Stimme ließen den Schalk erkennen.

„Ja, unsere Jelena“, sagte er amüsiert und goss wohlduftenden Kaffee aus einer Thermoskanne in Paulas Tasse. „Mal sagt sie nix, dann wieder sprudelt sie wie ein Wasserfall. Und keiner weiß, wann was losgeht."

Er reichte Paula die Tasse und nickte ihr dabei aufmunternd zu.

„Keine Sorge", fügte er hinzu, „die spricht heute noch."

„Sie kennen sie gut, oder?" Paula nahm die Tasse entgegen und nahm einen kleinen Schluck. Er war heiß und mit einem aromatischen Geschmack versehen.

„Wenn man so lange wie ich hier arbeitet", gab der Pfleger zurück und kniff beherzt ein Auge zu, „dann kennt man seine Pappenheimer." Dann stutzte er kurz und fügte ernster hinzu: „Das mit Ihrem Mann tut mir leid. Ich habe von seinem Unfall in der Zeitung gelesen. Mein Beileid, Frau Leander."

Paula sah ihm in die Augen. Er wirkte aufrichtig.

„Danke", sagte sie leise und nahm einen weiteren Schluck Kaffee. „Haben Sie ihn hier kennen gelernt?"

„Flüchtig", antwortet er. „Er bat mich, ein paar Fotos von sich neben Jelena zu machen. Das war's auch schon."

„Ein paar Fotos?" Paula stutzte. „Wissen Sie, warum er die haben wollte?"

Der Pfleger zuckte die Schultern. „Nein, tut mir leid. An den Tagen ging es ihr gut. Die beiden haben sich lange unterhalten, aber worüber, weiß ich nicht, falls Sie mich das fragen wollen."

Paula lächelte. Genau das war ihre Absicht gewesen.

„War er oft hier?", fuhr sie interessiert fort.

Hans überlegte einen Moment, dann setzte er sich auf einen Stuhl und ließ nachdenklich das Tablett durch seine Finger gleiten.

„Ja, er war mehrmals hier. Wissen Sie, was mir komisch vorkam?"

Paula schüttelte den Kopf, sah ihn aber weiterhin gespannt an.

„Er hat die Gespräche mit Jelena auf so einem kleinen Diktiergerät festgehalten.“ Seine Stimme wirkte gedämpfter, als er hinzufügte: „Ich weiß, vielleicht sollte ich Ihnen das nicht sagen, aber die Sache kam mir irgendwie seltsam vor.“

„Inwiefern?“, hakte Paula irritiert nach.

Hans verzog das Gesicht.

„Na ja, weil es nicht gerade üblich ist, dass man eine Unterhaltung aufzeichnet, oder? Ich hab mal darüber nachgedacht; kann es sein, dass Ihr Mann Journalist war?“

Paula nickte etwas zu heftig, und ein Schwall aus ihrer Tasse schwappte auf den Unterteller. Sie zog ein Papiertaschentuch aus ihrer Handtasche und bedeckte damit die Flüssigkeit, ehe sie auf ihr Kleid tropfen konnte. Hans sah ihr dabei aufmerksam zu.

„Ja“, antwortete Paula endlich. „Er war bei einer Zeitung in Münster angestellt. Aber, bevor Sie *mich* jetzt danach fragen …, ich kann Ihnen nicht sagen, zu welcher Thematik er Frau Modritz befragt haben könnte. Vielleicht hat er hier im Rahmen eines Artikels über Altenheime recherchiert.“

„Ohne sich vorher anzumelden?“ Der Pfleger hob eine Augenbraue. Sein Gesichtsausdruck schien sich zu verdüstern. „Dann hoffe ich nur, dass der Artikel noch nicht erschienen ist.“

„Wieso das denn?“

Hans ließ das Tablett sinken und kratzte sich nachdenklich am Bart.

„Wissen Sie, Frau Leander“, erklärte er, „in den letzten Jahren schneiden Einrichtungen dieser Art nicht besonders gut in den Medien ab. Pflegenotstand, schon mal gehört? Natürlich trifft es auf unser Heim nicht zu, aber man weiß ja nie, wie manche Leute hier über uns reden. Wir haben kaum Einfluss darauf, welche Information diese Mauern verlassen und welche nicht."

Als er bemerkte, wie Paula unwirsch ihr Gesicht verzog, fügte er schnell hinzu: „Nicht dass ich Ihren Mann für einen Sensationsreporter halte. Er machte einen sehr ehrenwerten Eindruck auf mich."

„In der Hinsicht können Sie beruhigt sein", antwortete Paula kühl. „Davids Artikel waren mehr als koscher. Und was die Berichterstatter zwischen Sensationshascherei und gut ermittelten Reportagen angeht, so gehörte er zur letzteren Gattung. Er nahm sich viel Zeit und blieb so nah an der Wahrheit, wie eben möglich."

Der Pfleger hob verteidigend seine Hände.

„Es war nicht meine Absicht", sagte er bestürzt, „Ihren Mann als Sensationshascher hinzustellen. Ganz im Gegenteil. Wie gesagt, vielleicht hätte ich Ihnen das mit dem Diktiergerät nicht erzählen sollen."

„Ja, vielleicht", wollte Paula gerade antworten, als ihre Nachbarin den Kopf hob und sie ansah. Ihre Augen glänzten, und für einen Moment hatte Paula das Gefühl, als öffne sich ihr eine tief verletzte Seele. Dann begann die alte Frau leise zu sprechen und verwirrte mit ihren Worten ihre Zuhörer.

„Er war ein guter Junge."

Ihre Stimme klang fest, fast trotzig, als sei sie sehr überzeugt von einer Sache, die sich in ihren Gedanken festhielt und jetzt hochkam. Sie sah Paula durchdringend an und streckte ihre Hand dabei nach ihr aus. Auf Paulas Knie ließ sie sie liegen, und durch den feinen Stoff merkte diese die Kraft der faltigen, schmalen Finger.

Nach einer Weile hakte Hans nach: „Was meinst du damit, Jelena?"

Die Angesprochene schien zunächst nicht zu reagieren, dann bog sie ihren Oberkörper nach vorne und erklärte eindringlich: „David war ein guter Junge. Das war er immer schon gewesen, auch als Kind."

IV.

Vicky schlief bereits, als Paula mit ihrer Mutter telefonierte. Trotz der Entfernung klang ihre Stimme, als säße sie nebenan. Zwei Monate Ferien in ihrem Haus in Südfrankreich. Es gab doch noch andere Rentner, die der liebe Gott im Alter nicht mit Langeweile und einer endlosen Warterei ausgestattet hatte. Paulas Eltern mit ihrem Winterdomizil in Arles waren der beste Gegenbeweis für Behrendts These.

„Schätzchen“, hörte sie ihre Mutter kichern, als Paula ihr das Neueste mitgeteilt hatte, „vielleicht kannte sie David von früher her. Als er noch klein war.“

„David ist in Stuttgart aufgewachsen, Mama.“

„Und wenn schon? Kann doch sein, dass er als Kind mal in Hiltrup gewesen ist, oder? Oder diese Frau war in Stuttgart.“

„Oder sie ist einfach nur dement.“

„Oder das“, bestätigte Paulas Mutter. „Ich bin mir jedenfalls sicher, dass das alles nur ein Zufall war und diese Frau Modritsch deinen David eigentlich gar nicht gekannt hat.“

„Aber warum war er dann bei ihr?“, fuhr Paula hartnäckig fort, ohne ihre Mutter, was den Namen anging, zu verbessern. „Das versteh ich einfach nicht. Und wie ist sie später auf mich gekommen? Das ergibt noch weniger Sinn. David hätte nie seinen Recherchepartnern gegenüber erwähnt, dass er ein Privatleben hat.“

„Was macht dich da so sicher?“

Die Stimme ihrer Mutter hatte von belustigt in eine gewisse Missmutigkeit gewechselt, die Paula nicht entging. David war nicht unbedingt der geliebte Schwiegersohn für ihre Mutter gewesen. Als Bankiersfrau hatte man da gewisse andere für seine einzige Tochter im Kopf gehabt. Ein geschniegelter Krawattenbesitzer im feinen Maßanzug etwa. Der mit Geld umgehen und dazu noch Bodenbeständigkeit vorweisen konnte, die David fehlte. Hinzu kam, dass Davids Eltern sich recht früh trennten und der Vater später unter mysteriösen Umständen ums Leben gekommen war. Alles Gründe für Paulas Mutter, hin und wieder an seinem Lebensstandard herumzumäkeln.

„Ich kenne David“, gab Paula daher gereizt zurück. „Er hätte es nicht erwähnt.“

„Du musst es ja wissen“, antwortete ihre Mutter reserviert, ehe sie das Thema wechselte. „Und Viktoria geht es gut, mein Schatz?“

„Danke, ja, Vicky geht es gut. Mir übrigens auch.“

„Schön zu hören. Wie wäre es, wenn ihr doch noch für die nächsten Wochen zu uns herüberkommt? Mit dem Flugzeug geht das ganz schnell, und dein Vater kann euch vom Flughafen in Marseille abholen.“

Paula verdrehte die Augen.

„Darüber haben wir doch schon gesprochen, Mama“, lehnte sie ab. „Ich kann Vicky nicht solange aus dem Kindergarten nehmen.“

„Das ging doch sonst auch sehr gut“, konterte ihre Mutter mit einem schnippischen Unterton. „Ich erinnere mich an deine letzte Israelreise …“

„David hatte damals einen Auftrag für ein Reisemagazin, und Vicky und ich haben ihn nur begleitet.“

„Ihr habt ihn oft begleitet, wenn ich mich recht entsinne, nicht wahr?“

Und nie uns nach Südfrankreich, hätte sie nach Paulas Meinung noch hinzufügen müssen, um ihre Eifersüchtelei zu komplettieren. Doch den Rest ließ sie, wie so oft, weg.

„Wir reden ein anderes Mal weiter“, entschied Paula enttäuscht. „Ich muss jetzt Schluss machen, Mama. Bestell Papa einen schönen Gruß.“

„Ja, er grüßt dich zurück, mein Schatz. Der Abend fängt gerade an, und wir haben überlegt zu grillen. Du weißt ja, um diese Uhrzeit beginnt dein Vater erst aufzuleben. Seine arabischen Wurzeln …“

Mit dem Rotwein hatten sie jedenfalls schon vor dem Grillen begonnen, kam es Paula spöttisch in den Sinn.

„Ich kenne die Wurzeln zur Genüge, Mama.“

„Stimmt, du besitzt sie ja auch“, fügte ihre Mutter amüsiert hinzu. „Nur bei Viktoria haben sich die anderen Gene durchgesetzt.“

„Was sie später sicher nicht stören wird!“

Paulas Stimme war unwillkürlich schroff geworden. Es hatte Zeiten gegeben, in denen sie und ihre Mutter nicht, wenn nicht sogar *kein* Verhältnis zueinander hatten. Eine sehr schwere Zeit, die sich erst mit dem Erscheinen von David in Paulas Leben verbesserte. Sie verspürte keinen Drang, jetzt, wo David nicht mehr da war, in diese alten Tage zurückzurutschen.

„Also, dann genießt euren Grillabend“, fügte sie etwas friedlicher hinzu. „Ich melde mich in den nächsten Tagen noch mal bei euch.“

„Ja, Liebes. Pass auf dich auf.“

„Bis dann.“

Sie würgte den Anruf ab. Pass auf dich auf! Wieder so ein typischer Ritualsatz, den sie hasste. Was sollte sie denn sonst tun? *Nicht* auf sich aufpassen?

Sie nahm sich das Buch, in dem sie zurzeit las, goss sich in der Küche Rotwein ein und nahm beides mit auf die Terrasse. Wenn ihre Eltern sich schon etwas gönnten, durfte sie das auch.

Zwei Öllichter brachten zwar keine immense Helligkeit auf die Terrasse, aber irgendwie war ihr ohnehin nicht nach Lesen. Hinzu kam, dass es spät geworden war. Morgen würde es bestimmt ebenfalls ein harter Tag werden. Rini hatte sich am Nachmittag gemeldet und berichtet, dass ihre Nichte Louisa ganz begeistert von der Idee war, auf Vicky aufzupassen. Da sie mit ihrer restlichen Familie ebenfalls in Darup wohnte, würde sie gerne öfters auf Paulas Tochter aufpassen, falls sie nichts dagegen hätte. Im Prinzip nicht, hatte Paula zurückhaltend geantwortet. Aber vielleicht sollte man den nächsten Tag abwarten, um dann über weitere Termine zu entscheiden.

Die Sache mit Louisa war vielleicht gar nicht das Verkehrteste, hatte sie hinterher überlegt. Wenn sie bald wieder arbeiten ging, konnte das Mädchen eine wunderbare Hilfe sein.

Paula gähnte und trank den letzten Schluck Wein aus. Dann räumte sie ihre Utensilien in die Küche und schloss die Terrassentür ab. Als sie gerade ins Badezimmer trat, klingelte ihr Telefon. Ein Blick auf die Uhr: Halb Zwölf. Wer rief denn noch um diese Uhrzeit an?

„Hans Petersen hier."

Sie erkannte die Stimme gleich wieder. Der Pfleger aus dem Altenheim.

„Ich weiß", sagte er verhalten, „es ist spät. Ich will auch gar nicht lange stören, Frau Leander. Aber ich habe da etwas in Jelenas Unterlagen gefunden, das Sie vielleicht interessieren wird."

„Ja?"

„Sagt Ihnen der Name Simon Fechtner etwas?"

„Nein."

„Oder Oliver Stolle?"

„Auch nicht." Paula verstand den Sinn hinter seinen Worten nicht. Etwas verärgert fuhr sie fort: „Herr Petersen, es ist wirklich spät. Worum geht's denn eigentlich? Was hat es mit den Namen auf sich?"

Petersens Stimme klang gepresst, als er antwortete. „Das weiß ich auch noch nicht. Frau Modritz hat einige alte Briefe in ihrem Schrank, die ich gefunden habe."

„Haben Sie etwa nach unserem Gespräch heute in ihren Schränken gewühlt?", hakte Paula mürrisch nach. „Es war nicht meine Absicht, irgendetwas ins Rollen zu bringen oder dass jemand wie Sie anfängt, in anderer Leute Sachen herumzuschnüffeln."

„Ich habe nicht herumgeschnüffelt, Frau Leander", verteidigte sich der Pfleger. „Ich möchte nur nicht, dass es so aussieht, als wären Sie umsonst bei uns gewesen. Ihr Mann hatte sicher einen triftigen Grund, warum er Jelena besucht und die Gespräche mit ihr aufgezeichnet hat." Er zögerte kurz. „Haben Sie eigentlich die Kassette gefunden?"

„Ich habe noch nicht danach gesucht", antwortete Paula weiterhin missmutig.

„Sind Sie denn gar nicht daran interessiert, *warum* Ihr Mann mehr als einmal bei Jelena war?"

„Im Moment nicht."

„Aha, im Moment." Petersens Stimmung wechselte in Reserviertheit. „Verstehe. Na, dann entschuldigen Sie meinen Anruf. Ich werde Sie auch nicht mehr belästigen. Gute Nacht, schlafen Sie schön."

„Warten Sie!“, unterbrach ihn Paula schnell und horchte einen Moment lang. Petersen schien nicht aufgelegt zu haben. „Sind Sie noch dran?“

„Ja.“

„Was hat es denn jetzt mit den Namen auf sich?“, fuhr sie fort. „Dieser Fechtner und Oliver Stolle?“

„Das weiß ich nicht, Frau Leander. Ich hatte nur überlegt … Na ja, wissen Sie, die Briefe sind schon älter; irgendwann in den 70ern geschrieben. Aus einem Kinderheim, an Frau Modritz adressiert. Sie sagen Ihnen also wirklich nichts? Hat Ihr Mann sie mal erwähnt?“

„Nein, nie.“

Paula merkte, wie der Rotwein, den sie getrunken hatte, zu wirken begann. Der Alkohol, gemischt mit der benebelnden Wirkung ihrer eingenommenen Psychopharmaka, schien seine einschläfernde Wirkung zu entfalten. Es war vielleicht besser, das Gespräch mit dem Pfleger auf einen anderen Tag zu verlegen.

„Herr Petersen, ich würde mich gerne morgen mit Ihnen weiter unterhalten“, sagte sie müde. „Nehmen Sie’s mir nicht übel, es war ein anstrengender Tag.“

„Natürlich, verstehe. Morgen habe ich wieder Spätschicht, das heißt, ich bin ab halb zwei im Dienst. Wenn Sie wollen, können Sie mich im Heim erreichen.“

„Ja, ist gut. Und vielen Dank für Ihren Anruf.“

Petersen zögerte einen Moment. Dann entrang er sich ein lakonisches „Kein Problem“, ehe er auflegte.

Er hinterließ Paula mit einem seltsamen Gefühl, das sie nicht ins Badezimmer sondern ins Arbeitszimmer von David führte. Der Wust an Papieren und bisher unbearbeiteten Sammlungen für anstehende Zeitungsartikel ließ sie tief durchatmen. Bis sie sich hier eine einigermaßen komplette Übersicht verschafft hatte, konnten Tage ins Land gehen. Ganz zu schweigen von den zwei Namen, die ihr Petersen genannt hatte.

Einem Impuls folgend startete sie Davids Notebook und gab unter SUCHE einen der Namen ein. Simon Fechtner. Da sie nicht fündig wurde, versuchte sie es mit dem zweiten. Aber auch Oliver Stolle ergab als Suche kein Ergebnis. In ihrer Enttäuschung, und unter Anbetracht der fortschreitenden Zeit, folgte sie einem letzten Geistesblitz und tippte den Namen Jelena Modritz ein. Es dauerte einen Moment, dann gab der Rechner eine Audiodatei preis. Paula hielt verdattert inne. Noch war sie sich nicht sicher, ob sie etwas Unrechtes tat, wenn sie die Datei öffnen würde, da siegte ihre Neugier.

Es war eines der Gespräche zwischen David und Jelena, die er im Altenheim aufgezeichnet haben musste. Undeutlich konnte Paula im Hintergrund Vögel hören, die die Stimmen der beiden Personen untermalten. Sie unterhielten sich zunächst über Gott und die Welt. Was Paula anfangs als fast störend empfunden hatte, war Davids Form, mit Frau Modritz zu sprechen. Er siezte sie nicht, er duzte sie. Überhaupt wirkte das Gespräch, als würden sich beide bereits seit Jahren kennen. Den Zweck des Gespräches fand sie zunächst nicht heraus, bis sich ein scheinbar besonderer Punkt aus dem bis dahin belanglosen Dialog herauskristallisierte.

Paula hörte David fragen: „Warum hast du das damals getan?"

„Ich konnte nicht anders, David", gab Jelena Modritz zurück. „Es waren andere Zeiten und andere Umstände, die mich dazu zwangen."

Ihre Stimme klang weich, fast klagend. Und der helle Ton,

mit dem sie sprach, wollte so gar nicht zu der Person passen, die Paula kennen gelernt hatte.

„Zwangen!“, stieß David verächtlich hervor. „Komm mir nicht damit! Dich hat niemand zu irgendetwas gezwungen!“

„Das verstehst du nicht, mein Junge“, antwortete Jelena mit einer weiterhin unglücklichen Stimme. „Niemand wird das je verstehen können.“

„Da gebe ich dir allerdings Recht.“

Es trat ein Moment der Ruhe ein, in dem die Vogelstimmen anschwollen. Dann fuhr David fort: „Ich muss jetzt gehen. Wir unterhalten uns an einem anderen Tag weiter darüber.“

„Kommst du denn auch bestimmt wieder?“ Jelenas Stimme schien mehr zu fordern als zu bitten. Erneut wurde es einen kurzen Moment still.

„Ja“, antwortete David endlich. „Irgendwann.“

Dann erklangen akustische Geräusche, die andeuteten, dass er das Diktiergerät an sich genommen und ausgestellt hatte. Die Wiedergabe sprang auf Anfang, aber Paula war nicht danach, sich den Dialog noch einmal anzuhören.

Über was hatten die beiden gesprochen? Was hatte Frau Modritz gemeint, als sie sagte: „*Es waren andere Zeiten und Umstände, die mich zwangen*“?

Es wurde aus diesem Gespräch nicht deutlich. Aber das war es auch gar nicht, was Paula in dieser Nacht nicht zur Ruhe kommen lassen sollte. Es war ganz etwas anderes. Zwischen David und Frau Modritz hatte eine solche Vertrautheit geherrscht, dass es ihr in der Seele wehtat und sie noch über Stunden im Bett wühlen ließ. Er schien etwas in ihrem Leben gefunden zu haben, über das sie mehr als beschämt war. Ein Punkt, eine Tatsache, über die sie nicht unbedingt sprechen wollte und über die David doch Bescheid wusste, wenn sie seinen Anriss richtig deutete. Andere Zeiten und Umstände klangen nach einem Lebensfehler, der Jahre später als gefundenes Fressen auf den Tisch kommen konnte.

Und David war bekannt dafür, solche Fressen gerne auf den Tisch zu bringen.

Gegen sechs Uhr war Paulas Nacht vorzeitig vorbei und sie bereits wieder auf den Beinen. Eine Uhrzeit, die ihr normalerweise fremd war. Schon nach einer kurzen, erfrischenden Dusche fand sie sich mit einer stärkenden Tasse Kaffee in Davids Büro wieder und versuchte mehr über seinen Besuch bei Jelena Modritz zu finden.

Die Dateien auf Davids Notebook waren nach Themen sortiert. Daher kam sie recht schnell hinter seine Art der Ordnung. Aber außer der einen Audiodatei fand sie keinen Hinweis, der mit weiteren Treffen zwischen ihrem Mann und der älteren Frau zu tun hatte. Sie versuchte danach mehrere seiner Artikel zu lesen, doch es waren so viele und vielschichtige, dass sie schließlich enttäuscht abbrach. Hinzu kam, dass sie gegen halb acht Vicky wecken musste, um sie pünktlich zum Kindergarten bringen zu können.

Als sie den Hort verließ, nahm sie die Gelegenheit wahr, statt nach Hause zur Zeitungsredaktion nach Münster zu fahren. Einerseits wollte sie ihren neuen Job annehmen und Werner Herzog bei einem persönlichen Gespräch zusagen, andererseits hoffte sie in der Redaktion vielleicht an Informationen über Davids Beziehung zu Jelena Modritz zu kommen. Konnte ja sein, dass einer seiner engsten Kollegen mehr wusste, als sie ohne gezielte Suche in seinen Unterlagen finden würde.

V.

In der Redaktion herrschte die übliche Betriebsamkeit. Paula fühlte sich nach nicht einmal einer Minute wieder heimisch. Sie hatte in den letzten Jahren nach ihrer Babypause den Laden so sehr vermisst, dass es ihr jetzt vorkam, als wäre sie endlich wieder daheim. Viele geschüttelte Hände und freundlich gemeinte Worte später fand sie sich an Davids Schreibtisch wieder, der sauber und akkurat aufgeräumt wirkte, als hätte er ihn gerade erst verlassen. Dass dem nicht so war, wusste Paula am besten.

Sie setzte sich in seinen Bürostuhl und warf einen Blick über die wenigen Din-A-4 Blätter, die in verschiedenen Briefkörben lagen. Auf keinem fand sie etwas über Jelena Modritz. Auch in den Schubladen gab es keinen Hinweis auf Interviews im Altenheim. Sollte sie es wagen, seinen Rechner zu starten?

Gerade als sie es tun wollte, stolzierte Sandra Meyer an ihr vorbei. Als beste Mitarbeiterin hatte man sie neben David platziert, eine Ehre, wie sie selber empfand. Für einen Moment wirkte sie perplex, dann erkannte sie Paula wieder.

„Paula, du hier?“ Ihre Worte klangen freundlich, aber auf eine Art und Weise auch distanziert. „Wolltest du zu mir?“

„Eigentlich wollte ich zu Werner“, antwortete Paula reserviert und zeigte mit einer Kopfbewegung zum Zimmer des Chefredakteurs hinüber. „Ist er da?“

„Der Graf? Nee, heute nicht.“

Der *Graf*. Als Spitzname für Werner Herzog sehr passend, schien er doch immer ein wenig über dem Team zu schweben und ließ sich selbst bei strengster Hektik nicht aus dem Tritt bringen.

Paula entrang sich ein enttäuschtes: „Schade." Dann hatte sie eine Idee.

„Sag mal, Sandra", begann sie unbekümmert und sah ihrer Gesprächspartnerin zu, wie sie sich hinter ihren Schreibtisch setzte. „Du und mein Mann, ihr habt euch doch sicher viel über eure Arbeit ausgetauscht, oder?"

Sandra Meyer nickte. „Klar."

„Hat er mal eine Frau Modritz erwähnt? Jelena Modritz?"

Sandra hielt in ihrer Bewegung inne. Für einen Moment wirkte sie, als müsse sie gezielt nachdenken. Dann nickte sie unbeholfen.

„Ja, hat er", gab sie zurück. „Wieso fragst du?"

Paula bemerkte eine kühle Zurückhaltung in Sandras Worten. Trotzdem fuhr sie fort: „Kannst du dich erinnern, was er von ihr wollte?"

„Von ihr wollte?" Erneut schien Sandra länger als nötig zu zögern. „Ich weiß nicht, wie kommst du darauf, dass er etwas von ihr wollte?"

„Weil er sie mehrmals in einem Altenheim, in dem sie jetzt wohnt, besucht und interviewt hat."

„Hat er das?"

Sandra wandte sich von ihr ab und begann, einen Stoß Zettel auf ihrem Tisch zu sortieren.

„Ja." In Paula begann es zu brodeln.

Vielleicht wusste Sandra noch nicht, dass sie auch bald wieder hier arbeiten würde, aber trotzdem konnte sie etwas mehr Interesse an ihren Fragen verlangen, auch wenn Davids Kollegin noch nie eine große Freundin von ihr gewesen war.

„Sandra, ich hab die Vermutung, dass er da an einer großen Sache dran war. Diese Frau Modritz hat mich zu sich bestellt"

Nach ihren Worten blickte Sandra sie abrupt an.

„Sie hat dich zu sich bestellt?“, hakte sie neugierig nach. „Was hat sie dir erzählt?“

„Eigentlich gar nichts“, antwortete Paula zurückhaltend. Sandras Art war ihr immer schon zuwider gewesen. Und auch jetzt schien es ihr, als verschweige die junge Reporterin etwas.

„Gar nichts?“

„Sie leidet an Demenz, Sandra“, ergänzte Paula ausweichend. „Und gestern schien sie einen ihrer Schübe zu haben. Ich saß nur neben ihr und hab Däumchen gedreht.“

Sandra blickte sie weiterhin mit unverhohlener Neugier an. Endlich schien sie den Witz in Paulas Worten zu verstehen und verzog grienend das Gesicht.

„Ah, verstehe. Hast wohl viel Langeweile zu Hause, was?“

„Nein“, konterte Paula fast zu hart. Eindringlicher fuhr sie fort: „Was wollte David von der Frau? Weißt du es?“

„Keine Ahnung, Paula. Ehrlich.“ Entweder war sie eine gute Schauspielerin, oder sie wusste es wirklich nicht. Jedenfalls wirkte sie mit einem Mal aufrichtiger als sonst.

„David war zweimal bei ihr. Aber er hat mir immer nur gesagt, es seien private Angelegenheiten gewesen, nichts für unsere Zeitung. Hier“, sie kramte in einer der Schubladen ihres Tisches herum und reichte Paula einen Post-it-Zettel. „Diese Nummer hat er vor der ganzen Aktion angerufen. Ich hätte ihn fast weggeworfen, jetzt, wo er nicht mehr …“

Sie ließ ihren Satz unvollendet. Als Paula sich kurz von dem Zettel losreißen konnte, sah sie, wie sich ihre Gesprächspartnerin eine Träne aus dem Augenwinkel wischte.

„Schon gut“, bemerkte sie unsicher und entrang sich ein Lächeln. „Hier fehlt er auch an allen Ecken und Kanten, was?“

Sandra nickte nur und zog ein Papiertaschentuch aus ihrer Hosentasche.

„Das ist alles, was ich habe“, kommentierte sie den kleinen Zettel. „Was er von dieser alten Frau wirklich wollte, weiß ich nicht, Paula.“

Paula hörte ihr nur mit einem Ohr zu. Zu sehr faszinierte sie die Nummer, die David, es war eindeutig seine Handschrift, auf das kleine Papier gekritzelt hatte.

„Das ist doch die Vorwahl von Dänemark, oder?“

„Schweden“, korrigierte sie Sandra, bevor sie ihre Nase schnäuzte. „0046 ist Schweden. Ich hab das überprüft. Der Anschluss gehört einer Familie Lund in Näsum. Das ist in der Nähe von Sölvesborg, Südschweden.“

Paula sah sie irritiert an. „Was wollte er da?“

Erneut zuckte Sandra ihre Schultern und sah Paula über ihr Taschentuch hinweg an.

„Da fragst du die Falsche“, gab sie zurück und warf ihr Taschentuch in einen Mülleimer. „David hatte mehrere Projekte laufen, über die er zu mir nie viele Worte verlor.“

Mir gegenüber auch nicht, fiel es Paula auf.

„Aber über diese Sache da“, fuhr derweil Sandra fort, „hat er mir rein gar nichts erzählt. Nur dass es auch etwas Privates sei.“

„Und wieso hast *du* dann diese Nummer?“

„Er hat mich gebeten, sie rauszusuchen“, antwortete Sandra und hob verteidigend die Arme hoch. „Frag mich aber bitte nicht, wieso. Nachdem er sie aufgeschrieben hatte, vergaß er sie hier, und ich hab den Zettel später in meine Lade gelegt.“

Paula sah ein, dass sie hier nicht weiterkam. Sie steckte den Zettel in ihre Handtasche, warf einen letzten Blick über Davids Schreibtisch und stand dann auf.

„Danke trotzdem“, sagte sie gedämpft und wandte sich ab, als Sandras Worte sie für einen Moment stoppten.

„Ich hab gehört, du bist bald wieder bei uns?“

Paula drehte sich zu ihr um.

„Ja.“

„Dann fände ich es schön, wenn du Davids Platz bekommst.“

Sandra zeigte auf den Stuhl, auf dem Paula gesessen hatte. In ihrem Gesicht erkannte Paula keine Andeutung von Missmut. Daher nickte sie freundlich.

„Das hoffe ich auch, Sandra. Bis dann.“

Danach verließ sie mit gemischten Gefühlen die Redaktion.

Schweden. Südschweden, um es genau zu nehmen.

In Paulas Kopf schwirrten die verschiedensten Gedanken und Namen durcheinander. Familie Lund in Näsum, Simon Fechtner und Oliver Stolle, und immer wieder Jelena Modritz. Wie passten sie alle zusammen und was hatten sie, wenn überhaupt, miteinander zu tun?

Etwas Privates, hatte Sandra über Davids Interesse an Frau Modritz gesagt. Klang das in seiner Gesprächsaufzeichnung durch? Sie fand nicht. Im Nachhinein betrachtet war es eine übliche kleine Unterhaltung, die er geführt hatte. Mehr nicht.

Aber auch nicht weniger.

Etwa eine Stunde später war sie wieder zu Hause und sah auf die Uhr. Kurz vor zwölf, eine Stunde noch, dann musste sie Vicky abholen, um pünktlich zur Schopping-Tour mit Rini wieder zu Hause zu sein.

Inzwischen verspürte sie überhaupt keine Lust mehr, durch Münsters City zu latschen und einen Nachmittag mit ihrer

Freundin beim Einkaufen zu verbringen. Fast war sie gewillt, abzusagen. Doch Rini war ihre beste Freundin. Mit der konnte man so etwas nicht machen, ohne eine Erklärung abgeben zu müssen, die sie sich noch verkneifen wollte und auch nicht wirklich parat hatte. Es drängte sie, sich näher und intensiver mit der Modritz-Sache, wie sie diese inzwischen betitelt hatte, zu beschäftigen. Aber außer vagen Vermutungen und einem Zettel mit einer schwedischen Telefonnummer besaß sie keinerlei Informationen, die sie weiterbrachten.

Andererseits; weiterbrachten wohin? Was vermutete sie denn hinter all dem? Nur weil eine Demenzkranke sie zu sich bestellt hatte, um mit ihr zu plaudern, hieß das noch lange nicht, dass sich eine interessante Story dahinter verbarg. Auch wenn ihre journalistische Leidenschaft erwacht war; sie konnte nicht alles dafür liegen lassen. Vor allem durfte sie darüber nicht ihre Tochter Vicky vernachlässigen.

Trotzdem brannte der Zettel in ihrer Hand, und endlich siegte ihre Neugierde.

Der Rufton war mit einem Rauschen untermalt, das sicher nicht von der Ostsee stammte, wie es ihr Vater einmal erklärt hatte, als sie noch klein war. Damals, in dem Alter, in dem man noch alles glaubte was einem erzählt wurde. Fast alles zumindest.

Sie hatte sich ungefähr ausgemalt, wie das Gespräch verlaufen würde. Sie würde ein paar Fragen stellen, ein paar Namen nennen und danach abwarten, was herauskam. In dem Metier war sie abgeklärt genug, fand sie, auch wenn sie nach den Jahren der Babypause etwas aus der Übung sein mochte. Spannend war mehr die Frage, ob der angerufene Teilnehmer ihr nicht gerade üppiges Englisch verstehen konnte. Oder sogar

Deutsch?

Endlich nahm jemand am anderen Ende ab. Eine, der Sprache nach, junge Frau meldete sich auf Schwedisch.

„Marie Lund om apparaten?“

Sie hatte eine sehr helle, freundliche Stimme, fand Paula. Und sie kam ihr sogleich sympathisch vor.

„Paula Leander hier.“ Kurze Pause, dann ergänzte sie: „Ich bin die Frau von David Leander. Sprechen Sie Deutsch?“

„En liten … Etwas.“

Ihr Akzent war deutlich zu hören. Trotzdem freute sich Paula, dass sie kein Kauderwelsch in einer fremden Sprache sprechen musste und sich dabei verhaspeln oder eine Frage falsch formulieren konnte. Sie wusste, dass es vielleicht nur diese eine Chance gab und war dementsprechend nervös.

„Ja, wie gesagt, ich bin die Frau von David.“

„Aha.“

„Kennen Sie David?“

„Nej.“

Mist, mehr fiel Paula nicht ein. Ergänzend hakte sie nach: „Oder Jelena Modritz?“

Ein Moment der Stille, dann wieder die helle Stimme. „Wieso fragen Sie?“

Was sollte Paula ihr antworten? Sie wusste es ja selber nicht.

„Mein Mann hat Ihre Telefonnummer aufgeschrieben, Frau Lund“, begann sie. „In Bezug zu einer Frau Modritz. Und da hab ich überlegt … kennen Sie sie?“

„Warum fragen Sie nicht Ihren Mann?“

„Er hatte einen Autounfall“, antwortete Paula nach einem tiefen Atemzug und merkte erneut, wie weh ihr die Wirklichkeit immer noch tat. „Vor drei Wochen. Er ist tot.“

„Das tut mir leid“, erklang es am anderen Ende. Der freundliche Ton von Frau Lund schien sich in aufrichtiges Beileid verändert zu haben.

„Danke.“

Paula merkte unbewusst, dass an dieser Stelle der Unterhaltung der Faden gerissen war. Die Schwedin würde ihr wohl nicht weiterhelfen können. Eine Welle der Enttäuschung kam in ihr hoch und zerstörte den letzten Funken Hoffnung an dem Nutzen dieses Gespräches.

„Entschuldigen Sie, dass ich Sie angerufen habe, Frau Lund“, sagte sie einsilbiger. „Ich hatte nur so eine Idee, dass … hm, vergessen Sie’s.“

Gerade als sie dachte, sie könne den Hörer nach einer kurzen Verabschiedung auflegen, hörte sie Frau Lunds Stimme, die jetzt aufgeregter schien.

„Sagten Sie Modritz?“

„Ja“, bestätige Paula. „Jelena Modritz.“

„Aus Münster?“

„Sie kennen sie?“

Erneut ein Rauschen im Hörer, das urplötzlich von Paulas pochendem Herzton im Ohr durchdrungen wurde.

„Nein, ich kenne sie nicht“, gab Frau Lund irgendwann zu, „aber mein Mann.“

Paula stutzte. „Ihr … Mann?“

„Ja, Gustav. Er hat sie schon mal erwähnt.“

„In welchem Zusammenhang?“

Frau Lunds Stimme wurde leiser. „Nicht am Telefon. Es wäre vielleicht besser … wir könnten uns treffen. Verstehen Sie?“

„Um ehrlich zu sein …“

Paula verstand schon, aber wie sollte sie das auf die Reihe bekommen? Vicky zuhause sitzen lassen und mit dem nächsten Flieger nach Südschweden? Aber warum eigentlich nicht.

„Wie wäre es, wenn ich zu Ihnen komme?“, hakte sie aufgewühlt und gleichzeitig besorgt nach. „Es gibt bestimmt einen Flugplatz in Ihrer Nähe, oder?“

„Den nächsten gibt es in Malmö. Von dort aus können Sie mit dem Zug in einer Stunde nach Sölvesborg fahren. Da könnte ich Sie vom Bahnhof abholen.“

„Hätten Sie denn etwas dagegen, wenn ich kommen würde?“

Frau Lund schien einen Moment zu lange zu überlegen, bevor sie Paulas Frage mit: „Nej“, beantwortete. Aber das war ihr egal. In Gedanken eilte sie bereits über das Gate vom Flughafen Münster-Osnabrück, um das Flugzeug nach Malmö nicht zu verpassen.

„Ich könnte morgen bei Ihnen sein, Frau Lund.“

„Schon Morgen?“

„Oder Sie erzählen mir jetzt am Telefon, woher Ihr Mann Frau Modritz kennt“, bot Paula eine Alternative an, von der sie wusste, dass sie Wirkung zeigen würde.

„Morgen passt es eigentlich ganz gut“, antwortete die Schwedin auch tatsächlich so, wie Paula es vorgesehen hatte. „Wir haben eine kleine Holzhütte, in der Sie übernachten können. Sie haben meine Adresse?“

„Noch nicht.“

Die Schwedin gab sie ihr, und Paula schrieb sie auf einem Notizzettel mit. Dann beendete sie das für sie sehr nützliche Gespräch. Als sie den Hörer gerade aufgelegt hatte fiel ihr ein, dass sie vergessen hatte, Frau Lund nach den anderen Namen zu fragen. Stolle und Fechtner. Andererseits würde sie bereits in vierundzwanzig Stunden Gelegenheit genug bekommen, all ihre aufgekommenen Fragen seit dem Besuch bei Frau Modritz zu stellen. Und dic Antworten von Angesicht zu Angesicht zu erhalten. Aus ihrer langjährigen Erfahrung im Zeitungswesen kannte sie hinreichend den Spruch: Blicke sagen mehr als tausend Worte.

Und sie schätzte ihn.

Zunächst musste sie jedoch unter allen Umständen ein Flugticket bekommen. Vom FMO in Münster nach Malmö in Schweden. Für Paula zahlte es sich aus, dass sie in dieser Hinsicht Routine hatte. Ein Anruf genügte, dann war der Flug gebucht. Paula gehörte zum impulsiven Schlag Menschen, die es oftmals nicht leicht mit ihrer Art und Weise hatten, in einer eher drögen Welt voranzukommen. Vielleicht ein Relikt ihrer arabischen Wurzeln. Jedenfalls hatte sie sich noch nie beirren lassen und war ihren Weg gegangen. Sicher auch ein Verdienst ihrer teils allzu gluckenden Mutter.

Die gluckende Mutter ... wo sollte sie Vicky solange lassen?

Sie plante für ihren Kurztrip nach Schweden zwei Tage, eventuell drei. Es gab sicher genug bereitwillige Bekannte, die ihre Tochter für diesen Zeitraum aufnehmen konnten. Am liebsten aber war es ihr, dass Vicky bei ihrer Patentante Rini unterkam.

Sie blickte auf die Uhr. Zwanzig vor eins. Sie konnte es gerade noch schaffen, Vicky abzuholen, ehe Rini mit ihrer Nichte Louisa bei ihr auftauchte. Und dann würde sie in aller Ruhe mit ihrer Freundin über das Thema reden. Sie war sich sicher, dass sie es machen würde, wenn sie ihr die Sache erklärte.

„*Was* willst du?!“

Rini sah ihre Freundin verdattert an, ehe sie sich wieder dem Verkehr von Münster zuwandte.

„Ich weiß“, murmelte Paula sichtlich zurückhaltend. Es wirkte jetzt, eine Stunde nach ihrem Gespräch mit Frau Lund, wie eine völlig verrückte Idee, einfach so alles liegen zu lassen, nur um einer Eingebung zu folgen, die auf dem Erlebnis beruhte, dass eine demenzkranke ältere Dame sie hatte sprechen wollen.

„Eine demente Dame“, griff auch Rini stichelnd den Faden auf, „und schon springst du im Quadrat. Findest du das nicht ein bisschen übertrieben?“

„Nein!“, entfuhr es Paula etwas zu heftig. Ruhiger sprach sie weiter: „Ich habe es dir doch schon erklärt. David hatte mehrere sehr persönliche Gespräche mit Jelena Modritz. Er wirkte in seiner Tonaufnahme so …“

Sie stutzte und suchte nach einem passenden Wort.

„Seltsam“, ergänzte sie zu guter Letzt.

„Seltsam?“ Rini blickte sie kurz an. „Und deswegen willst du nach Schweden?“

„Nenn es meinetwegen eine Eingebung“, erklärte Paula kurz angebunden und verschränkte die Arme vor der Brust.

„Eine Eingebung?“ Ihre Freundin verzog amüsiert das Gesicht und steuerte langsam auf eine rote Ampel zu. Als sie stehen blieb und den Blinker gesetzt hatte, fasste sie zusammen: „Du willst nach Schweden, weil David seltsam wirkte und du eine Eingebung hattest, seh’ ich das richtig? ’N bisschen mager als Grund, mir deshalb deine Vicky zwei Tage aufs Auge zu drücken, finde ich.“

„Wenn du nicht willst, dann sag es einfach!“, unterbrach Paula sie hitzig.

Rini lachte und reduzierte die Lautstärke des Autoradios. „He, beruhige dich, das war ein Scherz."

„Du hast selber gesagt, ich soll hier mal raus", bemerkte Paula spöttisch.

„Ich hab aber nicht gesagt, dass du gleich eine Europatournee starten sollst", konterte Rini. „Aber, meinetwegen. Mit deiner Tochter werde ich schon fertig. Und nachmittags hetzte ich sie Louisa auf den Hals. Die beiden lernen sich ja gerade kennen; und wie ich das sehe, haben sie sich auf Anhieb verstanden, oder fandest du nicht?"

„Doch."

Paula dachte kurz über die Szenen nach. Louisa hatte eine sehr freundliche und interessierte Art, mit kleineren Kindern umzugehen. Sie selber hatte zwei jüngere Geschwister und schien die ideale Babysitterin zu sein.

„Vicky hat ihr gleich ihre Lieblingspuppe Mecki vorgestellt. Das ist eine hohe Auszeichnung."

„Stimmt", bestätigte Rini. „Mir hat sie sie noch nie gezeigt."

„Du bist ja auch nur ihre kauzige Patentante", sagte Paula kichernd.

„Witzig!"

Die Ampel sprang auf Grün, und Rini bog ab.

„Und wie soll das morgen ablaufen?", hakte sie nach.

„Um halb neun geht mein Flieger", erklärte Paula. „Ich bringe Vicky vorher in den Kindergarten. Da kannst du sie am Mittag abholen. Und übermorgen bin ich schon wieder da. Schaffst du das?"

„Patenkäuze schaffen alles", antwortete Rini ironisch und bekam dafür von Paula einen spontanen Kuss auf die Wange.

„Danke", sagte sie abschließend. „Was würde ich nur ohne

euch komischen Käuze tun?“

„Dumm aus der Wäsche gucken. So, und jetzt staffieren wir dich erst einmal für Schweden aus. Als Vickys Patentante kann ich dich da *so* nicht hinschicken.“

VI.

Der Flug war kurz, und der Anschluss der Statens Järnvägar, der schwedischen Eisenbahn, von Malmö aus in Richtung Sölvesborg pünktlich. Die Fahrt dauerte eine knappe Stunde, sodass Paula sich schon kurz vor zwölf auf dem kleinen Bahnhof des ebenso kleinen Städtchens wieder fand. Während sie ausstieg, eilte ihr eine junge Frau entgegen, deren erfrischendes Lächeln Urlaubsstimmung in Paula entfachte.

„Hej, ich bin Marie."

Marie Lund war groß, schlank und modisch in ein rosenbedrucktes, weites Kleid gehüllt. Ihre blonden Haare und die fast aquamarinblauen Augen wirkten typisch nordisch. Dazu besaß sie ein leicht rundliches, freundliches Gesicht, das aufrichtig und ehrlich wirkte. Paula schätzte ihr Alter auf Anfang dreißig, als sie die sich ihr entgegenstreckende Hand drückte.

„Paula Leander."

„Schön, dass du so schnell Zeit gefunden hast", sprach ihre Gastgeberein weiter und nahm ihre Reisetasche an sich. „Hier in Schweden duzen sich alle. Ist das für dich okay?"

Paula nickte nur. Danach übernahm Marie die Führung Richtung Ausgang, während sich ein kurzer Smalltalk entwickelte.

„Hattest du einen guten Flug?"

„Danke, ja", entgegnete Paula und wischte sich eine Haarsträhne aus dem Gesicht.

Ein rauer Wind wehte von Westen her. Er roch nach Diesel, Blumen und Ferien. Sie fühlte sich auf angenehme Weise sofort heimisch, ein Gefühl, das sie bei Reisen mit David sehr oft gehabt hatte, egal wohin sie gefahren waren.

„Du sprichst gut Deutsch.“

Marie Lund lächelte. „Ich habe einen guten Lehrmeister. Mein Mann Gustav ist in Deutschland aufgewachsen.“

„Ach? Wo denn?“

„Das wird er dir sicher gleich selber erzählen wollen“, antwortete die Schwedin ausweichend.

Für einen Moment entstand eine kurze Pause. Sie erreichten einen roten Minivan auf dem angrenzenden Parkplatz. Als Marie Paulas Tasche im Kofferraum verstaut hatte und beide eingestiegen waren, startete sie den Motor und fuhr los.

„Hast du Kinder?“

Paula entrang sich ein Lächeln. „Eine Tochter, Vicky. Sie ist sechs. Und du? Hast du auch welche?“

„Drei“, antwortet Marie und schlängelte ihren Van durch die mittelalterlich engen Straßen von Sölvesborg. „Sie sind, wie sagt man, aus dem Gröbsten raus?“

„Also älter als sechs.“

Marie nickte lachend. „Oh, ja. Die Jüngste ist vierzehn, und unser Karl einundzwanzig. Er geht eigene Wege. Studiert in Stockholm.“

Paula sah ein, dass sie ihren ersten Eindruck über das Alter der Schwedin revidieren musste. Verstohlen startete sie mit einem Seitenblick einen neuen Versuch.

„Ist es weit bis zu eurem Haus?“, fragte sie nach einer Weile.

„Nej. Bis Näsum sind es gute fünfzehn Kilometer. Hast du Hunger? Ich habe uns einen Kuchen gebacken.“

„Es geht“, antwortete Paula zögernd. Sie drängte es mehr, Antworten auf ihre Fragen zu bekommen, als ihren Appetit zu stillen. „Du hast mir am Telefon erzählt, dass dein Mann Jelena

Modritz kennt. Weißt du inzwischen auch, woher?"

Marie Lunds Gesicht nahm eine härtere Kontur an, was Paula nicht entging. Trotzdem dauerte es einen Moment, bevor die Schwedin zu einer Antwort ansetzte.

„Gustav soll es dir selber erzählen."

„Was ... erzählen?", hakte Paula sofort nach.

Sie erreichten die Stadtgrenze, und Marie Lund bog auf eine schmale Teerstraße ein. Direkt hinter Sölvesborg begann die typisch rundkuppige schonische Landschaft von Südschweden, durchsetzt mit Agrarflächen, aus denen hier und da Felsen wie Pilze hervorstachen. Allerdings fehlte Paula in diesem Moment das Interesse an dem rauen Gebiet, dass sie ab jetzt durchfuhren. Ihr Journalisteneifer hatte sie ereilt und ließ sie den Fakten entgegen fiebern.

„Er ist in einem Kinderheim aufgewachsen", erklärte Marie Lund zögernd. „Früher, in Deutschland. Es muss keine sehr schöne Zeit für ihn gewesen sein. Er erzählt nicht viel von damals, bis er adoptiert wurde. Da war er schon zwölf."

„Aha." Paula hob irritiert eine Augenbraue. „Und was hat das mit Jelena Modritz zu tun?"

„Wenn ich ihn richtig verstanden habe, war sie eine seiner Erzieherinnen. Früher, im Heim." Marie Lund wechselte einen Blick mit ihrer Beifahrerin. „Hat sie dir das nicht erzählt?"

Paula schüttelte nachdenklich den Kopf.

„Eigentlich hat sie mir gar nichts über sich erzählt. Sie leidet an Altersdemenz."

Marie sah sie überrascht an. Damit hatte sie wohl nicht gerechnet. Und irgendwie hatte Paula plötzlich das Gefühl, als stocke ihr Gespräch. Als wäre eine Scheibe zwischen ihnen hochgefahren worden. Sie selber verspürte ebenfalls keine Lust mehr, noch mehr von sich preiszugeben. Erste Zweifel kamen in ihr auf, die richtige Entscheidung getroffen zu haben, als sie sich so spontan für ihre Reise hierher entschieden hatte.

Als sie an der Abfahrt nach Näsum vorbeifuhren, waren viele Minuten vergangen, in denen sie kein Wort mehr mit Marie Lund gewechselt hatte. Paula sah zu, wie die Stadt zu ihrer Linken kleiner wurde und schließlich hinter einem Waldstück verschwand. Endlich fand sie ihre Stimme wieder.

„Fahren wir gar nicht zu dir nach Hause?“, fragte sie irritiert. Marie schüttelte den Kopf.

„Nej. Weißt du, wir haben eine kleine Hütte am Ivosjön.“

„Ivosjön?“

„Ja, so heißt der See da vorne.“

Marie zeigte durchs Seitenfenster nach draußen. Ein ausladender See wurde soeben sichtbar, der sich perfekt in die bergige Natur eingepasst hatte. Paula erkannte zwei Segelschiffe auf der gekräuselten Oberfläche.

„Gustav ist zum Fischen da“, hörte sie Maries Stimme wie aus weiter Ferne. „Er will heute Abend grillen. Und außerdem wollte er die Hütte für dich herrichten. Du kannst da übernachten.“

„Wunderbar“, flüsterte Paula beeindruckt, ehe das Gespräch wieder abebbte, bis sie das Seeufer erreicht hatten.

Die kleine Hütte entpuppte sich als ausgewachsenes Holzhaus in typisch schwedischrotem Farbanstrich. Vom Umfang her bot es sicher einer ganzen Familie Platz. Vor dem Eingang hatte es eine wunderschöne Veranda, dahinter zog sich eine Graswiese bis zum Ufer hinab, auf der ein Boot lag. Die ganze Szene wirkte so malerisch, dass es Paula für einen Moment den Atem nahm. So etwas hatte sie sich immer schon gewünscht. Ein Ort zum Träumen.

Nachdem sie ausgestiegen war, trat Marie neben sie.

„Gefällt es dir?“

„Es ist wunderschön hier“, gab Paula, immer noch beeindruckt, zurück.

„Du hast Glück mit dem Wetter“, sagte Marie und zog Paulas Reisetasche aus dem Auto. „Wenn du willst, kannst du gerne im Sommer mit deiner Tochter wiederkommen. Wir vermieten das Haus das ganze Jahr über, weißt du.“

Paula würde wiederkommen, da war sie sich in diesem Moment ganz sicher. Nach diesem seelischen Versprechen folgte sie Marie Lund ins Innere der Hütte.

Auch hier hatten die Besitzer nicht gespart. Es gab einen Holzofen, helle Fenster, Möbel einer schwedischen Großkette und viele Accessoires, die einen Aufenthalt zu einem Erlebnis machten. Das einzige, was Paula vom ersten Moment an in diesem Urlaubsdomizil störte, war der Hausbesitzer. Maries offene und freundliche Art machte er durch beklemmende Zurückhaltung wett. Trotz unverhohlenem Missbehagen drückte er Paulas Hand zur Begrüßung.

„Ich bin Gustav Lund. Meine Frau hat mich gestern informiert, dass du kommen würdest.“

Er warf Marie, die im Hintergrund in der kleinen Küche hantierte, einen abfälligen Blick zu, der Paula nicht entging.

„Ja“, beeilte sie sich zu sagen, „und jetzt bin ich da.“

„Tja, jetzt bist du da.“

Sein Alter zu bestimmen war schon schwieriger. Älter als

David jedenfalls, resümierte Paula. Wetterbraune Arme, Holzfällerhemd und eine schmuddelige Jeans; er schien sich oft hier am See in der freien Natur aufzuhalten und alle möglichen Reparaturen selber zu übernehmen. Unter seinem Käppi mit dem schwedischen Wappen blickten an beiden Seiten nur wenige Haare hervor. Was Paula aber am meisten auffiel, waren seine dunkelbraunen Augen, die seit ihrer Ankunft jede ihrer Bewegungen mit stechendem Blick verfolgten.

Nach einem kurzen, betretenen Schweigen steckte Gustav seine Hände in die Hosentaschen und sah Paula herausfordernd an.

„Und?" Seine Stimme klang schroff. „Was willst du hier?"

„Sie hat Jelena kennen gelernt", kam Marie Paula zuvor. „Du weißt doch, deine ehemalige Heimleiterin."

Gustav Lund reagierte ohne Regung. „Wo hast du sie getroffen?"

Seine fordernde Stimme gefiel Paula überhaupt nicht. Dennoch beantwortete sie seine Frage, wenn auch distanzierter als Marie gegenüber.

„Sie lebt in einem Altenheim in Münster und leidet an fortschreitender Demenz."

„Fortschreitende Demenz?" Lund begann glucksend zu lachen. „Das find ich gut."

„Gut?"

Paula verzog betreten das Gesicht. Die Art und Weise ihres Gegenübers, wie er über Jelena Modritz sprach, gefiel ihr noch weniger als sein Benehmen. Es wirkte abstoßend und gehässig zugleich, zwei Dinge, die sie an Menschen hasste, die diese Eigenart besaßen. Lund bemerkte sehr wohl ihre plötzlich einsetzende Abneigung und hob, sich instinktiv verteidigend, seine

Hände vor den Körper.

„Jelena Modritz war nicht gerade das, was man eine fürsorgliche Heimleiterin nennt“, beeilte er klarzustellen. „Sie war grausam, ungerecht und hinterlistig. Weißt du, wie wir sie genannt haben? Die Hyäne. Für uns war es Normalität, wenn die Kleineren von uns bis zum achten Lebensjahr ins Bett gepinkelt haben, nur weil sie den Abend zuvor von ihr in die Mangel genommen wurden.“

Er trat einen Schritt von Paula weg und steckte seine Hände wieder in die Taschen seiner Jeans. Dann sah er durchs Fenster hinaus auf den See. Für einen Moment, in dem Marie neben Paula trat, blieb es still im Haus.

„Was hat sie dir alles über mich erzählt?“, fragte Gustav irgendwann.

„Gar nichts. Sie hat nur dagesessen und vor sich hingestarrt“, antwortete Paula.

Lund drehte sich zu ihr um. Sein Gesicht verriet Überraschung.

„Gar nichts?“, hakte er nach. „Und was willst du dann hier?“

„Das weiß ich selber nicht“, wollte Paula antworten, entschied dann aber anders.

„Mein Mann David ist vor drei Wochen bei einem Autounfall ums Leben gekommen“, antwortete sie wahrheitsgemäß. „Kanntest du ihn? David Leander?“

Lund schüttelte den Kopf. „Nein, tut mir leid.“

Erneut trat betretenes Schweigen ein, das Gustavs Frau schließlich mit einer wohltuenden Herzlichkeit unterbrach, als sie anfing, von ihrem selbstgebackenen Kuchen zu schwärmen und alle auf die Veranda einlud. Paula nahm nur zu gerne die

Unterbrechung an und folgte ihr nach draußen.

Nach einer halben Stunde, in der sich die beiden Frauen über verschiedene Themen unterhalten hatten und Gustav mehr oder weniger griesgrämig seinen Kuchen verdrückte, schien für Paula die Zeit gekommen, endlich den wahren Grund ihres Besuches zu erwähnen. Sie zog den Zettel mit der Telefonnummer von Lund aus ihrer Tasche und legte ihn vor sich auf den Tisch.

„David hat eure Telefonnummer aufgeschrieben", erklärte sie dazu und hakte nach: „Hat er euch in letzter Zeit mal angerufen?"

„Nein", antwortete Gustav. „Mit einem David Leander haben wir nie gesprochen. Ich hab dir doch vorhin schon gesagt, dass wir ihn nicht kennen. Ich würde mich an den Namen erinnern; so oft bekommen wir keine Anrufe aus Deutschland. Oder, Marie?"

Vielleicht hatte er keine Zeit mehr zum telefonieren gehabt, überlegte Paula schnell, als sie sah, dass Marie, heftig mit dem Kopf nickend, ihrem Mann zustimmte.

„Sagen dir die Namen Simon Fechtner und Oliver Stolle vielleicht mehr?", fuhr sie fort.

Lund stutzte. Dann lächelte er.

„Allerdings. Die zwei waren meine Zimmergenossen, damals, im Heim. Woher kennst *du* sie?"

„Einer der Pfleger im Altenheim von Jelena Modritz hat in ihrem Schrank Briefe von den beiden gefunden", gab Paula zurück. Sie merkte, wie ihr Herz vor Aufregung schneller schlug.

„Kann schon sein, dass die ihr damals geschrieben haben", sagte Gustav Lund nachdenklich und zündete sich mit einem Streichholz eine Zigarette an. Als er Paula auch eine anbot, lehnte sie ab.

„Simon hatte einen besonderen Draht zur Hyäne“, fuhr er, das Zündholz durchknickend, fort. „Wenn ich es nicht besser wüsste, hätte ich gesagt, er war auch eines ihrer Kinder.“

„Sie hatte Kinder?“, entfuhr es Paula überrascht. „Man hat mir gesagt, sie hätte nie welche gehabt.“

„Wer erzählt denn solchen Quatsch“, entgegnete Gustav unwirsch und zog an seiner Zigarette. „Ich weiß sogar von mindestens einem Sohn, den sie zu uns ins Heim gesteckt hat, weil sie ihn bei sich zu Hause nicht mehr haben wollte. Er war jünger als wir, daher kannte ich ihn nicht gut.“

„Sie hat ihn ins Heim gesteckt?“

„Klar“, antwortete Gustav lapidar, als sei diese Tatsache für ihn das Normalste auf der Welt. „Die Modritz kannte kein Pardon, schon gar nicht für ihren eigenen Sprössling. Den hat sie härter rangenommen, als uns andere zusammen. Wenn wir noch heimlich grinsen durften, hatte der gar nichts mehr zu lachen. Und wenn ich mich recht entsinne, hat sie ihn später sogar meistbietend in eine andere Familie abgegeben. Aber da war ich selber schon adoptiert. Daher bin ich mir nicht sicher.“

„Und was hat ihr Mann dazu gesagt?“, entfuhr es Paula besorgt.

Lund lachte spöttisch.

„Ihr Mann? Der hatte doch eh nichts zu sagen bei dem Drachen! Der war bestimmt sogar ganz froh, dass er den Knaben losgeworden ist, nachdem der jahrelang im Heim leben musste … Ne, war vielleicht sogar besser für den, als Jugendlicher in eine normale Familie zu kommen.“

Er nahm einen tiefen Zug aus seiner Zigarette und goss Kaffee nach. Paula war unbehaglich zumute geworden.

„Was ist aus ihm geworden?“, fragte sie zurückhaltend.

„Eine Füllerniete, aber eigentlich fragst du da den Falschen“, gab Lund zurück. „Ich hab mich später nicht mehr viel fürs Heim interessiert. Die einzigen, zu denen ich noch hin und wieder Kontakt habe, sind Simon und Oliver. Letzten Sommer zum Beispiel waren die beiden hier im Haus. Das waren echt schöne Tage voller angenehmer Erinnerungen.“

Er blickte voll innerer Begeisterung über die Oberfläche des Ivosjön und zog hin und wieder an seiner Zigarette. Paula mochte ihn nicht in seinen Betrachtungen stören. Sie suchte derweil nach einem Zusammenhang zwischen David und der Heimgeschichte, den sie nicht finden konnte. Weshalb hatte David Jelena Modritz aufgesucht? Ein fast banal anmutender, neuer Artikel über Altenheimbewohner? Diese Vertrautheit, die im Gespräch zwischen ihr und David aufgekommen war, passte allerdings nicht wirklich dazu und ergab jetzt für Paula noch weniger Sinn.

Es waren andere Zeiten und Umstände, die mich zwangen.

Zumindest schien sie den Punkt, den David in Jelena Modritz Leben gefunden hatte, entschlüsselt zu haben. Etwas in ihrem Leben, über das sie mehr als nur beschämt sein musste. Hatte David sie mit der Wirklichkeit als Heimleitungsdrachen konfrontiert?

„Was überlegst du gerade?“, hörte Paula Gustav Lund fragen. Sie sah ihn an.

„Ich denke darüber nach, was mein Mann mit seinem Besuch bei Jelena bezweckt haben könnte“, antwortete sie. „Er hat ihr viele Fragen gestellt, aber keine, mit denen ich etwas anfangen kann.“

„Woher weißt du, dass er ihr so viele Fragen gestellt hat?“

„Weil er die Gespräche aufgezeichnet hat. Eines hab ich mir angehört, er hat sie als Audiodatei zu Hause auf seinem Notebook."

Lund hob erstaunt eine Augenbraue und wechselte einen Blick mit seiner Frau.

„Wieso hat er das gemacht?"

„Mein Mann war Journalist", erklärte Paula. „Ich habe früher zusammen mit ihm in Münster studiert. Dabei haben wir uns kennen gelernt. Und als Vicky kam … na, ja, er hatte den besser bezahlten Job von uns beiden."

„Er war Journalist?" Lund verzog das Gesicht. „Noch so 'ne Füllerniete."

„Eine … was?"

„Ein Schreibtischtäter", bemerkte er herablassend. „Ich halte nicht viel von Klugscheißern, denen man was erzählt, damit sie einem später alles im Munde umdrehn. Dieser Frank war auch so einer. Hier anrufen, einem tausend Fragen stellen, und dann zum Schluss erst klarstellen, mit wem man es eigentlich zu tun hat. Hätte er mir vorher gesagt, dass er der Sohn von der Alten sei, hätte ich das Gespräch gleich abgewürgt."

„Der Sohn von der Alten?"

„Ja, Frank Modritz. Ist wohl später Reporter geworden." Lund stutzte und sah Paula herausfordernd an. „Kannte ihn dein Mann etwa? Ist er dadurch vielleicht an die Hyäne geraten?"

Paula schüttelte perplex den Kopf. Sie verstand nicht, was Lund ihr eigentlich mitteilen wollte.

„Ich weiß nicht, was du meinst", gab sie irritiert zurück.

„Wenn beide bei der gleichen Zeitung arbeiten", sagte Lund mürrisch, „dann könnten sie sich über die alte Geschichte unterhalten haben. Und dadurch kam er vielleicht an Jelena Modritz."

„Es gibt aber keinen Frank Modritz in der Redaktion“, bemerkte Paula nervös. „Wann hat er dich denn angerufen?“

„Letzten Monat“, kam Marie ihrem Mann zuvor. „Erst war ich am Apparat, aber er wollte unbedingt Gustav sprechen.“

„Ja, aber mit der Wahrheit über seine Person kam er erst ganz zum Schluss raus“, ergänzte Lund übellaunig. Dann stand er auf und verließ mit einem: „Warte mal“, den Tisch.

Als er wiederkam hatte er ein eingerahmtes Foto bei sich, das er Paula gab. Sie betrachtete es interessiert. Ein typisches Klassenfoto, schien es. Nur dass es zu viele Kinder in unterschiedlichem Alter für eine einzige Klasse waren. Ein paar der Köpfe waren mit einem roten Kreis umrandet. Lund trat neben sie.

„Das da ist Simon“, erklärte er dabei. „Dies hier Oliver, und der Schmächtige hier vorne bin ich. Viel zu essen gab es jedenfalls nicht, daran kann ich mich erinnern. Und an die Schläge der Modritz. Die vergisst man sein Leben lang nicht, während einem die guten Sachen schnell wieder abhanden kommen. Als hätte sie die mit dem Rohrstock rausgeprügelt.“

Seine Stimme war während des Redens leiser geworden. Paula bemerkte den tiefen Schnitt, den das Heim in Gustav Lund hinterlassen haben musste. Sie wandte ihr Interesse wieder dem Foto zu und erkannte schließlich ganz am Rand eine kleine, streng aussehende Frau.

„Ist das Jelena?“

Lund atmete tief ein, ehe er bejahte.

„Jelena *Hyäne* Modritz, wie sie leibte und lebte“, sprach er gedämpft. „Sie sollte Gott danken, dass sie bald vergessen haben wird, was sie uns damals angetan hat.“

Dann zeigte er auf einen Jungen, der direkt vor ihr stand.

„Und der Dreikäsehoch da ist ihr Sohn Frank.“

Für einen Moment nahm es Paula den Atem. Das konnte nicht sein, sagte sie zu sich selber, um der Wahrheit, die ihr aus der Fotografie entgegensah, zu entkommen. Doch die frappierende Ähnlichkeit war nur allzu deutlich.

VII.

„Vicky Leander?!“

„Hallo, Vicky.“

Wieder diese seltsame, freundliche Stimme, mit der sie bereits ein paar Mal telefoniert hatte. Diesmal jedoch verspürte sie eigentlich keine Lust, das zu tun, was der Anrufer wollte.

„Was willst du?“, fragte sie abweisend. „Ich hab heute keine Lust zu spielen.“

„Aber, Vicky.“ Der Anrufer schien zu lächeln. „Und warum nicht?“

„Louisa ist da. Sie passt auf mich auf, weil Mama nicht da ist.“

„Ach, deine Mama ist nicht da? Und dein Papa ja auch nicht, hast du mir erzählt.“

„Nein.“

Im Hintergrund hörte sie Louisa nach ihr rufen.

„Dann können wir doch prima spielen“, erklang es aus dem Hörer. „Wir beide, ganz alleine …“

„Vicky, wo bist du?“ Louisa kam näher. Bald würde sie sehen, was sie machte.

„Ich muss jetzt Schluss machen“, sagte Vicky aufgeregt. „Wenn Louisa sieht, dass ich telefoniere …“

„Stimmt, das wäre nicht gut, das weißt du ja. Nicht wahr, Vicky, das weißt du?“

Ihr schoss ein Kloß im Hals hoch.

„Ja“, antwortete sie schüchtern.

„Gut, dann machen wir jetzt Schluss. Ich rufe dich heute Abend noch einmal an.“ Kurze Pause, dann vernahm sie erneut seine Stimme. „Du willst doch, dass ich später noch einmal anrufe, oder?"

Vicky überlegte einen Moment, ehe sie antwortete.

„Ja."

„Gut. Und denk dran, nichts weitersagen … das gehört zum Spiel. Okay?"

„Okay."

Vicky beendete das Gespräch. Als Louisa sie kurz darauf im Wohnzimmer fand, spielte sie bereits wieder mit ihrer Lieblingspuppe Mecki.

„Wer hat da angerufen, Vicky?", fragte Louisa.

„Niemand."

Louisa runzelte die Stirn, sprach mehr zu sich selber: „Hm, und ich dachte, ich hätte das Telefon gehört."

„Du hast dich verhört, Isa."

„Kann sein. Sollen wir etwas zusammen spielen?"

Dass Vicky bei dem letzten Wort zusammenzuckte, ehe sie aufstand, um ihr in den Garten zu folgen, bemerkte Louisa nicht. Wenig später tobten die beiden Mädchen über die Graswiese, als wäre nichts geschehen.

Paulas Hände zitterten, als sie die Nummer wählte. Es war inzwischen spät geworden, aber sie musste endlich Gewissheit haben. Natürlich hatte sie Rini inzwischen mit den neuesten Nachrichten versorgt, war bei ihr allerdings auf eine ganz andere Reaktion gestoßen.

„Selbst wenn", hatte Rini gemeint, „was würde es dir weiterhelfen?"

Ja, was würde es ihr helfen, wenn sie wusste, dass David adoptiert worden war?

Nach dem Gespräch mit ihr hatte sie eine lange Autofahrt gemacht, einmal um den Ivosjön herum. Gustav hatte ihr sein Auto geliehen, einen klapperigen Mazda. Am westlichen Ufer des Sees war sie auf ein ehemaliges Kloster gestoßen: Bäckaskog Slott. Sie war ausgestiegen und fast eine Stunde in der kleinen Kapelle geblieben, wo sie darüber nachdachte, wie es jetzt weitergehen würde. Es war ein Schock gewesen, oder nein – schlimmer als das. Er hatte es vor ihr geheim gehalten, das war für Paula das Unerträglichste überhaupt. Unerträglicher als die Tatsache selber. Bis zu diesem Zeitpunkt hatte sie immer angenommen, dass sie und David in ihrer Ehe grundehrlich zueinander gewesen waren. Dass es von seiner Seite aus nicht so war, traf sie tief im Innersten.

Sie war sich nicht sicher, welche Konsequenzen diese neue Wahrheit nach sich ziehen würde und ob sie sie überhaupt bis ins Kleinste verfolgen sollte. Paula fühlte sich gekränkt, betrogen und einsamer wie je zuvor. Konnte es da noch schlimmer kommen?

Schließlich rang sie sich dazu durch, ihre Schwiegermutter anzurufen, um sie damit zu konfrontieren, was sie herausgefunden hatte. Wie sie sie kannte, würde sie bestimmt zunächst alles leugnen. Die Leanders hatten sich über viele Jahre ein eigenes Weltbild aufgebaut und es geschickt verstanden, dass niemand daran herumrüttelte. Nach dem Tod von Davids Vater war das Bild zwar etwas ins Wanken geraten, aber seine Mutter bestand darauf, dass alles im Sinne ihres verstorbenen Mannes so weitergehen sollte, wie zuvor. Und David war nicht derjenige, der ihr da widersprach.

Paulas Schwiegermutter war stets freundlich zu ihr gewesen. Lieb, charmant, aber zurückhaltend. Als einziges Kind war

David ihr ein und alles. Nur Vicky hatte sie, nachdem sie geboren war, erlaubt, einen noch näheren Platz in ihrem Herzen zu finden. Für ihre Enkeltochter würde sie alles tun, da war sich Paula immer sicher gewesen. Und vielleicht konnte ihr das jetzt helfen.

„Leander?"

„Hallo, Renate, ich bin's", begann Paula nach einem tiefen Atemzug.

„Paula!" Die Stimme von Davids Mutter klang wie immer. Makellos, erwärmend, aber doch auf eine seltsame Art und Weise distanziert. „Wie schön, dass du mich anrufst. Wie geht es dir? Wo bist du gerade?"

„In Schweden", antwortete Paula, ohne nähere Erklärungen abzugeben.

„Schweden?" Ihre Schwiegermutter wirkte überrascht. „Bist du mit Vicky unterwegs?"

„Nein. Sie ist zuhause geblieben."

„Ach? Na, ja, und was machst du in Schweden? Arbeitest du wieder?"

„Noch nicht. Aber ... man hat mir Davids Stelle angeboten."

„Dann solltest du unbedingt annehmen", unterbrach sie Renate Leander. „So eine Gelegenheit kommt so schnell nicht wieder. Und David würde es bestimmt auch gut finden, glaub mir."

Dir glauben?, kam es Paula in den Sinn. Nie wieder würde sie ihr glauben können, nach all dem, was sie erfahren hatte.

„Weißt du, Paula", sprach ihre Schwiegermutter mit einem Seufzer weiter, „manchmal träume ich nachts noch immer von ihm. Du doch bestimmt auch, oder?"

„Träumst du auch von seiner leiblichen Mutter?!"

Paulas Ton war vielleicht ein bisschen zu schroff. Am anderen Ende blieb es jedenfalls für einige Augenblicke still. Dann vernahm sie wieder Renates Stimme, in der Bitterkeit mitschwang.

„Ich weiß nicht, was du meinst, Paula."

„Ach, nein?"

Paula war müde. Es war ein langer, anstrengender Tag gewesen. Sie sah auf die Uhr, kurz nach neun. Es wurde Zeit, einen Schlussstrich unter diesen Tag zu ziehen.

„Erspar mir den Gang zu eurer Gemeinde, Renate", sagte sie kraftlos. „Im Taufregister würde ich sicher sehr schnell die Wahrheit finden, dass Davids eigentlicher Name Frank Modritz ist und ihr ihn adoptiert habt, oder?"

Erneut Stille am anderen Ende der Leitung.

„Du kannst es doch nicht mehr bereinigen", ergänzte Paula und horchte erneut. Dabei blickte sie durch das offen stehende Fenster der Hütte über den Ivosjön, auf dem sich die verschiedensten Lichter der Umgebung spiegelten. Irgendwo erklang leise ein Vogel, ehe sie wieder die Stimme ihrer Schwiegermutter vernahm.

„Er war zehn, Paula, ein kleiner Junge ohne Eltern, wurde uns gesagt. Später haben wir dann die ganze Wahrheit erfahren; dass seine Mutter ihn mehr oder weniger an uns verkauft hat, weil sie ihn nicht mehr haben wollte."

Paula spürte, dass sie sie jetzt nicht unterbrechen sollte, wollte sie die ganze Wahrheit hören.

„So ganz allein", sprach Renate weiter. Eindringlich, gefühlvoll und voll Sehnsucht nach alten Zeiten. „Wir haben wirklich nicht gewusst, dass seine leibliche Mutter als Leiterin dort im Heim tätig war. Sie hat es uns viele Jahre lang verschwiegen, bis David es selber herausgefunden hat.

Das musst du mir glauben."

„Muss ich das?", höhnte Paula, sie nun doch unterbrechend.

„Wir fanden es jedenfalls besser, seinen wahren Ursprung so gut es ging zu verheimlichen", erklärte ihre Schwiegermutter tonlos. „Das galt natürlich auch für dich. Als David dich kennen lernte, war er wie verwandelt. Aus dem schüchternen Jungen wurde endlich ein liebender Mann, das wollten wir nicht zerstören. Und als Vicky dann auf die Welt kam …"

Sie stockte, dann erklang ein Räuspern, dem man anmerkte, dass sie mit den Tränen kämpfte.

„Was wäre denn anders gewesen, wenn wir es dir erzählt hätten, Paula?", fügte Renate irgendwann hinzu.

„Unsere Ehe hätte nicht mit einer Lüge begonnen", entfuhr es Paula abweisend.

Das Gespräch war für sie an dieser Stelle beendet. Sie würde die Tränen ihrer Schwiegermutter nicht aufhalten, dazu war ihr eigener Kummer in den letzten Stunden zu groß geworden. Zu ihrer Enttäuschung kam irgendwann auch Traurigkeit hinzu, die sie bis zu diesem Telefonat einigermaßen mit einer halben Flasche Rotwein, den sie in Näsum gekauft hatte, in Schach gehalten hatte. Jetzt aber merkte sie, dass sie an dem Punkt angekommen war, wo sie Ruhe brauchte.

Oder Davids streichelnde Hand.

„Ich muss jetzt aufhören, Renate", murmelte sie müde. „Wir reden ein andermal weiter … irgendwann einmal, meine ich."

„Was ist mit Vicky?", fragte Renate aufgeregt. „Willst du sie auch von mir … fernhalten?"

„Vielleicht ist es besser, wenn wir uns eine Zeitlang nicht sehen", entgegnete Paula abweisend. „Ich muss jetzt Schluss machen. Ruf in nächster Zeit bitte nicht an, tu mir den Gefallen."

„Wenn du es so willst“, antwortete ihre Schwiegermutter stockend und mit tränenerstickter Stimme. „Es tut mir alles so leid, Paula. Ich hab doch nur noch euch.“

Paula wusste darauf keine Antwort. Daher beendete sie das Gespräch wortlos. Sie nahm ihr Glas an sich und trank den Rest Rotwein. Der Alkohol begann endlich, sich mit dem Psychopharmaka, das sie noch immer schluckte, zu verbinden. Ab morgen würde sie die Tabletten weglassen, entschied sie für sich. Sie fand, dass sie sie nicht mehr brauchte.

Leicht benebelt trat sie durch die offen stehende Verandatür hinaus in die laue, schwedische Nacht.

Über dem Ivosjön hing der fahle Mond und spiegelte sich auf der sich kräuselnden Oberfläche. Am Ufer, keine zwanzig Meter von ihr entfernt, erkannte sie die Umrisse einer Person. Langsam drehte sie sich zu ihr um und kam näher. Kurz bevor sie Paula erreichte, erkannte sie Gustav Lund, als er an seiner Zigarette zog und die aufleuchtende Glut für einen Moment sein Gesicht erhellte.

„Alles in Ordnung?“, fragte er behutsam.

„Ja“, log Paula.

Von Westen her zog ein kalter Wind auf. Sie fröstelte und zog ihre Strickjacke enger um den Körper. Dann verschränkte sie die Arme vor der Brust und sah ihn herausfordernd an.

„Hast du gelauscht?“, fragte sie ihn verdrießlich.

„Nein“, antwortete Lund aufrichtig. Doch er fügte verlegen lächelnd hinzu: „Allerdings muss ich gestehen, dass du nicht gerade leise gesprochen hast.“

Paula atmete tief ein. War ja eigentlich auch egal, ob er ihr zugehört hatte oder nicht, fand sie.

„Wenn ich das damals alles geahnt hätte“, gestand sie leise.

„Was dann?“, hakte Lund nach und zertrat seine Zigarette auf dem schmalen Kiesweg, der vom Ufer zur Hütte führte. „Denkst du, dann hättest du etwas anders gemacht? David nicht geheiratet?“

Er kramte eine neue Zigarette aus der Packung und entzündete sie mit einem Streichholz, ehe er fort fuhr: „Ich will dir sagen, wie ich das sehe. Wir sehnen uns alle manchmal nach dem Damals zurück. Aber da gab es nur die Gegenwart, und die war für mich nicht immer schön. Man kapselte sich ab, igelte sich ein, dachte nur an sich, um den Tag zu überstehen. Und hin und wieder gab es die vage Hoffnung auf ein anderes Leben.“

„Aber ihr ward Kinder“, unterbrach ihn Paula überrascht.

Lund hob die Schultern. „Na, und? Auch eine Kinderseele kann man zerbrechen. Vielleicht sogar noch leichter, wie die eines Erwachsenen. Jelena hat massenweise Seelen zerbrochen. Wie der berüchtigte Elefant im Porzellanladen, der sich einmal um die eigene Achse dreht.“

Seine Stimme klang bitter, fast gefühlskalt.

„Die Frau hat sich nicht nur einmal umgedreht“, fügte er eisig hinzu. „Sie war wie ein Karussell, auf das man nicht aufspringen kann, weil es ständig in Bewegung ist.“

„Eine schreckliche Vorstellung.“

Lund nickte. „Aber eine wahre.“

„Und wie bist du hierher gekommen?“

„Über Umwege. Ich war zwölf, als man mich aus dem Heim nahm. Mit siebzehn bin ich dann von zuhause weg. Hab einen Job gefunden, bin auf Montage gegangen. War ’ne schöne Zeit, vielleicht sogar die Beste. Irgendwann kam ich hierher und hab Marie kennen gelernt. Na, ja, und das war’s.“

Paula sah ihn überrascht an. Ihr war mit einem Mal so, als

schien Lund in einem ganz anderen Licht dazustehen. Ein verletzter Geist in einem gesunden Körper. Er hatte viel durchgemacht, begriff sie und kam sich dabei selber hilflos und klein vor. So langsam verstand sie seine Reaktion, als sie ihm von Jelena Modritz Gesundheitszustand erzählt hatte. Im Gegensatz zu ihm konnte sie mit einer friedlichen und anekdotenreichen Kindheit dienen, die ihr auch Jahre später viele schöne rückblickende Gedanken gebracht hatte. Gustav Lund hatte in dieser Hinsicht gar nichts vorzuweisen, an das er sich erinnern wollte. Also, was heulte sie eigentlich einem Phantom wie David hinterher?

Es stimmte schon, was sie Renate gesagt hatte. Ihre Ehe war mit einer Lüge gestartet und dann mit der Entlarvung geendet.

So what?

„Das Leben ist nur ein Spiel, Paula“, unterbrach Lund ihre Gedanken. „Nicht mehr und nicht weniger. Und es gibt einige, die von vornherein andere Regeln als die übrigen Spieler auswendig lernen müssen. Ist es ihnen deshalb zu verübeln, dass sie manchmal ein bisschen mogeln, wenn es Vorteile bringt? Du solltest jetzt nicht zu hart über deinen David denken. Ich kann mir vorstellen, dass ihr eine gute Ehe geführt habt, oder nicht?“

Paula nickte unbewusst und zog ihre Jacke noch fester um den Körper. Lund bemerkte, dass sie fror.

„Dir ist kalt“, sagte er. „Lass uns reingehen. Wenn du nichts dagegen hast, bleibe ich noch ein paar Minuten. Aber nicht zum üblichen Kaffee, obwohl ich nichts gegen ein erwärmendes Getränk einzuwenden hätte. Aber dafür hab ich noch etwas anderes, das mir seit Jahren hilft, das Damals zu verdängen.“

Er lächelte und nahm ihre Hand, als er sie zurück zur Hütte führte. Irgendwie tat es Paula gut, ihn zu spüren. Ohne ihn wirklich zu kennen, konnte sie seine Gefühle nachvollziehen. Ein seltsamer Zustand, auch wenn sie ihn nicht zum ersten Mal erlebte. Sie hatte ein Gespür für ihre Mitmenschen, wenn sie sich für sie interessierte. Und Gustav Lund gehörte zu diesem illustren Kreis.

Eine Stunde später lauschte sie den leisen Wellen des Ivosjön und schlief bald darauf zufrieden ein.

Es war halb zehn. Rini hatte es sich auf dem breiten Sofa in Paulas Wohnzimmer unter einer Decke gemütlich gemacht und las halbherzig in einer Illustrierten. Vicky schlief längst tief und fest. Der Tag war eigentlich gut verlaufen. Keine Besonderheiten, hin und wieder Vickys Frage, wann ihre Mama wieder da sei. Sie hatte versucht, so gut wie möglich die Ersatzmama zu spielen, was ihr auch, objektiv betrachtet, recht brauchbar gelungen war. Gut, die Fischstäbchen am Mittag rochen angebrannt, und den Spinat hatte Vicky links liegengelassen, aber man konnte nicht immer gewinnen. Unter dem Strich war bisher alles glatt gelaufen.

Sorgen bereitete ihr nur, was Vicky am Abend mit ihrem Teddybären angestellt hatte. Es sah aus, als hätte die Kleine ihn mit einer Schere aufgeschnitten, um ihm die Füllwatte zu entnehmen. Es erinnerte Rini an eine Operation, als sie das Malheur entdeckte. Oder mehr noch an ein Schlachtfeld. Vicky hatte nur eine ausweichende Antwort parat gehabt. Sie *sollte* es tun, habe ihr jemand gesagt, den sie nicht näher beschreiben wollte. Rini gab sich damit zufrieden und schob es letztlich auf die Ereignisse der letzten Wochen. Auch an Vicky ging solch eine Sache sicher nicht spurlos vorbei. Und da sie selber keine Kinder hatte, konnte sie nicht einschätzen, wie Vicky darauf reagierte. Sie würde es Paula erzählen, wenn sie wieder zurück war. Morgen, nach dem Kindergarten. Jetzt war sie zu müde.

Sie gähnte und legte das Journal zur Seite. Das Sofa war zwar hart, aber breit. Zeit, um einzuschlummern. In Gedanken bereitete sie schon das Frühstück für sich und die Kleine vor. So real, dass sie sogar meinte, den feinen Duft von Kamillentee zu riechen.

Ein scheußlicher Gestank, fand sie.

VIII.

Paula wurde durch undeutliche Stimmen vor ihrer Hütte geweckt. Sie hatte gut geschlafen; der *Verdrängungsfreund* von Gustav Lund hatte sich als hochprozentiger Whisky aus Irland herausgestellt und auch bei ihr so manches verbannt, was sie bis dahin beschäftigte. Jetzt fühlte sie sich ausgeruht und gestärkt.

Sie sah aus dem Fenster. Am Ufer des Ivosjön konnte sie drei Personen erkennen. Gustav und zwei uniformierte Polizisten. Sie schienen in einem Gespräch vertieft und starrten dabei über die Oberfläche des Sees. Dann entdeckte Gustav sie hinter dem Fenster und signalisierte ihr mit einer Handbewegung, dass sie zu ihm kommen solle. Neugierig zog sich Paula schnell an und lief dann hinaus an den See.

Gustav grüßte knapp und stellte sie vor.

„Das ist Paula Leander." Er zeigte auf die Polizisten. „Hannah Söderberg und Ole Lindström von der Polizeistation Sölvesborg."

Paula reichte den beiden die Hand. Die junge Beamtin schien sie dabei eindringlich zu mustern. Sie hatte ihre langen, blonden Haare zu einem Pferdeschwanz zusammengebunden und wirkte dadurch noch strenger. Ihr Kollege, ein hoch gewachsener, schlaksiger Typ, beachtete sie dafür kaum.

„Du kommst aus Deutschland?" Die Stimme der Polizistin klang freundlich, aber irgendwie fordernd. Paula nickte zurückhaltend. „Woher genau?"

„Darup", antwortete sie. „Das ist in der Nähe von Münster."

Die Beamten wechselten einen überraschten Blick.

„Gustav hat uns kurz etwas über dich erzählt", fuhr die

Beamtin in recht gutem Deutsch fort.

„Hat er das?"

Paula bemerkte bei ihr eine aufkommende Neugier, die nicht nur nach normalem Interesse klang. Daher versuchte sie das Thema von sich abzulenken und wandte sich Gustav Lund zu.

„Ist etwas passiert?"

Er wich ihrem Blick aus.

„Ja", antwortete er kurz angebunden.

„Darf man erfahren, was?", hakte Paula nach.

„Wir haben hier vor ein paar Tagen einen ausgeräumten Möbelwagen aus Deutschland gefunden", übernahm Hannah Söderberg wieder den Gesprächsfaden. „Bisher wussten wir nicht, wer mit dem Leihwagen hierher gekommen ist und ihn dort, wo wir ihn gefunden haben, abgestellt hat."

Paula sah sie überrascht an. Erneut fiel ihr der gespannte Gesichtsausdruck der jungen Frau auf.

„Aber solch ein Wagen wird doch irgendwo gemeldet sein, oder?", sagte sie. „Die Firma muss doch wissen, wem sie das Auto geliehen hat."

„Nicht, wenn die Firma seit einem Jahr bankrott ist und geschlossen hat", antwortete Gustav Lund.

„Sie ist geschlossen?"

„Ja", fuhr Söderberg fort, während ihr Kollege wieder zurück ans Ufer trat und dort den Boden untersuchte. „Wir nehmen an, dass er während einer längeren Zeit in irgendeiner Garage gestanden hat und nun entsorgt wurde."

Paula musterte sie neugierig. „Wer macht denn so etwas?"

Söderberg zuckte die Schultern. „Heute Morgen kam ein Fax von unseren Kollegen aus Deutschland. Dort wird seit zwei Jahren eine junge Studentin vermisst, die nach Stockholm auswandern wollte, da aber nie ankam. So wie es aussieht, sind es ihre Sachen, die wir gefunden haben."

„Und was ist mit der Studentin?"

Erneut zuckte die Polizistin lässig ihre Schultern.

„Die haben wir noch nicht gefunden", erklärte sie dabei. „Und im Möbelwagen gab es kaum einen persönlichen Hinweis, so dass wir nicht hundertprozentig davon ausgehen können, dass es ihre Möbel sind."

„Das einzige, was sie heute gefunden haben, ist ein Foto von ihr", ergänzte Gustav. „Hannah hat mir gerade erzählt, dass sie es direkt zu ihren Kollegen nach Deutschland gefaxt haben und nun auf Antwort warten."

„Seltsame Sache." Mehr fiel Paula nicht dazu ein.

„Stimmt, seltsame Sache."

Der junge Polizist bückte sich und hob einen Gegenstand vom Boden auf, den er eindringlich betrachtete. Gustav beobachtete jede seiner Handbewegungen.

„Tja." Paula hatte genug erfahren. Ihr war klar, dass sie hier nicht helfen konnte. Sie sah auf ihre Armbanduhr, es wurde Zeit zu frühstücken. „Ich werd dann mal. In einer Stunde geht mein Zug nach Malmö."

„Du willst heute schon wieder abreisen?", hakte Hannah Söderberg neugierig nach. „Bist du nicht gestern erst gekommen?"

Paula wechselte einen schnellen Blick mit ihrem Gastgeber.

„Ja, aber die Sache hat sich inzwischen erledigt", antwortete sie lächelnd.

„Aha."

Söderberg schien eine Idee in den Sinn zu kommen. Sie kramte kurz in ihrer Uniformjacke und zog ein zerknittertes

Foto heraus, das sie Paula reichte.

„Das ist die Fotografie, die ein Zeuge in der Nähe des Lastwagens gefunden hat", erklärte sie dabei. „Laut der Adresse am Wagen stammt er bei dir aus der Gegend. Könnte ja sein, dass du jemanden darauf erkennst."

Paula schüttelte abwesend den Kopf, nahm aber mechanisch das Foto entgegen und betrachtete es. Vier Personen eng beieinander; ein junges, hübsches Mädchen und drei lachende Männer, als hätte einer von ihnen gerade einen Witz erzählt.

Nach diesem kurzen ersten Eindruck erstarrte sie.

„Aber … das gibt es doch nicht", stammelte sie erregt.

„Was denn?"

Aufgewühlt zeigte sie auf einen der Männer und starrte in die Augen der Polizistin. „Das ist David!"

Hannah Söderberg verzog ihre Mundwinkel zu einem überheblichen Grienen.

„Ach ja? Und wer ist dieser David?"

Im Hintergrund kam ihr Kollege mit aufmerksamem Gesichtsausdruck wieder näher.

Vicky befand sich im Kindergarten. Es hatte Rini zwar enorm viel Anstrengung gekostet, ihr zu erklären, dass ihre Mutter sowieso erst gegen Mittag wieder zu Hause sei, aber sie hatte es geschafft, die Kleine zu überreden, doch zu gehen. Jetzt war Rini gerade dabei, das Wohnzimmer aufzuräumen, damit Paula nicht schon beim ersten Eintreten der Schlag traf.

Die Spielsachen warf sie einfach in Vickys Zimmer auf den Boden. Danach räumte sie den Frühstückstisch ab und kümmerte sich um das Geschirr. Als sie im Wohnzimmer noch eine Tasse auf dem kleinen Glastisch vor dem Sofa fand, ging sie hinüber und nahm sie an sich. Dann aber stutzte sie und runzelte die Stirn. Die Tasse war halb voll mit kaltem, abgestandenem Kamillentee. Es sah so aus, als sei sie eingeschlafen, ohne den Rest zu trinken. Der Beutel befand sich sogar noch in der Tasse und war fein säuberlich am Henkel festgebunden. Rini fiel ihr Traum wieder ein, aber das war es nicht, was die kalten Schauer auf ihrem Rücken erklärte.

Es gab ein anderes Problem an der Sache. Sie hasste alle möglichen Teesorten und vor allem Kamillentee!

Der Raum war klein und hatte kein Außenfenster, eine schmale, nach innen aufgehende Tür und eine Wand, die aus Spiegelfolie zu bestehen schien. In der Mitte stand ein kleiner Tisch mit drei Stühlen, und oben an der Decke warfen leise brummende Neonröhren ein käsiges Licht in jeden Winkel des Zimmers, das mitten im Gebäude der Polizeistation Sölvesborg lag. Eine der Röhren flackerte beständig, für Paula nach einer gewissen Zeit fast unerträglich.

Seit sie hier angekommen war, schien es ihr so, als sei eine Ewigkeit vergangen. Man hatte sie in den Raum hier geschoben, ihr versprochen, den Flug, den sie verpasst hatte, zu stornieren, sie mit einem Kaffee zu versorgen … bisher hatte sie aber nicht den Eindruck, als sei irgendetwas von all dem geschehen. Ihren Pass und den Presseausweis hatte diese Hannah Söderberg einkassiert, angeblich, um die Papiere zu überprüfen. Zum Glück hatte man ihr das Handy dagelassen. Sie hatte Rini zwar nicht erreicht, aber immerhin konnte sie es jederzeit erneut versuchen.

Endlich, nach einer halben Stunde, die ihr wie zwei vorkamen, öffnete sich die Tür und die junge Polizistin kam mit einer

Mappe unter dem Arm geklemmt und zwei Pappbechern in den Händen herein. Einen der Becher, aus denen es nach recht billigem Pulverkaffee roch, stellte sie vor Paula auf den Tisch, ehe sie sich ihr gegenüber auf einen Stuhl setzte.

„Entschuldige die Formalitäten", sagte sie dabei, wirkte aber nicht, als meine sie es auch so.

Paula zuckte die Schultern.

„Kein Problem."

Söderberg öffnete die Mappe. Paula fielen sofort mehrere Fotos auf; ein ausgeräumter Möbelwagen, Einrichtungsgegenstände, die in einem Waldstück verstreut herumstanden; das Foto mit David und der Studentin, das man ihr gezeigt hatte. Darüber hinaus befanden sich ein paar dicht beschriebene Din-A-4 Zettel in der Akte, die die Polizistin kurz überflog. Ein Vorgespräch hatte Paula bereits hinter sich. Personalien, Grund des Aufenthaltes ... alles Fragen, die zwar äußerst neutral klangen, trotzdem aber ein flaues Gefühl hinterlassen hatten.

Endlich schob Hannah Söderberg ihr den Pass, den Presseausweis und einen der Zettel hinüber. Er war in Schwedisch verfasst; das einzige, was sie lesen konnte, war ihr Name und ihre Adresse in der oberen Ecke.

„Das ist deine Aussage", erklärte die Beamtin tonlos und reichte ihr einen Kugelschreiber. „Es wäre gut, wenn du sie gleich unterschreiben würdest."

„Ich kann es aber gar nicht lesen", entgegnete Paula zögernd.

„Aber du weißt doch noch, was du meinem Kollegen erzählt hast, oder?" Söderberg tippte unruhig auf dem Kugelschreiber herum. „Bitte, sei so gut, dann haben wir das Formelle schnell hinter uns."

Paula nahm den Stift an sich und unterschrieb. Im Unterbewusstsein gefiel ihr die Sache gar nicht, aber was sollte sie machen? Zu guter Letzt schob sie den Stift und das Blatt zu Söderberg zurück, die es in der Mappe einheftete. Fast gleichzeitig ging die Tür auf und ihr Kollege Ole Lindström kam herein. Er brachte ein tragbares Aufnahmegerät mit, das er im Hintergrund des Raumes an einer Steckdose mit Strom versorgte und dessen Mikrofon er vor Paula auf den Tisch stellte. Das miese Bauchgefühl von vorhin verstärkte sich. Mit Sorgenfalten sah sie zurück auf Hannah Söderberg, die ihr eines der Fahrzeugfotos über die Tischplatte hinweg zuschob.

„Also", begann die Schwedin steif, „dein Name ist Paula Leander, Adresse Bakenweg 25 in Darup. Ist das korrekt?"

Paula nickte.

„Bitte ein Ja oder Nein", forderte sie Söderberg auf.

„Ja."

„Etwas lauter."

„Ja!"

„Gut." Die junge Polizistin nahm erneut ein Blatt an sich und begann zu lesen, als Ole Lindström sich neben sie auf einen Stuhl setzte und keinen Blick von Paula ließ. „Wir haben dir heute das Bild von der gesuchten Studentin Verena Pohlmann vorgelegt ..."

Paula unterbrach sie irritiert. „Was?"

„Das Bild ... erinnerst du dich?", hakte Söderberg ermunternd nach und sah sie dabei herausfordernd an.

„Doch ... schon." Woher hatten die denn plötzlich den Namen der Frau?, überlegte Paula fieberhaft. „Aber ich wusste nicht, dass sie ..."

„Du hast einen der Männer auf demselben Foto als deinen Mann David Leander wiedererkannt", unterbrach sie Söderberg erneut, ohne abzuwarten, was Paula sagen wollte. „Stimmt das?“

„Ja. Aber er lebt nicht mehr. Er hatte einen Autounfall.“

„Vor drei Wochen.“

„Ja, etwas mehr als drei Wochen.“

Söderberg legte die Fingerspitzen zusammen und lehnte sich dabei mit den Ellbogen auf die Tischkante. Für einen Moment musterte sie Paulas Gesicht und schien darin nach den richtigen Worten zu suchen.

„Hast du gewusst“, fragte sie endlich, „dass er drei Tage vorher noch hier in Schweden war?“

Paula traf es wie ein Schlag. Die einzige Reaktion, die sie zustande brachte, war ein unbewusstes Kopfschütteln und einen verwunderten Gesichtsausausdruck.

„Hast du es gewusst oder hast du es nicht gewusst?“, stocherte Söderberg launisch nach.

„Nein, das habe ich nicht gewusst.“

„Ach?“

„Woher wollt ihr das denn überhaupt wissen?“, konnte Paula endlich fragen, nachdem sie sich von ihrem ersten Schock erholt hatte.

„Ein Zeuge hat ihn hier in Näsum gesehen.“

„Das ist unmöglich.“

Hannah Söderberg wechselte einen Blick mit ihrem Kollegen. Ihre Gesichter wirkten äußerst zwiespältig, was Paula nicht entging. Sie hatte plötzlich das Gefühl, auf der Hut sein zu müssen, um nicht in irgendeine dumme Geschichte hineingezogen zu werden. Falls sie nicht schon längst mittendrin steckte.

„Du hast die deutsche Staatsangehörigkeit?“, stellte Ole Lindström in gefühllosem Ton fest.

Paula bemerkte die Falle noch früh genug, verschränkte die

Arme vor der Brust und entgegnete reserviert: „Ja, aber, bevor du fragst: Ich habe arabische Vorfahren."

„Aha." Sein Gesicht verriet Abneigung.

„Mütterlicherseits?", übernahm Söderberg wieder den Gesprächsfaden.

„Nein, mein Vater stammt aus Ägypten."

„Ägypten." Die Polizistin machte eine kurze Pause, bevor sie weiterfragte: „Und dann Leander als Name?"

„Der Name meines Mannes."

„Hmhm, verstehe."

„Scheint mir aber nicht so", dachte Paula mürrisch und entgegnete: „Wird das hier eigentlich ein Verhör?"

„Sollte es denn eins werden?", konterte Lindström brüsk.

Auch Söderbergs lauernder Blick gefiel Paula überhaupt nicht.

„Wie lange kennst du Gustav Lund schon?"

„Das hab ich doch bereits gesagt!", antwortete Paula gereizt. „Ich hab ihn gestern zum ersten Mal getroffen!"

„Und dann kommst du für zwei Tage hierher, nur um Gustav zu besuchen, den du vorher gar nicht gekannt hast?" Die junge Polizistin sah sie weiterhin lauernd an. „Könntest du uns das näher erklären?"

„Ich habe ihn aufgesucht", antwortete Paula und versuchte ruhig zu bleiben, „weil ich herausgefunden habe, dass mein Mann als Kind adoptiert wurde und beide einige Zeit zusammen im selben Heim gelebt haben."

Erneut sahen sich Söderberg und Lindström verständnislos an. Daraufhin erzählte Paula ihnen, wie sie nach und nach hinter die Lebensgeschichte ihres Mannes gekommen war. Als sie mit ihrem Bericht fertig war, hatte sie allerdings nicht das

Gefühl, die beiden komplett überzeugt zu haben. Söderberg hatte auch gleich ein paar Fragen.

„Du hast vorher wirklich nicht gewusst, dass er adoptiert wurde?"

Paula schüttelte den Kopf. „Nein."

„Und weißt du auch, warum er so ein Geheimnis darum gemacht hat?"

„Ehrlich gesagt", antwortete Paula zögernd und nippte an ihrem Kaffee der nach allem schmeckte, aber nicht nach dem, was er sein sollte, „ich kann ihn leider nicht mehr befragen. Aber ich hoffe, dass mir Jelena Modritz mehr sagen wird, wenn es ihr besser geht."

„Ja, kann sein", entgegnete Söderberg stockend. „Dein Mann könnte also drei Tage vor seinem Unfall hier gewesen sein?"

Paula zuckte die Schultern.

„Er war zu dem Zeitpunkt für eine neue Reportage im Ausland unterwegs", entgegnete sie reserviert. „Wo, hat er mir nicht gesagt. Es wäre also durchaus denkbar, dass er hier war. Aber ich weiß es nicht sicher. Kann sein, dass seine Mitarbeiter in der Redaktion mehr darüber wissen."

„Wir werden sie befragen", entgegnete Lindström tonlos, fuhr aber gleich fort: „Und diese beiden anderen Männer auf dem Foto kennst du nicht?"

„Nein."

„Und dass dein Mann Kontakt zu dieser Studentin hatte, wusstest du auch nicht?"

„Nein."

„Du kannst dir also nicht erklären, wie und wo das Foto gemacht wurde und welches Verhältnis dein David zu dieser Studentin hatte?"

Paula zuckte zusammen.

„David hatte kein Verhältnis zu ihr", wehrte sie schnell ab.

„Woher weißt du das so genau?"

„Ich weiß es natürlich nicht genau, aber …"

„Dein Mann war drei Tage vor seinem Autounfall hier in Näsum", begann Söderberg mit kalter Stimme aufzuzählen. „Daraufhin taucht dieser Möbelwagen im Waldstück am Ivosjön auf, und wenig später stirbt er bei einem Autounfall. Ist doch alles recht seltsam, findest du nicht?"

„Wollt ihr mir vielleicht jetzt noch einreden, dass die beiden anderen Personen auf dem Bild Drogendealer oder sonstige Verbrecher sind?", blaffte Paula unbeherrscht zurück. „Und mein Mann hatte Kontakte, die nicht gut für ihn waren? Und sein Autounfall war gar kein Unfall, sondern ein Mordanschlag, weil er etwas herausgefunden hat, das nicht gut für ihn war? Und ich wusste von all dem?"

Paula hatte sich in Rage geredet, erntete aber nur starre Gesichtsausdrücke.

„Du solltest dein südländisches Temperament besser im Griff halten", bemerkte Lindström frostig. „Wir sind hier nicht auf einem Basar in Kairo. Vielleicht ist dir aufgefallen, dass wir keine Vermutungen aussprechen, sondern nur Fragen stellen."

Paula versuchte sich zu beruhigen und fuhr sich unruhig mit einer Hand durch die Haare. Als sie sie zurückzog, streifte sie ihren Pappbecher, der daraufhin umkippte und seinen restlichen Inhalt über die Tischplatte vergoss. Instinktiv zog Söderberg die Mappe an sich, woraufhin die Blätter und Fotos in loser Folge auf den Boden segelten. Die Polizistin sprang auf und sammelte eilig die wenigen Ermittlungsergebnisse, die sie in diesem Fall hatten, wieder ein. Als sie sich wieder setzte, hatten Paula und Lindström die Flüssigkeit mithilfe von Papiertaschentüchern in den Griff bekommen. Allerdings ahnte Paula, dass das Gespräch von nun an noch eisiger verlaufen würde als bisher.

„War der Autounfall denn nur ein Unfall?“, fuhr Hannah Söderberg in einem Tonfall fort, der Paulas Ahnung zu bestätigen schien.

„Natürlich war es das“, antwortete sie geistesabwesend.

„Hattet ihr viele Geheimnisse voreinander?“, übernahm Lindström den Gesprächsfaden.

„Nein, eigentlich nicht …“

„Außer, dass er adoptiert wurde, was er dir nicht erzählt hat.“

Paula nickte.

„Und dass er dir nicht alles über seine Arbeit erzählt hat.“ Wieder Söderberg.

„Nein.“

„Du hast aber auch nicht viele Fragen gestellt?“ Lindström.

„Er hat Vicky über alles geliebt“, schnitt Paula ein Thema an, dass den beiden Beamten sofort den Wind aus den Segeln nahm. „Und mich auch.“

Söderberg starrte sie irritiert an.

„Bitte? Was meinst du?“, hakte sie nach.

„Er hätte sich niemals mit einer Studentin eingelassen, ihre Möbel und sie beseitigt und dann versucht, alle Spuren hinter sich zu verwischen“, entgegnete Paula ernst. „Das denkt ihr doch, oder? Aber das hätte er nicht getan. Dafür hat er Vicky und mich viel zu sehr geliebt.“

Ein letzter Blick zwischen Söderberg und Lindström, dann schloss die Schwedin die Akte.

„Bist du dir da so sicher?“, sagte sie gedämpft, ehe sie das Zimmer, gefolgt von ihrem Kollegen, verließ. Paula blieb konsterniert zurück. Für Momente wusste sie nicht, was sie denken sollte. In ihr war es kalt geworden. Eiskalt.

Als sie ihr Handy an sich nahm und Rinis Nummer wählte, schien sich der Raum zu drehen. Nur mit Mühe gelang es ihr, sich auf das Gespräch mit ihrer Freundin zu konzentrieren, die nach dem zweiten Rufton endlich abnahm.

Sie hatten ihr Ticket tatsächlich storniert und auf einen späteren Termin umgebucht. Der Flug von Malmö aus dauerte knappe eineinhalb Stunden. Danach hatte Paula endlich wieder heimischen Boden erreicht. Doch obwohl Vicky und Rini am Gate auf sie warteten und fröhlich winkten, während sie ihre Tasche vom Rollband einsammelte, fühlte sie sich nicht erleichtert. Zu sehr hatten die Neuigkeiten, die sie in diesen zwei Tagen erfuhr, in ihre bereits angeknackste Seele gebissen, als dass sie sie auf die Schnelle verdauen konnte.

Was auch immer David während ihrer Ehe an Details über sich preisgegeben hatte; sie schienen sich mehr und mehr wie ein Puzzle zu zerlegen und ein fremdes Bild darunter freizugeben, das ein völlig neues Licht auf seine Person warf. Ein Licht mit vielen Schatten

Schlagschatten, um genau zu sein.

IX.

Paula hatte die Auflage bekommen, sich direkt nach ihrer Ankunft bei der nächsten Polizeidienststelle zu melden. Nur weil sie zustimmte, hatte Söderberg sie gehen lassen. Allerdings verlegte Paula den Termin der Meldung auf einen späteren Zeitpunkt. Zunächst war sie einfach nur froh, wieder zu Hause bei Vicky zu sein. Es war Freitag, kurz vor dem Wochenende. Sie wollte sich bis Montag Zeit nehmen, dann würde sie losgehen. Man kannte sie dort ja bereits seit dem Unfall von David.

An diesem Abend sehnte sie sich nach einem außenstehenden Gesprächspartner. Da bot sich ihre Freundin Rini geradezu an. Sie kochten und aßen zusammen. Nachdem Vicky ins Bett gekrochen und eingeschlafen war, setzten sie sich mit einer Flasche Wein auf die Terrasse, wo Rini sogleich die letzten Neuigkeiten wissen wollte.

„Und die haben dich tatsächlich wegen dieser Sache festgehalten?", stellte Rini, sich zum wiederholten Male echauffierend, fest. „Das finde ich unglaublich! Allein der Vorwurf, dass dein David was mit dieser Studentin haben sollte …!"

Sie nahm einen kräftigen Schluck aus ihrem Weinglas, während Paula die Kerze auf dem Tisch entzündete. Als sie das Streichholz auspustete, fuhr Rini fort: „Was hat die Kleine eigentlich studiert?"

„Keine Ahnung, Rini." Paula setzte sich in einen der Gartenstühle und legte die Füße auf einen anderen, den sie sich gemütlich in greifbare Nähe gezogen hatte. „Ich habe mich noch nicht näher damit befasst."

„Das solltest du aber, Liebes. Vielleicht wirst du es eines Tages noch brauchen."

„Ach, Rini", wehrte Paula unwirsch ab. „Tu nicht auch noch so, als sei ich verdächtig. Dass Davids Unglück kein banaler Unfall sein soll, ist doch zu weit hergeholt."

„Und das er drei Tage vorher in Schweden war, ist das auch zu weit hergeholt?", hakte Rini nach. „Warum war er da?"

Paula zuckte die Schultern. „Hab ich mich auch schon gefragt."

Rini nippte erneut an ihrem Rotwein und sah über den Rand des Glases hinweg in Paulas Gesicht. Ihre Freundin sah müde aus, überarbeitet und blass. Die neuesten Nachrichten mussten ein Schock für sie gewesen sein. Ein Hammer. Es würden Tage vergehen, bis sie einigermaßen darüber hinweg kam. *Wenn* sie darüber hinwegkam. Wer wusste schon, was noch ans Tageslicht befördert wurde.

„Und?"

„Nichts und", antwortete Paula verdrießlich. „Im Moment interessiert es mich auch nicht besonders."

„Glaub ich dir nicht."

„Ist mir egal, was du glaubst, Rini. David hat mir nichts als Lügen aufgetischt. Ich weiß gar nicht, was ich eigentlich noch von dem, was er mir alles erzählt hat, glauben soll."

Ihre Freundin nickte bedeutungsvoll.

„Kann sein", antwortete sie sachte, fügte dann aber hinzu: „Aber sieh es doch mal so: Direkt belogen haben er und seine Eltern dich nicht. Höchstens die Sache geheim gehalten, wenn man es genau betrachtet."

„Das ist mir egal!", fauchte Paula zurück. „Sie waren nicht ehrlich zu mir, und das tut mir am meisten weh. Würdest du an meiner Stelle jetzt nicht auch alles auf die Goldwaage legen, was mit David zu tun hatte?“

„Außer Vicky, ja.“ Rini verzog das Gesicht zu einem Lächeln, als sie sah, dass ihrer Freundin auf ihre Bemerkung die passende Antwort fehlte.

„Unter einer großen Hilfe stelle ich mir was anderes vor“, gab Paula irgendwann mürrisch zurück.

„Immerhin hab ich für deine Tochter die Ersatzmami gespielt. Und das, glaub ich zumindest, gar nicht einmal so schlecht.“

„Ich frag Vicky morgen“, entgegnete Paula schmunzelnd.

„Apropos Fragen“, hakte Rini nach, als ihr etwas einfiel. „Was wollte David eigentlich von diesem Gustav Lund? Hat er dir erzählt, worüber sie sich am Telefon unterhalten haben?“

„Nicht alles. Aber ich hab auch nicht wirklich danach gefragt.“

„Wieso das denn nicht?“

Paula bemerkte Rinis verdutzten Gesichtsausdruck und zuckte die Schultern.

„Keine Ahnung. Irgendwie hat es mich nicht interessiert, denk ich.“

„Nicht interessiert?“ Ihre Gesprächspartnerin zog die Stirn kraus.

„Es war wohl auch nichts Wichtiges“, setzte Paula hinzu. „Sonst hätte Gustav es mir bestimmt erzählt.“

„Ja, klar. So, wie du ihn mir beschrieben hast, scheint er die Informationsquelle in Person zu sein.“

Die Ironie in Rinis Worten konnte Paula nicht überhören. Aber ihr fehlte erneut eine passende Antwort. Eine kurze Pause entstand, ehe Rini etwas anschnitt, das ihr auf dem Herzen lag.

„Du, mal ganz was anderes. Wie willst du es eigentlich Vicky beibringen?“

„Ich werde es ihr gar nicht beibringen“, antwortete Paula trübsinnig und trank ihr Glas aus. „Es reicht, wenn sie es erst später erfährt. Wenn sie älter ist.“

„Oder ihrer Oma was rausrutscht.“

„Besser nicht! Der habe ich im Moment einen Maulkorb verpasst.“

Rini sah sie hastig an.

„Du hast … was? Das kannst du nicht machen, Paula. Viktoria braucht ihre Großmutter und sie …“

„Red keinen Unsinn!“, unterbrach ihre Freundin sie aufgebracht. „Vicky braucht niemanden außer mir, und sag nicht Viktoria zu ihr! Ist schon schlimm genug, dass meine Mutter sie so nennt.“

„Sorry“, betonte Rini reserviert, „aber du solltest wirklich noch mal darüber nachdenken, ob du nicht einen Fehler machst, wenn du jetzt alle Brücken hinter dir abbrichst, die zu deinem bisherigen Leben gehört haben.“ Eindringlicher fuhr sie fort: „Lass nicht Vicky dafür büßen, dass du sauer auf die Welt bist, Paula. Das wäre ihr gegenüber nicht fair.“

Paula stellte ihr Glas zurück auf den Tisch und merkte dabei, wie ihre Hand zitterte. Sie war übermüdet, hatte ein Glas Rotwein zuviel intus und fühlte sich eigentlich auch nicht mehr fähig, ein brauchbares Gespräch zu führen. Es wurde Zeit, ins Bett zu gehen.

„Ich muss mich jetzt hinlegen“, gestand sie ausweichend, ehe ihr Blick das Rosenbeet traf. Das Unkraut war entfernt worden, die Rosen beschnitten, und die ersten Knospen trieben bereits aus.

„Und danke noch mal, dass du auf Vicky aufgepasst und das Unkraut aus dem Rosenbeet entfernt hast."

„Kein Problem. Wozu hat man beste Freundinnen."

Nach ihren Worten stutzte Rini und setzte sich aufrecht hin. Mit einem Mal war sie hellwach.

„Wovon redest du? Ich hab überhaupt keine Ahnung von Blumen und kann nicht mal eine Tulpe von einer Amaryllis unterscheiden. Außerdem dachte ich, du hättest einen Gärtner?"

„Einen Gärtner?" Paula lachte, rieb sich aber gleichzeitig die müden Augen. „Sehe ich aus, als könnte ich mir einen leisten? Schön wär's."

„Ich hab kein Unkraut entfernt, Paula", flüsterte Rini eindringlich, so, als befürchte sie, jemand würde zuhören. „Hast du es denn nicht selber getan?"

„Nein."

Paula bemerkte die plötzliche Unruhe in Rinis Worten, die weiterhin gedämpft und fast sorgenvoll sprach.

„Dann gehen hier seltsame Dinge vor sich."

Eine Stunde später war Rini übermüdet und vom Rotwein so beschwipst, dass sie nicht mehr fahren durfte und zu guter Letzt auf dem Sofa einschlief. Allerdings erst, nachdem sie Paula von dem Tee und Vickys Teddy erzählt hatte und sich ein längeres Gespräch über das Hin und Wieder von Neurosen und Schusseligkeit entsponnen hatte. Bei Paula hatte sich dagegen der Schlaf verflüchtigt. Sie war froh, dass sie in der Nacht nicht allein sein würde, da sie längst nicht mehr so überzeugt davon war, dass man diese Unkrautaktion und auch das plötzliche Auftauchen dieser Altenheimtelefonnummer an ihrer Pinwand nur durch eigene Schusseligkeit erklären konnte. Andererseits, und da war sie sich mit Rini einig – wodurch sollte man es sonst erklären?

Rini brauchte knappe fünf Minuten, dann befand sie sich im Dämmerschlaf. Genau die Zeit, in der Paula sich einen Kaffee gekocht und Davids Arbeitszimmer betreten hatte. Als das Notebook hochfuhr und sie das Startmenü verfolgte, hörte sie bereits die ersten leisen Schnarchtöne aus dem Wohnzimmer.

Paula fand die Audiodatei sofort wieder, und irgendwie tat es ihr gut, Davids Stimme aus den angeschlossenen Boxen zu hören. Allein die Gewissheit, dass sie jederzeit darauf zurückgreifen konnte und diese Aufnahme vielleicht das letzte von ihm war, das bleiben würde, war ein erschreckender, gleichzeitig aber auch beruhigender Gedanke, der seltsame Emotionen in ihr weckte. Sicherlich würde es Vicky eines Tages ebenfalls zu schätzen wissen, jederzeit die Stimme ihres Vater hören zu können.

Paula erinnerte sich plötzlich daran, wie Hans Petersen gesagt hatte, dass David des Öfteren im Altenheim war und alle Gespräche aufgezeichnet hatte. Unruhig durchsuchte sie den Computer nach weiteren, ähnlichen Dateien, aber seltsamerweise fand sie keine. Sie nahm das Hauptlaufwerk unter die Lupe und war froh, dass sie schon frühzeitig angefangen hatte, sich für Computer zu interessieren.

Die Suche ging ihr gut von der Hand. Dateien mit unfertigen Berichten für *GEO*, den *Spiegel* und andere Magazine tauchten aus der Versenkung auf, aber kein Wort über Jelena Modritz.

So kam sie nicht weiter.

Sie fuhr den Rechner herunter und konzentrierte ihre Nachforschung auf Davids Bücherregale. Penibel wie er war, hatte er sie zusammengestellt und geordnet. Doch die vielen Jahre, in denen er als Journalist quer durch Europa gezogen war, hatten ebenso viele Berichte und Interviews auf CD hervorgebracht. Das Erbe seiner Berichterstattung war enorm und viel zu umfangreich für eine so kurze Nacht. Nach zwei Stunden hatte Paula erst einen kleinen Teil geschafft und war enttäuscht vom Ergebnis. Es gab sicherlich viel, was sie später selber für andere Reportagen gebrauchen konnte, aber der eigentliche Zweck, etwas Neues über Davids früheres Leben zu finden, wurde nicht erfüllt.

Doch dann, kurz bevor sie aufhören wollte zu suchen, glitten ihre Hände über die Unterseite eines Regalbrettes. Ein brauner Umschlag war mit mehreren Klebestreifen darunter befestigt worden. Fast unsichtbar hing er unter dem Brett und beulte sich unter der Last seines Inhalts.

Würde er das enthalten, was Paula so inständig suchte?

Sie nahm sich die Zeit, einen neuen Kaffee zu machen, um sich dann in aller Ruhe mit dem Umschlag in die Küche zurückzuziehen. Draußen begann es bereits zu dämmern, als ihre Hände den Inhalt über den schmalen Tisch ausbreiteten und alles so übersichtlich sortierten, bis sie eine erste Vorstellung vom Inhalt hatte. Volltreffer, so wie es aussah. Der Kinderausweis von Frank Modritz, schwarz/weiß Aufnahmen vom Kinderheim, wie das Foto, das sie bei Gustav Lund gesehen hatte, Kopien der Adoptionsunterlagen und einiges mehr, das sie für später beließ. Was sie von Anfang an faszinierte, war eine Bilderserie, die wie ein Fotoroman wirkte. In unscharfen Schnappschüssen hatte ein Fotograf den Abtransport von Möbelstücken festgehalten, die mehrere Personen in einen kleinen Lastwagen luden. Die Gesichter wirkten verschwommen, trotzdem konnte Paula sie erkennen. Was ihr aber als erstes ins Auge fiel und ihren Puls hochtrieb, war der Schriftzug auf dem Fahrzeug, der ihr mehr als bekannt vorkam: *Raum-Fahrt*.

Das konnte kein Zufall sein!

Sie war sich sicher, dass jemand den Umzug und den dazugehörigen Möbelabtransport von Verena Pohlmann fotografiert hatte. Jemand, der bei der ganzen Aktion zugegen gewesen war und daher diese Bilder besitzen konnte. War es David gewesen? Paula versuchte sich zu erinnern, ob er ihr damals etwas über eine solche Aktion erzählt hatte, aber ihr fiel nichts ein. Abgesehen davon zeigten die Fotos nicht gerade seine Handschrift. Sie waren undeutlich und verschwommen, gar nicht sein Stil. In dieser Hinsicht hatte sie ihn als Perfektionisten kennen gelernt. Solche Fotos hätte er direkt verbrannt und sicher nicht aufbewahrt, es sei denn, dass er sie irgendwann einmal …

Paula wollte ihren Gedanken nicht zu Ende denken. Aber dieses akribische Aufbewahren von persönlichen Erinnerungen stieß ihr übel auf. Warum war David drei Tage vor seinem Unfall in Schweden gewesen? Und wieso tauchte fast zur gleichen Zeit dieser Möbelwagen wieder auf, wenn er doch vorher fast zwei Jahre als verschollen galt? Das waren schon seltsame Verkettungen von Ereignissen, als dass man sie nur mit dem Wörtchen Zufall erklären konnte.

Sie versuchte die Gesichter der Personen zu identifizieren. Die junge Frau, die auf fast allen Fotos zu sehen war, konnte nur diese Studentin Verena sein, nahm Paula schließlich an. Die Konturen des unscharfen Gesichtes sahen dem Schnappschuss, den man ihr in Schweden vorgelegt hatte, ähnlich. Auch die Farbe und die Länge der Haare passten. Mit den anderen vier

Fotografien dagegen war es nicht so einfach. Drei bis vier, den unterschiedlichen T-Shirts nach verschiedene Männer, halfen der Frau, ihre Sachen im LKW zu verstauen. Ihre Gesichter waren zu verwischt, als dass man sie eindeutig jemandem zuordnen konnte. Und trotzdem kam ihr das Aussehen des einen bekannt vor. Klein, untersetzt, eine Baseballkappe auf dem scheinbar wenig beharrten Kopf. Konnte es sein, dass es Gustav Lund war? Aber andererseits – wie sollte er in die Geschichte passen?

Fragen türmten sich in Paula auf, die sie mit einem Mal gefangen nahmen. An Schlaf war jetzt gar nicht mehr zu denken.

Rini riss erschrocken die Augen auf, als sie Paula dicht vor sich sitzen sah. Ihre Freundin hatte sich im Schneidersitz in einen der breiten Sessel unter einer Decke verkrochen und wirkte so, als hätte sie die Nacht durchgemacht. Die Augen waren unterlegt, das Haar wirr und das T-Shirt so zerknittert, dass es aussah wie eine Ziehharmonika. Dabei hielt sie sich zitternd an einer leeren Tasse fest, um nicht zusammenzusacken.

„Mein Gott“, knurrte Rini missgelaunt und rieb sich die müden Augen. „Hast du nichts Besseres zu tun, als mir beim Schlafen zuzuschauen?“

„Im Moment nicht“, gestand Paula träge und stellte ihren Kaffeebecher mit etwas Mühe auf den nahen Couchtisch. „Hast *du* denn wenigstens gut geschlafen?“

„Es geht.“

Rini bemerkte ein leichtes Ziehen im Rücken. Das Sofa als bequem zu bezeichnen wäre reine Flunkerei, daher beließ sie es bei einem kurzen: „Zu hart für meine Fettpolster.“

„Du hättest auch bei mir im Bett schlafen können.“

„Dann wärst du nicht zur Ruhe gekommen, bei meinem Schnarchmenuett." Paulas Freundin grinste ironisch, als ihr etwas einfiel: „Du warst doch im Bett, oder nicht?"

Paula nahm ihre Füße aus dem Sessel und reckte sich.

„Das Letztere", stellte sie sachlich fest. „Ich konnte nicht schlafen und hab es zuletzt hier im Sessel hingenommen."

„Die ganze Nacht!?" Rini sah auf ihre Uhr. „Es ist sieben Uhr am Morgen. Sag nicht, du hast dich gar nicht ausgeruht."

„Keine Zeit. Möchtest du auch einen Kaffee?"

Paula stand auf und stakste in die Küche. Hinter ihr warf Rini die Decke von sich und lief hinterher.

„Keine Zeit?", wiederholte sie vorwurfsvoll Paulas Worte. „Sag mal, spinnst du? Warst du auf Schatzsuche, oder was?"

„Eher eine Schnitzeljagd", konterte Paula und zog diverse Gegenstände aus den Küchenschränken, die sie auf den schmalen Tisch gruppierte. „Du bleibst doch zum Frühstück?"

„Wenn du mich einlädst, hätte ich nichts dagegen."

„Bestens. Betrachte dich als eingeladen."

Während Rini auf einem der Stühle Platz nahm und sie ihrer Freundin beim Tisch decken zusah, fiel ihr Blick auf die braune Mappe, die Paula in der Nacht gefunden und liegen gelassen hatte.

„Sind interessante Sachen drin", bemerkte diese, als sie sah, dass Rini den Umschlag anstarrte.

„Was denn genau?"

„Schau selber rein, dann weißt du's."

Rini nahm den Umschlag an sich und ging den Inhalt durch. Auch sie fesselte sofort die Bilderserie vom Möbelwagen. Irritiert blickte sie Paula an, die soeben die Kaffeemaschine in Gang setzte.

„Hat David etwa den Umzug dieser Verena festgehalten?", fragte sie beunruhigt.

Paula zuckte die Schultern.

„Ich bin mir nicht sicher", antwortete sie. „Zumindest hat er Fotos davon. Ist zwar nicht gerade seine Handschrift, solch verwackelte Bilder, aber ganz ausschließen kann ich nicht, dass sie von ihm sind."

„Dann war er also dabei?", hakte ihre Freundin nach.

Erneut zuckte Paula die Schultern.

„Sieht zumindest so aus."

„Du musst damit zur Polizei gehen, Paula."

„Ach, muss ich das?" Paula verzog unwirsch das Gesicht, nahm die mit Kaffee gefüllte Tasse an sich und reichte sie ihrer Freundin. „Ich hab aber im Moment kein Verlangen danach, erneut verhört zu werden, okay? Es ist Wochenende; Montag gehe ich los. Außerdem", gab sie zu bedenken, „muss das eine mit dem anderen nicht unbedingt etwas zu tun haben. Selbst wenn David damals bei diesem Umzug dabei war, bedeutet das nicht zwangsläufig, dass er hinterher den Möbelwagen verschwinden lässt. Vielleicht war es auch einer der anderen, die da zu sehen sind."

„Ich sehe nur verschwommene Gesichter."

„Ich auch", konterte Paula gereizt, „aber keines ähnelt David. Nur der eine da vorne kommt mir bekannt vor. Ich bin mir zwar nicht sicher, aber es könnte Gustav Lund sein."

Rini starrte die unscharfe Person an.

„Der Schwede?", sagte sie überrascht. „Aber du hast mir erzählt, dass er ganz fassungslos war, als er von dem gefundenen Möbelwagen gehört hat."

„Na und? Wärst du das nicht auch, wenn dein Verbrechen

nach zwei Jahren plötzlich wieder auftaucht und dich einholt?"

Rini zuckte zusammen und vergaß für einen Moment, dass sie eine Tasse mit heißem Kaffee in der Hand hatte. Fahrig stellte sie sie auf den Tisch und vergoss dabei etwas vom Inhalt.

„Moment", hakte sie aufgeregt nach, „willst du damit behaupten, dieser Lund könnte etwas mit dem Verschwinden von der Studentin zu tun haben? Und wenn er sagt, dass er David seit dem Kinderheim nicht mehr gesehen hat, und dein Mann war auch beim Umzug dabei, dann hat er ja gelogen."

Paula nickte beklommen.

„Ich weiß", sagte sie. „Und wenn das stimmt, dann lügen in letzter Zeit alle, die ich kenne."

„Ich nicht." Rini lächelte, als Paula sie ansah.

„Nein", stimmte Paula, sich ebenfalls ein Lächeln abringend, zu. „Du nicht."

„Und Vicky auch nicht. Damit wären wir schon zwei von deinen drei Bekannten."

Sie nahm ein weiteres Foto aus dem Umschlag. Kleine Jungs in dicken, kurzen Lederhosen. Alle mit Seitenscheitel, schwarz/weiß, mindestens 70er Jahre.

„Ist das dieser Gustav?"

„Könnte sein." Paula setzte sich gegenüber von Rini an den Küchentisch und seufzte. „Er sagte, damals gab es kein Damals, nur die vage Hoffnung auf ein anderes Leben."

„Klingt nicht schlecht", stellte Rini anerkennend fest. „Fast poetisch."

„Klingt eher nach krankhaftem Liebesentzug", konterte Paula desillusioniert. „Mich würde mal interessieren, warum man Kinder in ein Heim steckt. Was treibt Eltern dazu, ihre Kinder einfach abzustoßen? Sie wie einen Müllsack zu entsorgen?"

„Da fragst du die Falsche. Ich hab keine, nur ein Patenkind."

„Sei froh."

Rini schüttelte den Kopf. Sie merkte, dass die Paula vor ihr nicht mehr die war, die sie bisher kannte. Angegriffen und verletzt, wie sie schien, wirkte sie mit einem Mal fast hilflos und schwermütig.

Sie legte ihr eine Hand auf den Arm.

„Jetzt sei nicht so streng zu dir", sagte sie dabei sanft. „Vicky liebt dich über alles. Sie kann verdammt noch mal stolz darauf sein, dich als Mutter zu haben."

„Vielleicht", flüsterte Paula einsilbig. „Aber was ist mit ihrem Vater? Sollte ein Kind auf den nicht auch stolz sein? Und wenn ja, was für einen hatte dann Vicky? Einen lügenden? Einen sich bereichernden? Oder einen, der in einer Sache drinsteckt, die unübersichtlich ist und nach Verbrechen riecht?"

„Jetzt übertreib aber mal nicht!" Rini zog ihre Hand zurück, und in ihrem heftigen Protest schwappte erneut Kaffee aus der Tasse. Sie beachtete es nicht, lehnte sich nach vorne und fuhr eindringlicher fort: „Dann find heraus, ob es überhaupt ein Verbrechen gegeben hat."

„Wie soll ich das denn machen?"

„Du bist Journalistin. Ich hatte immer angenommen, schnüffeln sei euch angeboren. Du siehst zudem gut aus, hast lange, schlanke Beine, einen wohlgeformten, erotischen Körper …"

Paula stutzte und sah ihrer Freundin, die keine Miene verzog, ins Gesicht.

„Soll ich mich deiner Meinung nach an diesen Gustav ranschmeißen, oder was?", hakte sie nach.

Rini zuckte die Schultern. „Wenn's hilft?"

„Ihm wohl mehr als mir", antwortete Paula sarkastisch,

fügte aber ablehnend hinzu: „Nee, lass mal, ist nicht mein Typ."

„Ich hab nicht gemeint, dass du gleich mit ihm schlafen sollst", konterte Rini neckend.

„Das hoffe ich auch."

„Aber manchmal ist es gar nicht so verkehrt, wenn es einen weiterbringen kann."

„Du spinnst jetzt echt!", entfuhr es Paula aufgebracht, ehe sie aufstand, um einen Spüllappen zu holen, mit dem sie das Kaffeemalheur ihrer Freundin beseitigen konnte.

„Hey", beschwichtigte derweil Rini. „Komm wieder runter. So hab ich das nicht gemeint. Was ist denn eigentlich mit den anderen beiden Typen?", wechselte sie das Thema. „Dieser Oliver Christ-Stollen und Simon Du-mich-auch?"

„Fechtner."

„Sag ich doch. Hast du mal was über die beiden erfahren?"

„Nein, noch nicht. In den Unterlagen werden sie jedenfalls nicht erwähnt."

Paula zeigte auf den Umschlag, als sie plötzlich stutzte. Dann griff sie sich, unter den aufmerksamen Augen ihrer Freundin, noch einmal die ganze Bilderserie vom Möbelabtransport und legte sie wie eine Diashow nebeneinander. Auf ihrer Stirn bildeten sich nachdenkliche Falten, die Rini bewogen, amüsiert zu lächeln.

„Sagst du mir auch, was dir gerade durchs Hirn schießt?", erkundigte sie sich.

Paula zeigte auf die Fotos.

„Fällt dir was auf?"

„Außer dass sie alle unscharf sind, nein."

„Weißt du auch, woher das kommen könnte?"

Rini schmunzelte. „Nöh, aber wie ich dich kenne, erklärst

du's mir gleich."

„Mich hat die ganze Zeit etwas an den Bildern stutzig gemacht", begann Paula aufgeregt. „Und weißt du was? Sie sind alle über einen längeren Zeitabschnitt aus demselben Winkel aufgenommen worden."

„Aha. Und das bedeutet?"

„Dass der Fotograf mit einem Stativ gearbeitet hat. Ich geh sogar noch einen Schritt weiter: Dies hier sind Abzüge aus einem Film, vielleicht ein Super 8 Streifen. Das würde die schlechte Bildqualität erklären. Und dann würde ich sogar davon ausgehen, dass der Kameramann sehr weit entfernt von dem Geschehen war, sagen wir, mehr als zwanzig Meter. Und den Film hat er später unprofessionell als Standbilder vergrößert."

Rini zog sich eines der Fotos aus der Reihe und betrachtete es eingehend.

„Und warum sollte er das tun?", fragte sie verunsichert.

„Weil er damit jemanden erpressen wollte."

„Erpressen?"

Paula nickte so heftig, dass ihrer Freundin das Foto aus der Hand glitt. Versteinert bemerkte sie: „Gehen dir jetzt die Gäule durch, oder was? Willst du behaupten, dein David hat jemanden mit diesen Fotos erpresst?"

Paula schüttelte den Kopf.

„Nein", antwortete sie leise, als sie bemerkte, dass Vicky mit verschlafenem Blick in die Küche kam. „Ich glaube eher, er war nicht der Täter, sondern das Opfer."

„Jetzt spinnst du echt."

„Findest du?"

Paula nahm ihre Tochter auf den Schoß und wischte ihr mit einer Hand über die Augen. Ein Ritual, das sie vor Jahren mit ihrer Tochter erfunden hatte, um den restlichen Schlaf der Nacht zu vertreiben.

Als sie damit fertig war, fügte sie ernst hinzu: „Ich werde der Idee jedenfalls nachgehen. Und ich könnte jemanden gebrauchen, der mir dabei hilft."

„Und dieser Jemand bin ich?"

Rini sah, wie Paula leidenschaftlich nickte.

„Du bist freie Lektorin in einem Wirtschaftsverlag", fügte sie hinzu. „Dadurch kennst du gewisse Leute, oder nicht? Komm schon, Rini, ich meine es ernst. Ich könnte deine Hilfe wirklich gebrauchen."

Rini zögerte, stimmte dann aber, wenn auch zurückhaltend, zu.

„Na gut", sagte sie, „aber nur, weil ich nicht an deine These glaube. Und eines gebe ich vorher noch zu bedenken: Wenn David erpresst wurde, dann könnte er mit dem Verschwinden dieser Studentin zu tun haben, vergiss das nicht."

„Daran habe ich auch schon gedacht."

„Na, dann ist's ja gut. Bevor wir aber loslegen, möchte ich gerne den Rest vom Kaffee trinken, ehe er sich auch noch in Luft auflöst."

X.

Unerträglich traf es genau.

Allein der Gedanke, den Rini ausgesprochen hatte und der ihr selber schon Stunden vorher durch den Kopf gegeistert war, war unerträglich. Natürlich, alle ihre intuitiven Gefühle und Thesen konnten nichts als aufgebauter Frust und abwegige Fantasiegespinste sein, aber trotzdem schwang in allem auch ein nicht zu leugnendes Etwas mit, dass sie gar zu gerne beiseite geschoben hätte. Falls die Studentin Verena Pohlmann eines Tages jedoch wieder auftauchen sollte …

Paula machte es sich, nachdem sie Vicky in den Kindergarten gebracht hatte, auf der Terrasse gemütlich und studierte die wenigen Seiten, die sie im Umschlag gefunden hatte. Es war zwar Samstag, aber im Kindergarten liefen die letzten Vorbereitungen für die Übernachtungsparty der zukünftigen Schulkinder, die am nächsten Tag stattfinden sollte. Und selbst die Vorarbeiten wollte sich Vicky nicht entgehen lassen.

Aus dem Radio in der Küche drang gedämpft Peter Fox mit seinem *Haus am See*. Unwillkürlich kam in ihr die Erinnerung an das Haus der Lunds in Schweden hoch. Wie glücklich durften sie sich schätzen, solch ein Haus am See ihr Eigen zu nennen. *Und der Mond scheint hell auf mein Haus am See*; hatte der Sänger auch eines? Sie lauschte weiterhin, vernahm den letzten Refrain: „*Meine hundert Kinder spielen Kricket auf dem Rasen, wenn ich so daran denke, kann ich's eigentlich kaum erwarten*".

Hundert Enkel … sie hatte gerade einmal eine Tochter. Mit den hundert Enkeln hatte es sich daher erledigt, überlegte sie einerseits lächelnd, andererseits deprimiert. Sie hatte nie etwas gegen den Gedanken gehabt, noch mehr Kinder zu bekommen. Aber David war immer sehr zurückhaltend gewesen, wenn es darum ging, über Familienplanung zu reden. Sicher, er mochte Kinder, liebte seine Tochter über alles. Aber Vicky war ein Zufallsprodukt, irgendwo in Italien entstanden. An einem lauen Sommerabend, draußen in der Toskana. Als sie beide in Stimmung waren, nicht über die Zukunft nachdachten und eins zum anderen kam.

Im Nachhinein klang es jetzt wie die Bürde seiner Adoption.

Die Blätter gaben nicht viel her. Davids Papiere aus dem Kinderheim, seine Adoptivvereinbarung, ein paar Zeugnisse aus einer Schule in Stuttgart, sein Abiturabschluss. Nichts, was Paula weiterbringen würde.

Sie sah auf die Uhr. Es war wieder mal spät geworden. Sie musste noch etwas zum Mittagessen einkaufen. Vicky hatte sie versprochen, Spaghetti zu kochen. Dazu würde es einen Salat geben, der ihr noch fehlte.

Gerade, als sie sich entschlossen hatte, ins Dorf zu fahren, kam ein kleiner Hund um die Hausecke geeilt. Schwanzwedelnd sprang er an ihrem Stuhl hoch, bevor sie überrascht begann, ihn zu kraulen.

„Wer bist du denn?“, fragte sie belustigt.

Sie hatte wenig Ahnung von Hunden. Die meisten aus der umliegenden Nachbarschaft kannte sie zwar, aber diesen Kleinen hatte sie noch nie gesehen. Hechelnd bellte er sie ein paar Mal an, ehe er ihr über die Hand leckte.

Neben dem Haus erklang ein Pfiff, der das Tier ablenkte. Gleich darauf tauchte ein Mann neben dem Gebäude auf, dessen Gesicht Paula bekannt vorkam.

„Benni", schimpfte er missmutig und machte einen Schritt auf den Hund zu. „Was hab ich dir über Fremde gesagt? Nicht betteln."

Der Hund bellte erneut, ließ sich aber ansonsten nicht davon abhalten, sich weiter von Paula kraulen zu lassen.

„Du musst schon entschuldigen", sagte Bennis Besitzer. „Normalerweise macht er das nicht."

„Mich stört sein unnormales Verhalten nicht", gestand Paula und blickte ihren Besucher neugierig an.

Er war groß, wirkte mit seinem T-Shirt und der engen Jeans wie aus einem Modekatalog, und die blauen Augen fixierten sie auf eine Art und Weise, die ihr Herz schneller schlagen ließ. Für einen Moment schien er zu schwanken, wie er die Unterhaltung weiterführen sollte. Dann gab er sich einen Ruck.

„Ich bin Jens Bender", stellte er sich vor, trat vor Paula und streckte ihr eine Hand entgegen. „Jens für meine Freunde, für den Rest einfach Bender."

Da er in diesem Augenblick fast genau vor der allzu grellen Sonne stand, brauchte Paula ihre Hand, um sie schützend über die Augen zu legen. Ihr Besucher bemerkte das und zog seine zurück.

„Hm, also, ich bin der Vater von Louisa", gestand er zurückhaltender. „Meine Schwester meinte, dass meine Tochter vielleicht hin und wieder auf deine Vicky aufpassen könne. Und ich wollte eigentlich nur fragen, ob das für dich in Ordnung wär."

„Ehrlich gesagt", gestand Paula flachsend, „deine Tochter kenn ich schon, aber ich würde mir gern auch ihren Vater anschauen, bevor ich mich entscheide."

Bender blieb einen Moment unschlüssig stehen, dann vernahm sie sein Lachen, ehe er ihr gegenüber auf einem der Gartenstühle Platz nahm.

„Tschuldigung", sagte er schmunzelnd. „Hatte nicht an die Sonne gedacht."

„Macht ja nichts", erwiderte Paula, die mit einem Mal wusste, woher ihr sein Gesicht so bekannt vorkam. „Du siehst deiner Schwester wirklich ähnlich, Jens."

„Da bist du nicht die erste, die das sagt", gab er zu, strich sich danach aber belustigt über seine Brust. „Na ja, bis auf ein paar Details stimmt das wohl auch. Ich schätze, es liegt bei uns in den Familiengenen. Chromosomell veranlagt."

„Das Wort höre ich zum ersten Mal."

Jens schmunzelte. „Hab es auch gerade erst erfunden."

Paula kicherte amüsiert. Jens natürliche Spontaneität gefiel ihr. Er wirkte offenherzig und nicht aufgesetzt. Auch dass er sie von Beginn an geduzt hatte, fand sie okay.

„Also, Jens", begann sie, wurde aber sogleich von ihr unterbrochen.

„Kein Bender? Also Freunde?"

„Freunde", antwortete Paula und drückte diesmal die sich ihr erneut entgegenstreckende Hand des Mannes. „Kann ich dir etwas zu trinken anbieten? Limo, Wasser, Kaffee?"

„Nein, danke. Ich will auch gar nicht lange stören. Wie gesagt, eigentlich bin ich nur wegen Louisa hier."

„Für mich wäre es in Ordnung, wenn sie auf Vicky aufpasst", antwortete Paula diesmal sofort. „Die beiden verstehen sich blendend. Ich hätte nichts dagegen, wenn sie demnächst öfters kommen möchte. Ganz im Gegenteil."

„Super, das werde ich ihr gleich erzählen." Ein breites Lächeln glitt über Benders Gesicht, ehe er sich umsah. „Ist deine Tochter denn gar nicht da?"

„Vicky?" Paula schüttelte den Kopf. „Morgen Abend ist Übernachtungsparty in ihrem Kindergarten. Sie kann es kaum abwarten, und da heute die letzten Vorbereitungen laufen ..."

„Ach so. Und Louisa meinte, ich solle Benni unbedingt mitnehmen, weil sie ihr schon soviel von dem kleinen Biest erzählt hat."

Paula sah auf den Hund, der sie mit schief gelegtem Kopf betrachtete. Es sah fast aus, als würde er grinsen.

„Redet er auch schon?", scherzte sie und begann erneut, seinen Kopf zu kraulen. „Er sieht so aus, als könne er das."

„Noch nicht, aber Louisa und ihre Brüder arbeiten daran. Ich hab ihnen bis zu den Sommerferien Zeit gegeben. Wenn er's dann noch nicht kann, muss ich ihm selber Unterricht erteilen."

Seine Worte klangen so überzeugend, dass Paula lachen musste. Er sah sie ebenfalls amüsiert an.

„Wenn du nichts dagegen hast", sagte er dann, „würde ich doch gerne einen Kaffee trinken."

„Kein Problem."

Paula stand diensteifrig auf und lief ins Haus. Benni folgte ihr und schnüffelte neugierig an allem herum, was ihm vor die Schnauze kam. Er gefiel ihr, und sie überlegte schnell, ob sie ihm nicht irgendetwas zu fressen anbieten sollte.

„Mag er Brotkrusten?", rief sie zur Terrasse hin.

„Benni ist ein Allesfresser", kam prompt Jens Antwort. „Wenn es sein muss, frisst er sogar Papier."

„Auch die Tageszeitung?"

„Wenn sie frisch ist, ja. Aber nicht die Ausgabe von gestern verfüttern. Die meisten Artikel kennt er schon und er hasst

Wiederholungen."

Paula verzog amüsiert das Gesicht, als sie einen Kaffeebecher unter die Maschine stellte und diese in Gang setzte. Hinter ihr trat Jens in die Küche und schimpfte übertrieben ernst mit seinem Hund, der sich eines von Vickys Kuscheltieren geschnappt hatte.

„Deine Schwester hat mir noch nicht viel über dich erzählt", begann Paula ein Gespräch.

„Vielleicht wollte sie nicht, dass ich ihr als Solokünstler die beste Freundin wegnehme", antwortete Jens und setzte sich auf einen der Küchenstühle.

Paula stutzte. „Solokünstler?"

Ein dunkler Schatten huschte kurz über sein Gesicht, dann lächelte er wieder.

„War nur so dahergesagt", erklärte er abweisend. „Dafür redet sie ständig über dich. Ich glaube, als freie Lektorin hat sie viel zuviel Zeit. Das bekommt ihr nicht."

„Und was machst du so?"

„Ah, warte."

Statt einer Antwort zog Jens einen zerknitterten Zettel aus seiner Gesäßtasche und legte ihn auf den Tisch.

„Gut, dass du mich daran erinnerst. Ich arbeite bei einer namhaften Telefongesellschaft." Er zwinkerte lächelnd. „Nennen wir es mal ein Callcenter. Rini hat mir zwei Namen gegeben, die dich wohl näher interessieren. Sie sagte, ich solle mal was über die beiden herausfinden. War das okay so?"

Paulas Herzschlag erhöhte sich. Sie ging zum Tisch und stellte die Tasse vor ihn hin, ehe sie sich zu ihm setzte.

„Welche Namen?"

„Ein", Jens nahm den Zettel dicht vor die Augen und las

vor: „Simon Fechtner und Oliver Stolle. Ich hab da mal die rausgesucht, die in Frage kommen könnten."

„Und?"

„Es gibt mehrere Fechtners und Stolles mit den jeweiligen Vornamen. Interessant beim ersten ist, dass ich einen Simon gefunden habe, der nur eine Geheimnummer und ein Handy besitzt. Wenn die Infos stimmen, ist er Staatsanwalt und wohnt in Dortmund." Er blickte Paula neugierig an. „Könnte es der sein?"

Paula zuckte die Schultern.

„Vielleicht", antwortete sie ausweichend. „Und was ist mit Oliver Stolle?"

„Der nächste wohnt in Münster. Scheint Professor für Geschichte zu sein. Hat einen Lehrstuhl an der Uni und wohnt im Mauritzviertel. Die anderen Stolles sind von den Adressen her weiter im Süden angesiedelt."

„Ein Professor und ein Staatsanwalt? Seltsam."

Sie dachte kurz über die neuen Daten nach und kam ins Grübeln. Half ihr das weiter oder verwirrte es nur noch mehr?

„Wenn du willst, kann ich tiefer graben", bot Jens an. „Internetrecherche, oder ein paar Kollegen im jeweiligen Einwohnermeldeamt anrufen. Kostet mich nur ein Telefonat, das die Steuerzahler übernehmen."

„Würdest du das machen?", hakte Paula erwartungsvoll nach.

Bender zuckte die Schultern und nippte an seiner Tasse.

„Klar."

„Auch wenn du nicht weißt, was dahinter steckt?"

„Du wirst schon einen Grund haben, warum du etwas über die beiden wissen willst", erklärte Jens ausweichend. „Und wenn Rini sagt, dass geht in Ordnung, geht das für mich auch in Ordnung."

„Tust du immer das, was deine Schwester sagt?"

„Sie ist die ältere von uns beiden", stellte er klar. „Ihr zu widersprechen, kann gefährlich werden. Also, wie gesagt … willst du mehr Infos über die beiden?"

Er sah sie erwartungsvoll an, und Paula nickte unbewusst.

„Und was willst du dafür?", fragte sie bedächtig.

„Keine Ahnung. Vielleicht ein Abendessen. Ich koche, und du besorgst die Zutaten."

„Hört sich fair an", gestand Paula und reichte ihm die Hand. Jens blickte sich kurz um, ehe er sich ihr wieder zuwandte.

„Keine Sonne im Rücken", sagte er schelmisch und drückte ihre Hand. „Möchtest du etwas Besonderes von den beiden wissen?"

„Mich interessiert, ob sie adoptiert wurden."

Bender stutzte. „Adoptiert?"

„Ja. Und ob sie bis dahin in einem Kinderheim aufgewachsen sind."

„In welcher Stadt?"

„Münster. Die Heimleiterin hieß Jelena Modritz."

Paulas Gesprächspartner zog einen Stift aus der Tasche und machte sich ein paar Notizen, ehe er aufstand.

„Wo ist dein Telefon?", fragte er und sah sich um.

„Willst du etwa sofort anrufen?", entfuhr es Paula perplex.

„Ja, sicher. Oder passt dir das nicht? Ich kenne da jemandem vom Einwohnermeldeamt in Münster. Der ist mir noch einen Gefallen schuldig, auch wenn heute Samstag ist. Also?"

„Draußen, im Flur."

Paula wies mit einer Hand in Richtung Eingangsbereich.

Es dauerte knappe zwanzig Minuten, die ihr, am Küchentisch ausharrend, wie eine Stunde vorkamen. Nur mit einem Ohr hörte sie Jens Bender zu, wie er mit seinem Bekannten sprach. Endlich kam er zurück in die Küche und strahlte dabei über das ganze Gesicht.

„Ist schon klasse, wenn man Leute kennt, die Leute kennen", stellte er lässig fest.

Paula sah ihn an. „Und?"

„Und du hattest recht", bestätigte er. „Sie sind beide bis zu ihrer Adoption in einem Heim aufgewachsen. Hier ganz in der Nähe. Danach wurden sie in verschiedene Familien vermittelt. Auch ihr Werdegang ist nicht von schlechten Eltern. Aus denen ist richtig was geworden. Reicht dir das?"

„Fürs erste, ja", stellte Paula aufgeregt fest. Ihr Puls hatte sich wieder einmal verdoppelt. Um ihre Spannung nicht vor Jens zu zeigen, stand sie auf und suchte nach den Spaghetti. Hinter sich hörte sie, wie ihr Besucher sich räusperte.

„Tja, ich geh dann mal", gestand er leise. „Benni, Abmarsch."

Der Hund bellte kurz und kam Schwanzwedelnd zu ihm gelaufen. Als beide sich Richtung Terrasse abwandten, lief Paula hinterher.

„Warte", sagte sie hastig und drückte ihm, als sie ihn erreicht hatte, impulsiv einen Kuss auf die Wange.

Er roch nach Aftershave und Pfefferminze, auf eine seltsame Art sehr angenehm und anziehend zugleich, fand sie. Dabei bemerkte sie, wie ein warmer Schauer über ihr Gesicht fuhr und sie ebenso impulsiv wieder einen Schritt von ihm weg trat.

„Danke."

„Dann danke ich dafür", gab er lächelnd zurück und strich

sich über die Wange. Nach einer kurzen Pause fügte er hinzu: „Ich geh jetzt besser. Louisa wird sich freuen, wenn sie das mit dem Babysitten hört. Also, Tschüss dann."

„Tschüss", erwiderte Paula zurückhaltender. „Und grüß deine Frau von mir."

Jens verharrte an der Terrassentür.

„Ich werd's versuchen." Ihm entrang sich ein mühsames Lächeln. „Auch wenn's nicht einfach wird."

Nach einem letzten Abschiedsgruß verschwand er mitsamt seinem Hund aus Paulas Gesichtsfeld und ließ sie, überrascht über seine letzten Worte, alleine in der Küche stehen.

„Jens war *bei* dir?" Rini wirkte am Telefon überrascht, oder zumindest tat sie so, fand Paula. „Na, da ist es ja gut, dass ich ihm vorher gesagt habe, er solle die Finger von dir lassen."

„Und da er ja immer auf dich hört …", bemerkte Paula belustigt.

„Wer behauptet denn so einen Quatsch?"

„Er, und Benni."

„Ach du je, hatte er die Töle etwa bei sich? Na ja, da kennst du jetzt die eine Hälfte der Familie."

Paula wollte direkt nachhaken, als Rini aufgeregt weiter sprach: „Du, ich hab da noch was Interessantes für dich. Dieser Vormund von der Modritz. Ein Freund hat mir gesteckt, dass er Staatsanwalt ist."

„Der Vormund?", entfuhr es Paula perplex.

„Genau."

„Sag jetzt nicht, er heißt Simon Fechtner."

Rini hielt inne, ehe sie antwortete. „Woher weißt du das denn schon?"

„Dein Bruder hat über die beiden Zimmergenossen von Gustav Lund nachgeforscht. Und dabei hat er herausgefunden, dass der eine Geschichtsprofessor und der andere, Simon Fechtner, Anwalt ist."

„Hatte der nicht ein besonderes Verhältnis zu dieser Modritz?"

„Ja, behauptet zumindest Gustav Lund."

„Daraus ist ja jetzt ein ganz Besonderes geworden", entfuhr es Rini bissig. „Wenn die wirklich soviel Geld auf ihren Konten hat, dann sitzt der an einer sehr guten Quelle." Sie schien zu stutzen, ehe sie fragte: „Hat sie wirklich soviel Geld?"

„Das hab ich mich auch schon gefragt", antwortete Paula seufzend. „Und ich hab, ehrlich gesagt, noch keine Ahnung."

„Ich kenn da jemanden bei der Bank", sagte ihre Freundin zögernd. „Wenn du willst ..."

„Ich weiß nicht, ob das eine so gute Idee ist, Rini", gab Paula leise zurück. „Nicht, dass wir irgendwelche Gesetze übertreten. Oder ihre Privatsphäre zu sehr verletzen."

„Wie du sie mir beschrieben hast, dürfte privat ein Fremdwort für sie sein. Und zu den Gesetzen: Wozu sind sie wohl da, wenn man sie nicht hin und wieder übertreten darf? Immerhin geht es hier um Jelena Modritz, die leibliche Mutter von deinem David und die ebenso leibliche Schwiegermutter von dir."

„Ja, ich weiß", sagte Paula gedehnt. „Aber irgendwie fühle ich mich bei dem Gedanken nicht wohl, in ihrem Leben herumzustochern."

„Du stocherst nicht herum", versuchte Rini sie zu beruhigen. „Du informierst dich über sie, weil sie dich interessiert. Das ist noch längst nicht das gleiche. Und meines Wissens auch völlig legal."

„Trotzdem“, beharrte Paula. „Für den Moment muss es genug sein. Ich werde diesen Fechtner und den Stolle näher unter die Lupe nehmen. Das reicht mir fürs erste. Aber, trotzdem vielen Dank.“

„Kein Problem, Liebes. Du weißt, dass du immer auf mich zählen kannst.“

„Ja, das weiß ich.“ Paula überlegte kurz, dann siegte ihre Neugier. „Dein Bruder erwähnte etwas über seine Solokarriere. Kannst du mir erklären, was er damit gemeint hat?“

„Ach du je“, entfuhr es Rini am anderen Ende. „Der hat dir wirklich alles erzählt, was? Nur weil er Musik macht … Und so gut spielt er wirklich nicht Gitarre, und singen kann er überhaupt nicht, wenn du mich fragst. Hat er dich etwa zu seinem nächsten Gig eingeladen?“

„Er hat mir gar nichts über seine Musik erzählt.“

„Nicht?“ Rini klang überrascht. „Sonst bindet er das jedem sofort auf die Nase.“

„Mir nicht. Dieses Solo … er schien es mehr auf sich und seine Kinder zu beziehen.“

„Ach das.“ Ihre Freundin schien zu zögern, dann erklärte sie verkrampft: „Jens hat seine Frau verloren. Vor ein paar Jahren. Krebs, weißt du? Sie hat echt gelitten damals. Wir alle haben gelitten. Sie war immer das blühende Leben, eine Vorzeigefrau. Und dann das. Das war echt eine Scheißsache, um es mal im saloppen Umgangsjargon auszudrücken.“

Paula bemerkte einen Stich in der Magengegend.

„Das ist ja schrecklich“, bemerkte sie zögernd.

„Wohl wahr. Ich glaube zwar, dass er es mäßig überwunden hat, aber sicher bin ich mir nicht. Mein Brüderchen ist sehr sensibel. Er hat seine Kinder im Griff und tut wirklich alles für sie. Aber ich habe so das Gefühl, dass er darüber hinaus ganz vergessen hat, dass er selber auch noch ein Leben führt. Er macht zwar Musik ..."

„Aber er kann nicht singen", ergänzte Paula schmunzelnd, obwohl ihr eigentlich nicht nach Spaßen zumute war.

„Fang jetzt nicht an, ihn zu bemitleiden, Paula", bat Rini, aber Paula spürte, dass sie es nicht so meinte, wie sie es sagte. „Er hat sein Leben auf seine Kinder ausgerichtet. Er kommt klar, und wenn es mal nicht so funktioniert, wie er sich das vorstellt, ist die große Schwester noch da."

„Und ich hab ihm auch noch schöne Grüße für seine Frau mit auf den Weg gegeben", stöhnte Paula verzweifelt.

„Die wird er ihr auch überbringen. Er ist jeden Tag bei ihr auf dem Friedhof. Also, gräm dich nicht. Es ist schon alles in Ordnung, so, wie es ist."

„Ist es das?"

Es gab so viele Parallelen in ihrem Leben und dem von Jens, dass Paula plötzlich spürte, wie er sich fühlen musste.

„Wie gesagt", betonte Rini noch einmal. „Was er nicht gebrauchen kann ist Mitleid."

„Ich pass schon auf", entfuhr es Paula unbewusst.

Dann beendete sie das Gespräch.

XI.

Auf dem Leonardo Campus hinter der ehemaligen Von-Einem Kaserne herrschte reger Betrieb. Paula wartete im Hinterhof vor einem der Gebäude aus der wilhelminischen Epoche, in dem sie den Geschichtsprofessor vermutete. Sie hatte sich etwas Zeit für ihr Interview mit Oliver Stolle genommen. Vicky war bei Louisa gut untergebracht, und zum ersten Mal wollte sie es wirklich genießen, dass sie ab jetzt und fast jederzeit ein Kindermädchen für ihre kleine Tochter besaß.

Am Telefon hatte sie sich als Reporterin vom Campus-Radio ausgegeben. Stolle hatte die Pille schnell geschluckt und schien sogar ein wenig stolz auf ihr Interesse an seiner Person zu sein. Sie würde ihm zunächst Fragen zu seiner Tätigkeit stellen, ehe sie ihn auf persönliche Dinge ansprechen wollte. Falls ihr Plan aufging, bekam sie vielleicht nähere Informationen über ihn und seine Verbindung zu Verena Pohlmann. War sie eventuell sogar früher eine seiner Studentinnen gewesen?

Über Radio Q, das Campus-Radio, das ausschließlich von Studierenden gemacht wurde, wusste sie genug, so dass sie keinerlei Schwierigkeiten sah, die sie nicht umgehen konnte. Zudem hatte sie ein tragbares Aufnahmegerät dabei und ein gut funktionierendes Mikrofon, das sie ihm unter die Nase halten würde.

Allerdings kamen ihr erste Zweifel, als sie ihn auf sich zukommen sah. Der ältere Herr wirkte honorig, sogar ein bisschen bieder und brav. Die Hälfte des breiten Gesichtes nahm ein akkurat getrimmter Bart ein, über dem sich emsig bewegende Augen befanden. Hinter einem eleganten, grauen Anzug erkannte man überschüssige Pfunde, und an seinem kurzen Atem konnte Paula erkennen, dass ihm das Laufen sichtlich

Mühe bereitete.

Ohne Umschweife kam er direkt auf sie zu und streckte ihr schon von weitem die Hand entgegen.

„Sie müssen diese Reporterin von Radio Q sein", sagte er amüsiert, noch bevor er Paula erreicht hatte.

Paula lächelte ihm entgegen.

„Und Sie sind Professor Stolle?", entgegnete sie.

„Nennen Sie mich bitte Oliver", antwortete er und ließ sich ächzend neben ihr auf der schmalen Bank nieder. „Ich hatte gerade eine Vorlesung über die Geschichte der Baukunst während der Kaiser Wilhelm Zeit. Ein Steckenpferd von mir."

Er wies mit dem Kopf in Richtung des Gebäudes, aus dem er gekommen war.

„Kunstakademie Münster, Fachbereich Architektur", erklärte er weiter. „Nette Studenten."

„Sehr schön, Herr Professor …"

„Oliver." Wieder das einnehmende Lächeln.

„Oliver. Sie sind also Professor für Kunstgeschichte?"

„Unter anderem, Frau Leander." Stolle hielt kurz inne und zeigte auf das Aufnahmegerät. „Wollen Sie das Ding nicht mitlaufen lassen? Ich kenne mich zwar mit Technik nicht so aus, aber bevor ich nachher alles wiederholen muss …"

Paula merkte, wie ihre Gesichtsröte anstieg. Sie nickte nur fahrig und drückte die REC-Taste des Gerätes.

„Ja, also", begann sie unsicher. „Oliver, Sie sind also Kunstgeschichtsprofessor."

„Unter anderem, wie ich schon sagte. Mein Lehrstuhl umfasst ein sehr großes Gebiet."

„Unsere Hörer wird sicher interessieren", fuhr Paula fort, „wie Sie aufgewachsen sind."

Stolle stutzte, bevor er amüsiert nachhakte: „Sind Sie sich sicher, dass das interessant ist?"

„Natürlich. Stammen Sie zum Beispiel aus Münster? Sind Sie hier groß geworden?"

„Nein. Meine Eltern kommen aus Niedersachsen." Paula entging nicht die kurze Pause, die er machte, ehe er weiter sprach. „Also, ursprünglich, meine ich."

„Ursprünglich?"

„Aufgewachsen bin ich auf einem Bauernhof in Rheine." Erneut eine Pause, dann: „Später."

„Später? Wann später?"

„Ich, äh … ich wurde adoptiert, als ich dreizehn war."

Das deckte sich mit den Angaben von Gustav Lund, kam es Paula in den Sinn. Zumindest war er ehrlich, fand sie.

„Haben Sie hier in Münster studiert?"

„Ja." Erneut ein Lächeln. „Eine wunderschöne Zeit damals."

„Und dieses Heim, wo Sie aufgewachsen sind, war es keine so wunderschöne Zeit? Haben Sie noch Erinnerungen daran?"

Stolles Gesicht verändert sich im Bruchteil einer Sekunde. Er streifte Paula mit einem fast missmutigen Ausdruck und wich ein Stück zurück.

„Habe ich etwas von einem Heim erwähnt, Frau Leander?" Seine Augen bohrten sich in Paulas. „Ich bin mir dessen nicht bewusst."

Was sollte sie antworten? Nervös nestelte sie an ihrem Aufnahmegerät herum und überlegte fieberhaft, wie sie ihren Fauxpas wieder geradebiegen konnte. Aber ihr fiel nichts rechtes ein.

„Ich dachte nur", gestand sie schließlich ausweichend, „weil Sie etwas von einer Adoption erwähnten."

„Das beinhaltet keinen Heimaufenthalt.“

„Nein, natürlich nicht.“

Er streckte seine Hand aus, hielt sie kurz über ihrem Knie in der Schwebe, ehe er mit energischem Druck die Bandaufnahme stoppte.

„Zu welchem Thema möchten Sie mich eigentlich befragen, Frau Leander?“

Seine Stimme klang zwar ruhig, aber bestimmend. Dabei sah er sie mit einem Blick an, der Neugier und Missfallen verband. Sie würde ihr Versteckspielen aufgeben müssen, entschied Paula für sich. Es hatte keinen Zweck, noch länger um den heißen Brei herumzureden.

„Gustav Lund hat mir von Ihnen erzählt“, gestand sie. „Von Ihnen und Simon Fechtner, von dem Heim, in dem sie drei aufwuchsen, und von der Leiterin Jelena Modritz, die sie damals schikaniert hat.“

Stolle zögerte, als er den Namen hörte. Er schien zu schwanken, ob er das Gespräch an dieser Stelle abbrechen sollte, doch dann entschied er dagegen.

„Warum hat Gustav Ihnen davon erzählt?“, hakte er leise nach.

„Vor ein paar Tagen bekam ich einen Anruf aus einem Seniorenstift hier in der Nähe“, begann Paula. „Eine Bewohnerin wollte mich sprechen, obschon sie mich eigentlich gar nicht kannte. Es war Jelena Modritz, wie sich herausstellte. Nach meinem Besuch bei ihr erfuhr ich, dass mein Mann kurz vor seinem Autounfall ebenfalls bei ihr war. Nach und nach kam ich dann dahinter, in welcher Verbindung er zu ihr stand.“

Paulas Gesprächspartner ließ kein Auge von ihr. Als sie kurz in ihrer Erzählung innehielt, hakte er nach: „Und?“

„Sie war seine Mutter“, antwortete Paula gedämpft.

Ihr Gesprächspartner sah sie verwirrt an. Paula merkte, wie es in ihm arbeitete. Schließlich schien sich sein Gesicht zu versteinern und er formulierte unschlüssig eine Frage.

„Und was wollen Sie jetzt von mir?“

„Ich weiß es selber nicht.“ Paula zuckte abwesend die Schultern. „Antworten auf Fragen, denke ich. In den letzten Tagen hat sich soviel Neues in meinem Leben ereignet, dass ich meine, den Überblick verloren zu haben. Erst der Unfalltod meines Mannes, dann erfuhr ich, dass er eine andere leibliche Mutter hat und dass er damals von ihr verstoßen wurde.“

Stolle hatte aufmerksam reserviert zugehört. Jetzt unterbrach er sie. „Sie waren mit Frank Modritz liiert?“

Paula nickte. „Aber ich habe ihn unter dem Namen Leander kennen gelernt. Von seiner Adoption erfuhr ich erst vor ein paar Tagen.“

„Das ist aber seltsam.“

„Seine Eltern“, sie stutzte, ehe sie sich verbesserte, „seine subjektiven Eltern hielten es für besser, ihm einen neuen Namen zu geben.“

„Neuer Name, neues Leben.“

Stolle schien sich zu bemühen, das Gespräch zu einem Ende zu bringen. Fast gelangweilt sah er auf seine Armbanduhr, ehe sein Blick über die Mauern der ehemaligen Kaserne huschte. Es wurde für Paula Zeit, auf den Kern ihres Treffens mit ihm zu kommen.

„Und jetzt soll er auch noch mit dem Verschwinden von dieser Studentin Verena Pohlmann zu tun haben“, setzte sie absichtlich ahnungslos hinzu.

Die Reaktion war ein Zusammenschrecken von Stolle. Er sah

sie verwirrt an. Damit schien er nicht gerechnet zu haben.

„Hat man sie gefunden?“

„Nein“, antwortete Paula, die kein Auge von ihm ließ. Mit einer sachten Handbewegung setzte sie ihr Aufnahmegerät wieder in Gang. „Kannten Sie die Studentin?“

„Kennen wäre zuviel gesagt“, wich Stolle ihrer Frage aus. „Sie hat mehrere Semester hier in Münster studiert, ehe sie sich entschloss, den Rest ihrer Scheine in Stockholm zu machen. Man munkelt, sie wollte einer Liebe wegen nach Schweden, aber das ist nur eine Mutmaßung, die ich nicht belegen kann. Soviel ich weiß, hat die Polizei den Fall eingestellt.“

„Die schwedische Polizei hat ihn wieder aufgenommen, nachdem Verenas Möbelwagen gefunden wurde“, erklärte Paula.

„Wo?“

Stolles Frage kam schnell und energisch. Paula hatte sofort den Eindruck, als gab es mehr als nur eine flüchtige Bekanntschaft zwischen ihm und der Studentin.

„In einem kleinen Waldstück in Südschweden“, antwortete sie wahrheitsgetreu.

„Doch nicht etwa in Näsum?“, stieß Stolle nach.

Er sah Paula verwirrt an. Sie wollte die Situation ausnutzen und hakte nach: „Wie kommen Sie darauf?“

Stolle hatte seine Emotionen entweder schnell wieder im Griff oder er war in dieser Sache gut vorbereitet. Er zuckte abweisend die Schultern und drehte sich von Paula weg.

„Nur so“, gestand er beiläufig. „Ich weiß, dass die letzten Spuren von Frau Pohlmann irgendwo zwischen Ystad und Karlskrona in Südschweden liegen. Daher verwundert es mich nicht, dass der Wagen dort gefunden wurde.“

„Aber wieso kommen Sie gerade auf Näsum?“

„Geraten."

„Oder weil Gustav Lund dort wohnt?", fragte Paula neugierig und bekam einen abweisenden Blick von Stolle dafür.

„Was sollte das miteinander zu tun haben?", antwortete er ausweichend. „Gustav kennt sie nicht. Auch wenn sein Sohn Karl im gleichen Alter ist und ebenfalls in Stockholm studiert. Ich kann mir nicht vorstellen, dass da ein Zusammenhang besteht. Es wird nur ein Zufall sein, mehr nicht."

Paula fand, je mehr sie darüber nachdachte, dass es nicht nur purer Zufall sein konnte, der Verena Pohlmann nach Schweden getrieben hatte. Die Erwähnung von Gustavs Sohn Karl, der ebenfalls in Stockholm studierte, vielleicht sogar ein Kommilitone von Verena war, schien ihr ein interessanter Aspekt in der Sache zu sein, dem es nachzuhaken galt.

„Haben Sie noch Kontakt zu Simon Fechtner?", fuhr sie unbewusst ablenkend fort.

„Hin und wieder."

Stolle sah auf seine Uhr und stand dann auf.

„War's das?", fuhr er fast entschuldigend fort. „Ich habe heute noch eine Menge zu tun. Wenn Sie also sonst keine Fragen habe, würde ich mich gerne verabschieden."

Paula nickte unbewusst. Sie hatte zwar noch eine Menge Fragen, aber die konnten warten.

„Meinen Mann haben Sie in letzter Zeit nicht getroffen?"

Stolle hielt einen Moment inne, ehe er Paula ansah.

„Nein." Sein Gesicht wirkte ehrlich, als er antwortete. „Ich habe ihn seit der Zeit im Heim nicht mehr gesehen. Von daher kann ich Ihnen keine neuen Erkenntnisse über Ihren David geben, so leid es mir auch tut. In diesem Sinne, einen schönen Tag noch."

Damit wandte er sich ab, entfernte sich ein paar Schritte von ihr, ehe Paula ihm etwas lauter nachrief: „Ich kann mich nicht erinnern, dass ich den Vornamen meines Mannes erwähnt habe."

Stolle hielt zwar inne, machte aber keine Anstalten, auf ihren Zuruf zu reagieren, sondern lief danach einfach weiter.

Manchmal machte eine Sache eine andere kaputt. In diesem Fall war es Oliver Stolles seltsames Verhalten. Überzeugend reserviert, aber dennoch auf eine eigenartige Weise geheimnisvoll. Und er kannte Davids Namen, obwohl er ihn nie unter diesem kennen gelernt hatte. Paula hatte ein komisches Gefühl, als sie den Campus verließ und wenig später auf der Autobahn 43 in Richtung Nottuln/Darup fuhr. Ihre Meinung zu diesem Geschichtsprofessor hatte sich durch das eine Wort binnen Sekunden verändert. Stolle wusste etwas, das war für sie klar geworden. Doch sie ahnte auch, dass er sein Wissen nicht einfach so preisgeben würde. Eine Erkenntnis, die sie in den letzten Tagen nicht zum ersten Mal verspürte und die dennoch erneut sehr wehtat.

Wieder einmal.

Als Paula nach ihrem Trip in Münster zuhause ankam, herrschte dort helle Aufregung. Louisa fand sie Tränen überströmt im Wohnzimmer, während von Vicky zunächst nichts zu sehen war. Nach dem ersten Schrecken und dem Begreifen der Situation, die die Jugendliche mit ihrem Gestammel zu erklären versuchte, konnte Paula den ungefähren Ablauf der letzten halben Stunde vor ihrem Eintreffen rekonstruieren. Demnach war ihre Tochter auf der Terrasse auf einen Gartenstuhl geklettert und hatte dann unvorsichtigerweise versucht, aus welchem Grund auch immer, auf der Lehne zu balancieren. Da sie gleichzeitig telefonierte, hatte sie die Kontrolle über ihr sportliches Tun verloren und war rücklings ins Rosenbeet gestürzt. Zum Glück hatte sie nur ein paar Kratzer davongetragen, aber der Schock und die durch die Dornen verursachten, blutenden Wunden hinterließen kreideweiße Gesichter und Puddingbeine bei den beiden Mädchen. Als Paula die Hiobsbotschaft einigermaßen verdaut hatte, lief sie in Vickys Zimmer, wo sie ihre Tochter angeschlagen im Bett vorfand. Sie sah blass aus und wirkte erschöpft. Paula verordnete ihr weiterhin Bettruhe und desinfizierte die Kratzer im Gesicht, ehe sie sich wieder um Louisa kümmerte, die immer noch untröstlich im Wohnzimmer den Boden anstarrte.

„Ich kann wirklich nichts dafür, Frau Leander", wiederholte sie und fügte aufgeregt hinzu: „Ich war in der Küche und wollte uns eine Bananenmilch machen. Und da hat das Telefon geklingelt, und Vicky ist drangegangen, und dann ist sie mit dem Telefon nach draußen, und dann auf den Stuhl. Und dann hörte ich den Rums und bin direkt rausgerannt, und …"

„Es ist alles gut", unterbrach Paula sie und legte dem Mädchen beruhigend eine Hand auf den Arm. „Das kann passieren. Vicky ist ein Draufgänger. Was glaubst du, was sie im Kindergarten schon alles angestellt hat. Manchmal meine ich, sie sammelt blaue Flecken wie andere Briefmarken."

Louisa entrang sich ein befreites Lächeln.

„Sie sind nicht böse auf mich, Frau Leander?"

Paula schüttelte den Kopf. „Nein, das bin ich nicht. Man soll halt nicht zwei Dinge gleichzeitig machen, das muss ich Vicky noch beibringen."

„Ja, und ich verstehe auch gar nicht, was sie auf der Lehne des Gartenstuhls wollte“, setzte Louisa eifrig hinzu. „Sie weiß doch bestimmt, dass man da runterfällt, oder nicht?“

Paula nickte. „Und sie war am telefonieren, sagtest du?“

„Ja.“

„Weißt du auch, mit wem?“

Louisa schüttelte den Kopf.

„Keine Ahnung. Mir ist nur aufgefallen, dass sie kaum gesprochen hat. Es schien fast, als höre sie nur zu. Und dann kann ich mich noch erinnern, dass sie am Anfang gesagt hat, dass sie eigentlich nicht spielen wolle.“

„Was wollte sie nicht spielen?“

„Das weiß ich nicht. Sie ist dann mit dem Telefon auf die Terrasse, und ich hab die Bananen klein geschnitten. Dann sah ich, wie sie auf der Lehne das Gleichgewicht verlor. Da bin ich dann schnell zu ihr gelaufen und hab versucht, sie zu trösten.“

„Das hast du auch super gemacht, Louisa“, sagte Paula schnell, als sie bemerkte, wie Louisa erneut mit den Tränen kämpfte.

„Dass mit dem Telefon ist mir letztens schon aufgefallen“, fügte das Mädchen hinzu.

„*Was* ist dir aufgefallen?“

„Mit dem Telefon und ihrem Teddy“, erklärte Louisa. „Da hat Vicky auch mit jemandem telefoniert. Und dann hat sie ihrem Teddy den Bauch aufgeschnitten.“

„Sie hat vorher telefoniert?“

Paula starrte Louisa irritiert an.

„Ja“, antwortete die Jugendliche. „Meine Tante hat mir das erzählt. Als Sie vor ein paar Tagen in Schweden waren, hat sie auf Vicky aufgepasst. Und da hat Ihre Tochter ihrem Teddy den Bauch aufgeschnitten. Ich hab Vicky heute gefragt, warum sie das gemacht hat. Und da hat sie mir von dem Mann erzählt, der angerufen hat und ihr sagte, sie solle das machen. Ist doch schrecklich, nicht wahr?“

Paula nickte geistesabwesend. Sie musste unbedingt mit Vicky darüber sprechen. Aber das Gespräch mit ihr würde sie auf einen späteren und ruhigeren Zeitpunkt verschieben müssen. Im Moment brauchte Vicky Ruhe, fand sie.

XII.

Es war Nacht geworden. Paula lag in ihrem Bett und schlief sehr unruhig. In ihren Träumen vermischten sich reale Gegebenheiten mit Gefühlen, die ihre Gedankenwelt ruhelos hin und her trieben und Albträume hervorriefen. Sie hatte am späten Nachmittag den „Grafen" erreicht und konnte ihm endlich ihre Zusage mitteilen. Wie bereits angenommen, bekam sie das Ressort Kultur zugeteilt, und Davids Schreibtisch gleich dazu. Sandra Meyer zeigte sich entzückt, wie sie betonte, als Paula kurz mit ihr sprach, aber das war es auch schon. Die Distanziertheit kam sofort wieder hoch, nachdem Paula nur kurz auf den Zettel mit Lunds Telefonnummer zu sprechen kam. An weitere Informationen war gar nicht zu denken. Und doch ... selbst als Sandra hervorhob, nichts weiter darüber zu wissen, hatte Paula den Eindruck, dass sie nicht die Wahrheit sagte. Überhaupt war sie inzwischen überzeugt, dass jeder ihr auswich, sobald sie von David anfing.

Gegen Abend hatte sie mit Rini telefoniert und sich noch einmal genau erzählen lassen, was es mit dem Teddy auf sich hatte. Rini hatte Louisas Vermutung bestätigt. Erst Vickys Telefonat, dann war das Mädchen hingegangen und hatte ihrem Plüschbären den Bauch aufgeschnitten. Auch die Teetasse neben dem Sofa erwähnte Paulas Freundin erneut.

„Und dabei hasse ich Tee", fügte sie angewidert hinzu.

„Ich weiß, Rini", sagte Paula bedächtig und begann nebenbei, den Abendbrottisch abzuräumen. „Das ist alles so seltsam. Diese Tasse, Vickys Teddy, und dann das Unkraut aus dem Rosenbeet. Wenn ich es nicht besser wüsste, würde ich sagen,

Davids Geist huscht noch durch dieses Haus."

„Bloß nicht", unterbrach Rini sie geschockt, setzte aber sogleich hinzu: „Ich meine, hoffentlich *geistert* da niemand bei dir durchs Haus. Schreckliche Vorstellung, wenn es so wäre, oder? Ein Geist, bei dir."

„Trotzdem, wie soll man sich das sonst alles erklären?"

„Damit jedenfalls nicht", sagte ihre Freundin energisch. „Vielleicht sind wir einfach nur alle überreizt und unsere Fantasie gaukelt uns Dinge vor, die wir falsch deuten."

Paula unterband eine Träne. War das alles? Nur eine überreizte, gaukelnde Fantasie?

„Ich weiß nicht", meinte sie unsicher.

„Hey, du hast gerade erst deinen Mann verloren", versuchte Rini sie zu beruhigen. „Das war ein Schock für dich, der seine Zeit braucht, um zu heilen."

„Ach, das ist es ja gerade", erwiderte Paula, stellte eine Tasse unter ihre Kaffeemaschine und drückte den ON-Button. Das Geräusch des Mahlwerks tat ihr gut.

„Ich habe das Gefühl, als hätte ich *ihn* gar nicht verloren", fuhr sie fort. „Es ist, als habe ich jemanden verloren, den ich gar nicht kannte, aber es war nicht David. Verstehst du das?"

„Nicht wirklich."

Als die Maschine mit dem Mahlvorgang fertig war, ergoss sich eine wohlriechende Flüssigkeit in Paulas Tasse, die neue Lebensgeister in ihr weckte.

„Ach, ich verstehe es ja selbst nicht", ergänzte sie, bemüht, ihre Gefühle zu beschreiben. Unruhig strich sie sich dabei durchs Gesicht. „Jeder weicht meinen Fragen über David aus, wenn ich ihnen damit zu nahe komme. Erst Sandra, dann Gustav Lund, und zu guter Letzt dieser Oliver. Im Endeffekt habe ich den

Eindruck, dass jeder ihn zwar kannte, aber keiner wirklich über ihn reden will. Und dann tauchen diese seltsamen Bilder von der verschwundenen Studentin in seinem Zimmer auf. Ich finde überhaupt keinen Zusammenhang zwischen den Sachen. Warum hat mir David seine Adoption verschwiegen? Wieso war er gerade zu dem Zeitpunkt in Schweden, als Verenas Möbelwagen auftaucht? Hatte er etwa damit zu tun oder war das auch einfach nur Zufall?"

„Auch nur Zufall", versicherte Rini eindringlich. „Das kann nur ein Zufall gewesen sein."

Paula nahm einen kräftigen Schluck aus ihrer Tasse und ließ sich aufs Sofa gleiten.

„Ich glaube nicht mehr an Zufälligkeiten", bemerkte sie weiterhin verunsichert. „Ganz im Gegenteil; ich habe so das Gefühl, als hätte David mit Verena zu tun gehabt. Und damit meine ich mehr als nur eine flüchtige Beziehung."

„Und was genau vermutest du? Soll er etwa ein Verhältnis mit ihr gehabt haben?"

„Genau."

„Du spinnst!", unterbrach Rini sie sichtlich betroffen. „Er hätte nie eine andere Frau angefasst! Er hat dich geliebt, dich und Vicky. Bausch jetzt nicht irgendeine Einbildung auf, für die du keine Beweise hast. Und erzähl mir jetzt nicht noch, dass er seinen Unfall nur inszeniert hat, um dich zu verlassen, damit er irgendwo anders ein neues Leben beginnen kann."

„Quatsch, nein, so meinte ich das nicht." Paula atmete tief durch. Mit einem Mal fühlte sie sich todmüde.

„Lass uns Morgen weiterreden, Rini", entschied sie matt. „Ich bin müde. Es war ein anstrengender Tag. Vicky schläft auch schon. Ihr Dornenabenteuer hat sie wohl umgehauen, im wahrsten Sinne des Wortes."

„Wenn du meinst. Aber falls in der Nacht irgendetwas sein sollte, ruf mich umgehend an. Oder noch besser, ruf meinen Bruder Jens an. Der wohnt bei dir um die Ecke und steht in null Komma nix vor deiner Haustür."

„Was soll denn schon sein?"

„Vielleicht bringt der Geist einen Tee an dein Bett", versuchte Rini zu scherzen, wurde aber sogleich wieder ernst. „Also, versprich mir, dass du dein Telefon mit ans Bett nimmst."

„Kann ich nicht. Das ist leider bei Vickys Sturz kaputt gegangen."

„Dann dein Handy. Okay?"

Paula hatte es versprochen und ihr Mobiltelefon mitgenommen. Jetzt lag es auf dem Nachttisch und wurde von dem eindringenden, blass blauen Mondlicht beschienen, während sie sich weiterhin unruhig durchs Bett wälzte. Vielleicht lag es am Vollmond, der ihren Schlaf beeinflusste. Vielleicht aber auch an etwas, das sie später eine Vorahnung nennen würde. Jedenfalls wurde sie wach, als ihr Wecker auf zwei Uhr sprang.

Es war kein fester Luftzug, eher ein Windhauch, der ihr über das Gesicht strich, als sie die Augen aufschlug und an die schattenüberflutete Decke ihres Schlafzimmers starrte. Das diffuse Licht, das der Erdtrabant in ihr Zimmer warf, ließ Platz für die wildesten Spekulationen, die ihr im Kopf herumgeisterten und ein erneutes Einschlummern verhinderten. Ihre Hand glitt über Davids ehemalige Schlafstätte. Seltsamerweise hatte das Bettlaken Falten geworfen, und die leichte Wärme, die sie darauf spürte, ließ einen kribbelnden Sinnesreiz über ihren Arm laufen.

„David?“

Sie richtete sich auf und stützte sich auf ihre Ellbogen, als ihr Blick seine Gestalt suchte. Natürlich konnte er nicht da sein. Er lag auf dem Friedhof von Darup, etwa eineinhalb Kilometer entfernt.

Und doch.

Die Falten auf seinem Bettlaken waren selbst bei dem wenigen Licht des Mondes zu erkennen. Sie hatte es frisch auf- und glatt gezogen, daher fand sie auf die Schnelle keine Erklärung dafür, warum es nun zerwühlt aussah. Erneut fuhr sie mit der Hand über die Matratze, bis sie das Kissen erreichte. Die Vertiefung darin war keine Einbildung. Jemand hatte noch vor kurzer Zeit real neben ihr gelegen!

Mit einem Mal war sie hellwach. Etwas wie eine heiße Panikattacke kroch ihren Rücken hinauf und ließ sie ins Schwitzen kommen. Gleichzeitig hielt sie den Atem an, um zu lauschen. War da nicht ein Geräusch auf dem Flur?

„Vicky? Bist du das?“

Keine Antwort auf ihre Stimme, die ihr seltsam fremd vorkam. Ihre Tochter? Nachts wach geworden und auf dem Weg zum Klo? Hatte *sie* etwa vor nicht allzu langer Zeit noch neben ihr gelegen?

„Vicky.“

Erneut keine Antwort.

Paula schlüpfte unter ihrer Decke hervor und zog ihre Fleecejacke über, ehe sie auf den Flur trat. In der Wohnung war es, außer einem leichten, undefinierbaren Brummen, ruhig. Sie lief in die Küche. Das Mondlicht drang durch die Fenster und ließ auch hier durch verstreute Schatten seltsame Empfindungen in Paula aufsteigen. Nichts deutete darauf hin, dass da etwas sei, das nicht hierher gehöre. Sie trat an die Terrassentür und sah hinaus. Der Garten lag ruhig und friedlich vor ihr. Kein sich bewegender Schatten, keine Andeutung eines Lebewesens, das herumgeisterte. Dann aber spürte sie plötzlich hinter sich eine Bewegung, eine Ahnung wie ein erneuter Windhauch, der sie berührte. Erschrocken drehte sie sich um. Immer noch sah alles friedlich aus …

Auf dem Flur bewegte sich einer der Schatten. Ihre aufkommende Sorge um Vicky trieb sie in das Zimmer ihrer Tochter. Sie schlief tief und fest und hatte sich unter ihre Decke gekuschelt. Paula zog die Decke von ihrem Gesicht und strich ihr über die Stirn, bevor sie den Raum wieder verließ.

Der Flur war leer, natürlich. Das einzige, was nicht hierher passte, war das blaue Licht, das aus Davids angelehnter Arbeitszimmertür kam. Und Paula begriff mit einem Mal, woher das Brummen stammte, noch ehe sie die Tür aufstieß.

In fieberhafter Eile suchte sie nach der Audiodatei von David und Jelena Modritz. Sie war weg, gelöscht, vom Rechner verschwunden, dessen Festplatte gerade dabei gewesen war, die Defragmentierung abzuschließen, ehe sie den Prozess unterbrechen konnte.

Paula besaß genug Erfahrung, um zu wissen, dass ihr spontanes Eingreifen nutzlos war. Was allerdings noch schlimmer schien, war das Wissen, dass jemand in ihrem Haus herumgelaufen war. Dass dieser Jemand sogar neben ihr auf dem Bett gelegen und sie betrachtet hatte, während sie schlief. Als sie endlich die Gewissheit erfasste, traf es sie wie ein heißer Schock. In aller Eile griff sie zum Handy, ließ es aber fallen, als es eine SMS anzeigte, die gekommen war. Die Nachricht las sich wie eine Warnung: „Belass es dabei, Lea."

Lea, so hatte sie nur einer genannt und der lag eineinhalb Kilometer entfernt unter einer mehr als zwei Meter dicken Erdschicht.

Die blauen, sich drehenden Warnlichter auf dem Polizeiwagen durchschnitten hin und wieder die Küchenscheiben. Paula saß auf der Couch, Vicky im Arm, die müde ihren Kopf an ihre Brust gedrückt hielt. Im Hintergrund puderten ganz in einen weißen Overall gekleidete Fremde die Terrassentür ein. Auch vorne an der Eingangstür waren Personen damit beschäftigt, Fingerabdrücke zu sichern, die auf einen Einbrecher deuten würden. Bisher waren sie nicht fündig geworden. Alles wirkte so, als sei der Einbrecher mit einem Schlüssel ins Haus eingedrungen; ein Umstand, der Paula alles andere als beruhigend vorkam.

Auf dem Tisch vor ihr schrieb Kommissar Theo Lanvers ihre Aussage in eine schmale Kladde. Paula kannte ihn bereits von Davids Unfall her. Lanvers hatte die Untersuchung geleitet. Auch heute sah er wieder adrett aus. Schlichter, heller Sakko, eine beige Hose, und sein Gesicht schien frisch rasiert, trotz der frühen Stunde. Er war in ihrem Alter, hatte sie per Handschlag begrüßt und ihre Angaben sehr ernst genommen.

„Natürlich wird heute Nacht ein Kollege von mir vor Ihrer Tür bleiben, Frau Leander“, erklärte er gerade. „Ihr Notebook haben wir bereits verpackt. Vielleicht gelingt es meinen Kollegen, die Datei wieder sichtbar zu machen. Außer dieser einen, gibt es da noch andere, die der Einbrecher gelöscht haben könnte?“

„Das kann ich nicht sagen, Herr Lanvers“, gestand Paula müde. Ihr Blick streifte die Küchenuhr. Kurz vor vier. „Brauchen

Ihre Kollegen noch lange? Ich glaube, meine Tochter muss unbedingt noch etwas schlafen."

„Natürlich, Frau Leander, kein Problem. Ich denke, eine halbe Stunde noch, dann sind wir hier fertig."

Lanvers stand auf, als vorne an der Haustür jemand seine Stimme erhob. Wenig später stürmte Jens Bender ins Zimmer, gefolgt von einem uniformierten Beamten, der entschuldigend mit den Schultern zuckte.

„Alles in Ordnung, Paula?", fragte Bender aufgebracht. „Man wollte mich nicht reinlassen. Was ist passiert?"

Lanvers baute sich vor ihm auf und sah ihn böse an.

„Darf man erfahren, wer Sie sind?", fragte er schroff.

„Jens Bender. Ich bin …" Bender stockte und sah Hilfe suchend in Paulas Gesicht.

„Ein Freund der Familie", setzte sie hinzu und ergänzte missmutig: „Oder was davon noch übrig ist."

„Sie wohnen hier in der Nähe?"

Bender bejahte die Frage des Kommissars.

„Mühlenstraße, ganz am Rande von Darup."

„Aha. Und woher wissen Sie, dass hier etwas passiert sein soll?"

„In Darup spricht sich alles schnell herum." Bender lächelte bedächtig. „Die Gerüchteküche brodelt sogar nachts, wenn ein Streifenwagen mit eingeschaltetem Blaulicht vor einem Haus steht. Und manche Dinge werden gerne mehr als nötig dramatisiert. Wenn nur die Hälfte des Dorfgeflüsters stimmt, läge Frau Leander jetzt mit gebrochenen Rippen und zerbeultem Gesicht im Krankenhaus."

„Wie du siehst, ist dem nicht so", gestand Paula und stand mit Vicky im Arm auf. „Ich bringe Vicky wieder ins Bett, dann komme ich zurück."

„Das kann ich auch machen", bot ihr Jens an und nahm das kleine Mädchen an sich. Paula warf ihm einen dankbaren Blick zu, bevor er mit Vicky das Zimmer verließ.

„Kennen Sie Herrn Bender schon lange?", hörte sie Lanvers Stimme hinter sich.

„Eigentlich nicht", gestand sie leise, setzte jedoch hinzu: „Er ist der Bruder meiner besten Freundin."

„Aha. Na, dann."

Paula drehte sich zu ihm um.

„Was gedenken Sie in Hinsicht auf Davids Handy zu unternehmen?", fragte sie mit nicht gerade freundlicher Stimme. „Die SMS wurde damit geschrieben, haben Sie festgestellt. Und das spricht ja wohl dafür, dass es nicht im Auto meines Mannes lag, als es in Flammen aufging, oder?"

„Nein, das hat es wohl nicht", gestand Lanvers zurückhaltend. „Aber das heißt noch lange nicht, dass es jemand vom Unfallort mitgenommen hat."

„David hatte es bei sich", unterbrach ihn Paula aufgebracht. „Ich habe mit ihm telefoniert, als er starb. Wie wollen Sie erklären, dass ich nun damit eine Nachricht erhalte, wenn es angeblich im Wagen verbrannt sein soll? Ich könnte mir nur vorstellen, dass es beim Aufprall aus dem Auto geschleudert wurde und eine fremde Person es mitgenommen hat. Aber dann bedeutet das ja wohl …"

„Ich weiß, was Sie jetzt denken, Frau Leander", unterbrach sie Lanvers abweisend. „Aber wir haben keine Beweise gefunden, die den Unfall Ihres Mannes als etwas anderes hinstellen würden, als das, was es war. So leid es mir auch tut, Ihr Mann kam ums Leben, weil er einem Reh ausweichen musste."

„Und jemand war dabei in seiner Nähe."

„Wie gesagt, dafür haben wir keine Indizien gefunden."

„Aber ausschließen kann man es nicht."

Lanvers winkte ab. „Wenn es so war, warum hat sich der Zeuge dann nicht gemeldet?"

„Vielleicht, weil er bisher alles so geplant hat", gab Paula beunruhigt zu bedenken.

„Und wie soll sein Plan Ihrer Meinung nach aussehen? Ihren Mann aus dem Weg räumen, nur um Sie seelisch quälen zu können?" Der Beamte verschränkte die Arme vor der Brust. „Nennen Sie mir ein Motiv, das mich überzeugt. Dann werde ich die Untersuchung des Unfalls wieder aufnehmen."

„Wenn Sie ihn gleich von Anfang an richtig untersucht hätten, dann hätten Sie eher herausgefunden, dass das Handy fehlt", antwortete Paula wütend und ging in die Küche. Ihr war nach einem Kaffee.

Mit zittrigen Händen griff sie sich eine Tasse aus ihrem Küchenschrank und stellte ihn unter die Maschine. Lanvers war ihr derweil gefolgt. Auch sein Umgangston wurde rauer.

„Wollen Sie mir etwa unterstellen", fragte er barsch, „ich hätte schlampig gearbeitet?"

„Hab ich das gesagt?", bemerkte Paula schnippisch.

„Gesagt nicht, aber ich kann mir vorstellen, was Sie jetzt denken."

Lanvers Gesicht war puterrot geworden. Ihm war nach einer Zigarette, allerdings wusste er, dass es noch dauern würde, ehe er an sein Nikotin kam.

„Frau Leander", fuhr er ruhiger fort, „wenn Sie uns eher über ihre eigenhändigen Recherchen informiert hätten, wäre das alles nicht passiert."

„Passiert?" Paula konnte die Nervosität in ihrer Stimme spüren. Sarkastisch setzte sie hinzu: „Es ist doch gar nichts passiert. Außer dass ein Irrer durch mein Haus rennt, Computerdateien löscht, mir eine Nachricht mit dem Handy meines verstorbenen Mannes sendet und sich nachts neben mich legt und mir zuschaut, während ich schlafe. Und wenn ich Sie eher informiert hätte … welche der Aktionen hätte er dann nicht durchgeführt? Hätte er es nicht beim Neben-mir-Liegen belassen, sondern sich gleich über mich hergemacht? Wäre Ihnen das lieber gewesen?"

Lanvers trat einen Schritt zurück, als Paula ihn mit biestigem Blick ansah.

„Natürlich nicht", antwortete er betreten.

„Und dazu kommt auch noch, dass er mit Vicky sein Spiel treibt."

Der Kommissar verzog das Gesicht.

„Dazu ist mir die Aussage Ihrer Tochter zu dürftig", stieß er ins Wespennest.

„Zu dürftig?!", fuhr Paula ihn auch sogleich böse an. „Was brauchen Sie denn für eine Aussage, damit sie für Sie nicht dürftig klingt, Herr Lanvers?!"

„So habe ich das nicht gemeint", wehrte der Kommissar sich verteidigend ab. „Ich gehe der Sache ja nach, sobald ich bei der Telefongesellschaft jemanden erreiche. Heute Mittag wissen wir mehr, das verspreche ich Ihnen. Falls jemand Ihre Tochter am Telefon unter Druck setzt und jenes perfide Spiel mit ihr treibt, das Sie mir beschrieben haben, werden wir ihn schnell finden, keine Sorge."

„Die habe ich aber", bemerkte Paula gereizt, ehe sie an ihrer Tasse nippte.

Das heiße Getränk tat gut und entfaltete sogleich seine belebende Wirkung. Als sie sich wieder Lanvers zuwandte, war Jens Bender hinter ihn getreten.

„Sie schläft wieder", sagte er an Paula gewandt. „Ich glaube nicht, dass sie begriffen hat, was hier passiert ist", fügte er hinzu.

„Das hoffe ich", versuchte sich Paula selbst zu überzeugen, obwohl sie es besser wusste.

Vicky war nicht dumm. Die nächtliche Aufregung hatte sich auf ihre Tochter übertragen, und das Gewusel der vielen fremden Menschen im Haus war auch nicht gerade dienlich, die ganze Sache vor ihr herunterzuspielen. Tapfere, kleine Vicky.

„Haben Sie schon herausgefunden, wie der Einbrecher ins Haus gekommen ist?", hakte derweil Bender nach.

„Wir haben bisher keine Einbruchspuren finden können", antwortete Lanvers ausweichend. Er hatte keine Lust, dem *Freund des Hauses* alles zu erklären.

„Das bedeutet, er hatte einen Schlüssel?" Bender sah Paula verlegen an.

Sie nickte geistesabwesend. „Sieht ganz so aus."

„Und woher hat er ihn?"

„Das wissen wir noch nicht", kam der Beamte Paula zuvor. „Und selbst wenn, ich glaube nicht, dass ich Ihnen den Stand der Ermittlungen mitteilen muss."

„Müssen müssen Sie gar nichts", erwiderte Bender schmunzelnd.

„Ja", ergänzte Paula spitz, „weil er dann nämlich auch zugeben müsste, dass bei der Untersuchung von Davids Unfall geschlampt wurde."

Lanvers holte tief Luft.

„Das verbitte ich mir!", unterbrach er sie, doch Paula ließ

sich nicht abweisen.

„Mir wurde eine SMS geschickt“, fuhr sie unbeirrt an Jens Bender gewandt fort, „von Davids Handy aus. Und jetzt bin ich gespannt darauf zu erfahren, ob nicht nur sein Handy den Weg aus seinem brennenden Auto gefunden hat, sondern auch sein Haustürschlüssel.“

„Aber würde das nicht bedeuten, dass jemand, bevor der Wagen in Flammen aufging, die Sachen an sich genommen hat?“, hakte Bender betroffen nach.

„Genau das würde es bedeuten!“, bestätigte Paula unwirsch.

Bender sah den Kommissar an. „Hören Sie …“

„Nein, jetzt hören Sie *mir* mal zu!“, unterbrach ihn Lanvers barsch. „Ich kenne nicht Ihren genauen Stand in dieser Familie, Herr Bender, aber der ist mir im Moment auch scheißegal! Ich leite hier die Ermittlungen, und wenn es einen Zusammenhang zwischen dem Unfalltod von Herrn Leander und diesen seltsamen Dingen gibt, die sich angeblich hier ereignet haben sollen, werde ich ihn finden!“

„Angeblich?“ Paula hob verächtlich eine Augenbraue und nahm einen weiteren Schluck Kaffee.

„Ja, angeblich!“, betonte Lanvers spitz. „Bisher haben meine Kollegen von der Spurensicherung keinen Hinweis gefunden, der Ihre Geschichte untermauert, Frau Leander. Und nur weil Sie in der Nacht eine seltsame SMS bekommen, die wer weiß wer geschickt haben könnte …“

„… mit dem Handy meines Mannes.“

„… heißt das nicht“, fuhr Lanvers, genervt durch Paulas Zwischenruf, fort, „dass hier ein Einbrecher unterwegs war.“

„Und das Notebook?“

Lanvers zuckte mit den Schultern. „Vielleicht haben Sie

einfach nur vergessen, es auszustellen."

„Ja, klar! So, wie mir entfallen ist, dass ich mein Rosenbeet umgegraben habe!"

Der Beamte drehte sich langsam zu ihr um und versuchte ruhig zu bleiben.

„Und warum sollte ein Einbrecher Ihr Unkraut rauszupfen?", stieß er nach „Haben Sie dafür eine vernünftige Erklärung? Dann wäre ich Ihnen sehr verbunden, wenn Sie sie mir mitteilen würden."

Paula sah ihn verächtlich an, ersparte sich aber einen weiteren Disput. Zudem fehlte ihr auch jeglicher plausible Grund für das Ereignis.

Irgendwann wandte sich Lanvers mit einem gebrabbelten Abschiedsgruß ab und verschwand über die Terrasse in den beginnenden Morgenhimmel. Paula war nicht wirklich böse darüber.

„Arroganter Kotzbrocken!"

„Trifft es ungefähr", bestätigte Bender sichtlich betroffen über das Auftreten des Polizisten. „Irgendwie wirkt er, als sei er etwas überfordert mit deiner Situation."

„Überfordert?" Paulas Blick glitt über die Terrasse. Verächtlich fügte sie hinzu: „Der ist nicht nur überfordert, sondern meiner Meinung nach völlig untauglich für seinen Job. Und er geht einer ganz falschen Vorstellung nach."

Jens Bender stutzte.

„Und welche Vorstellung soll deiner Meinung nach die richtige sein?"

Paula trat an die Terrassentür. Die Beamten von der Spurensicherung hatten ihre Arbeit beendet. Ein leichter, feiner Puderflaum hing nach am Rahmen, den sie mit ihrer Hand abstreifte.

„Ich weiß, es klingt unglaublich", begann sie nachdenklich und mit gedämpfter Stimme, „aber ich könnte mir vorstellen, dass David noch am Leben ist."

„Was?"

„Ich habe so ein Gefühl", erklärte Paula weiter. „Ich kann es nicht beschreiben; aber all das, was hier in den letzten Tagen passiert ist, trägt Davids Handschrift."

Bender trat in ihren Rücken und legte seine Hand auf ihren Arm, bevor er sie zu sich herumdrehte und ihr in die Augen sah.

„Ich glaube, du solltest die Realität nicht verlieren", sagte er sanft. „Und die heißt nun mal: Dein Mann ist tot. Das ist doch eindeutig erwiesen, oder nicht?"

„Gerade das *oder nicht* macht mich nervös", antwortete sie. „Gibt es einen eindeutigen Beweis, wenn nur noch ein Kilogramm Asche von einem Menschen übrig bleibt? Ich weiß, man hat ihn anhand seiner Zahnbrücke identifiziert …"

Jens Bender bemerkte sehr wohl, wie Paula mit den Tränen kämpfte. Trotzdem wollte er ihr nicht verheimlichen, wie er die Sache sah.

„David ist tot. Er starb in den Flammen seines Wagens. Hier mögen ein paar seltsame Dinge passiert sein, aber damit hat dein Mann nichts zu tun. Das kann er gar nicht."

„Und wer wusste, außer ihm, dass er die Tonaufnahme im Altenheim auf seinen Computer überspielt hat?", versuchte Paula sich zu verteidigen. „Warum hat jemand sie vom Notebook gelöscht? Und wieso diese komischen Telefonate mit meiner Tochter?"

„Ja, wieso eigentlich", hakte ihr Gegenüber ein. „Glaubst du allen Ernstes, ihr Vater hätte gewollt, dass sie auf eine Stuhllehne klettert und sich bei einem Sturz den Hals bricht? Du lieferst dir selber die Gegenargumente für deine Hypothesen, merkst du das nicht?"

Paula drehte sich von ihm weg und verschränkte die Arme vor der Brust. Fast beleidigt entgegnete sie: „Ich habe ja auch nur gesagt, dass ich so ein Gefühl habe. Mehr nicht."

„Das dich trügt."

Sie holte tief Luft und sah weiterhin nach draußen. Am Horizont begann es zu dämmern. Paula registrierte ihre Gestalt, die sich in der noch dunklen Terrassentür spiegelte. Über ihrer Schulter erkannte sie zudem Jens Benders Gesicht, wie er sie betrachtete. Irgendwie tat es gut, dass er bei ihr war.

„Weißt du, welche Vorstellung mir am meisten Angst macht?", fragte sie leise.

„Nein."

„Dass da jemand bei David war und ihm zugesehen hat, wie er gestorben ist. Vielleicht sogar derselbe, der heute Nacht neben mir lag. Das ist ein schrecklicher Gedanke, findest du nicht?"

„Du bist verletzt und wütend", hörte sie seine Stimme in ihrem Rücken. „Steigere dich nicht in etwas hinein, was nicht sein kann."

„Er hat mich Lea genannt."

„Wer hat dich Lea genannt?"

„In der Nachricht auf dem Handy." Paula stockte kurz, dann fuhr sie nachdenklich fort: „Lea, so hat mich sonst nur David gerufen."

Es trat eine kurze Pause ein, in der sie ihren Gedanken nachging. Endlich räusperte sich Jens hinter ihr.

„Wenn du willst, bleibe ich hier", schlug er sachte vor. „Ich könnte uns Brötchen holen. Dann frühstücken wir zusammen und reden in aller Ruhe über die Dinge. Möchtest du?“

Paula nickte nur. Als sie sich von ihm abwenden wollte, legte er erneut eine Hand auf ihren Arm und hielt sie dadurch zurück.

„Vielleicht wäre es eine gute Idee“, ergänzte er, „wenn ich in nächster Zeit hin und wieder vorbeikomme und auf euch aufpasse. Wäre das okay für dich?“

Paula spürte seinen Atem auf ihrem Gesicht. Ein eigenartiges Kribbeln, das sie lange nicht mehr gefühlt hatte, schoss ihr gleichzeitig über die Arme.

„Vielleicht“, antwortete sie leise.

„Dann ist das vielleicht abgemacht?“

Sie nickte flüchtig und sah ihm in die Augen. Erst jetzt fiel ihr auf, wie blau sie waren. Sein Kopf kam noch dichter an ihren heran.

„Vielleicht würde dir etwas Ablenkung gut tun, hab ich überlegt“, fuhr er fast verlegen fort. „Hast du heute Abend schon etwas vor? Ich meine, wo deine Tochter doch im Kindergarten übernachtet. Hat mir Louisa erzählt.“

„Deine Tochter ist ein Plappermaul.“

Jens grinste. „Das hat sie wohl von mir.“

„Hast du bei deinem Angebot etwas Besonderes im Sinn?“

„Wie wär’s mit Kino?“

„Vielleicht.“

„Vielleicht ja, oder vielleicht nein?“

„Vielleicht vielleicht ja.“

Er schien sich damit zufrieden zu geben und ließ ihren Arm los. Dann wandte er sich ab, um zum Bäcker zu fahren. Paula ließ er dabei nachdenklich zurück.

XIII.

Theo Lanvers hatte die Bilder des Unfalls an diesem Morgen zum x-ten Mal studiert. Sie gaben nichts her, außer der bitteren Erkenntnis, dass kein Schlüssel mehr im Autoschloss steckte, als es ausgebrannt war. Die Fotos waren eindeutig: Das Zündschloss war leer. Und damit war auch klar, dass jemand den Schlüssel vor dem Brand entfernt hatte. Eine Schludrigkeit, die ihnen bei der Analyse des Falles unterlaufen war und nicht hätte passieren dürfen. Aber wer rechnete schon damit, dass jemand …

Lanvers ließ sich stöhnend in seinen Bürostuhl zurückfallen. Er sah vor seinem geistigen Auge bereits Paula Leander vor sich, wie sie sich austobte, ihm mit Konsequenzen drohte und die Presse einschaltete, die sich über ihn hermachen würde. Das musste unter allen Umständen verhindert werden!

Natürlich musste er die Sache neu aufrollen; die Gerichtsmediziner würden zudem ihren Bericht neu überarbeiten müssen. Und er auch.

Was ihn am meisten ärgerte, war, dass er den Abschluss des Falles damals selbst forciert hatte. Vielleicht war er bei solchen Dingen einfach zu übereifrig. Andererseits, die wenigen Spuren hatten eindeutig auf einen *normalen* Autounfall hingewiesen. Rehhaare an der Stoßstange, kaum Bremsspuren auf dem Asphalt, und der Wagen war frontal an einem Baum zum Halten gekommen. Eingedetscht wie eine Zitrone nach dem Auspressen. Da konnte niemand mehr lebend herauskommen. Der Motor hatte angefangen zu brennen, dann war der Tank explodiert … alles normale Vorkommnisse bei einem derartigen Unglück.

Und jetzt?

Jetzt sah alles plötzlich ganz anders aus, nur weil der Zündschlüssel fehlte!

Lanvers griff zu den wenigen Habseligkeiten des Toten, die sie aus dem verbrannten Wagenwrack hatten retten können und die ihm gerade eben aus der Asservatenkammer gebracht worden waren. Von einem Handy keine Spur, noch so ein Kuriosum, das ihm übel aufstieß. Eine weitere Schludrigkeit, die ihm nach der Aussage von Paula Leander hätte auffallen müssen.

Dabei war der Tote eindeutig anhand seiner Zahnbrücke identifiziert worden. Die Angaben des Zahnarztes und der Vergleich des Pathologen waren definitiv handfest. Blieb also nur die Möglichkeit eines *Zaungastes*, der den Unfall beobachtet hatte und Handy samt Schlüssel entfernte, bevor der Benzintank in die Luft flog. Aber wieso sollte jemand so etwas tun? Ein Psychopath? Ein krankhafter Geist, der *zufällig* vor Ort gewesen war und dann seinen perfiden Plan geschmiedet hatte?

Zu viele *Zufälligkeiten*, war sich Lanvers bewusst. Nein, es musste etwas anderes dahinter stecken. Eine andere Wahrheit, die es galt, herauszufinden.

Lanvers nahm die Plastiktüte mit den Rehhaaren an sich. Die Stoßstange war abgerissen, und unten links hatte die Spurensicherung die Haare gefunden.

Ein Frösteln kroch ihm über den Rücken, als ihm etwas auffiel. Wie konnte eine Stoßstange abreißen, wenn der Wagen bereits mit voller Wucht frontal vor einem Baum gelandet war? Er las den Bericht der Spurensicherung noch einmal durch. Die Stange hatte eindeutig ein ganzes Stück *hinter* dem Baum gelegen. Sein erster Einfall, dass sie beim Zusammenstoß mit dem Reh abgerissen war, hakte und knirschte ebenfalls mit einem Mal. Ihm kam ein Freund in den Sinn, ein Sachverständiger, ein Experte in solchen Dingen. Sollte er ihn hinzuziehen?

Es dauerte einen Moment, bis er sich dazu durchrang, zum Telefon zu greifen. Schließlich tat er es doch. Aber eine freundliche Frauenstimme erklärte ihm wenig später, dass sein Freund an einem hochheiligen Sonntag nicht arbeiten würde. Sie könne ihm aber am Montag ausrichten, dass er zurückrufen solle. Lanvers legte fluchend den Hörer auf. Hochheiliger Sonntag! Und er in seinem Büro, während die Welt um ihn herum frei machte! Immerhin hatte er auch Familie, die auf ihn wartete, während er nachts gerufen wurde, um imaginäre Einbrecher zu stellen. Er war auch ein bodenständiger Katholik wie alle anderen.

Bodenständig ... Bender ... Jens.

Ihm schoss bei dem Namen unwillkürlich der *Freund der Familie* durch den Kopf und der Blick, mit dem Bender Paula Leander angesehen hatte. Hatten die beiden ein Verhältnis, so vertraut, wie sie taten? Oder wieso war er sonst so schnell in der Nacht vorbeigekommen?

Lanvers hatte bereits seit Benders Auftauchen darüber nachgegrübelt, warum ihm der Name bekannt vorgekommen war. Während der Frühstückspause vor einer halben Stunde hatte ihm ein Kollege dann Informationen über den jungen Mann aus Darup gegeben, die seine Erinnerungen wachrüttelten. Benders Frau hatte sich vor zwei Jahren mit einer Überdosis Tabletten das Leben genommen, da sie, unheilbar an Krebs leidend und im instabilen Zustand einer postnatalen Depression, keinen anderen Ausweg mehr für sich sah. Es hatte zwar eine kurze Untersuchung gegeben, aber es fanden sich keine Ungereimtheiten, so dass die Akte mit dem Vermerk *Selbstmord* schließlich geschlossen wurde.

Jetzt, zum ersten Mal, kamen Lanvers Zweifel an der alten Geschichte. Zwei Todesfälle in Jens Benders unmittelbarer Nähe waren eine Eigentümlichkeit, der es nachzuhaken galt.

Lanvers mochte keinem etwas unterstellen, aber …

Er wählte die Kurzwahlnummer des Polizeiarchivs. Da niemand abnahm, galt scheinbar auch dort unten in den Katakomben des Reviers der hochheilige Sonntag. Seufzend gestand er sich ein, selbst hinunter gehen zu müssen, um sich die Akte von Frau Bender zu besorgen. Dass er sie noch heute haben musste, war ihm mehr als bewusst. Ansonsten würde für ihn vom Rest des Tages auch nichts Hochheiliges mehr übrig bleiben.

„Hast du eigentlich nie Angst, Mami?“

Vicky sah einigermaßen erholt aus, als Paula sie um elf geweckt hatte. Der Stress der vergangenen Nacht war abgeebbt, und die Dornenkratzer in ihrem kleinen Gesicht wirkten bereits so, als verblassten sie genau so schnell wie die Erinnerungen an das Abenteuer.

Hoffte Paula zumindest.

Sie saßen beide am Mittagstisch, doch während Paula großen Hunger verspürte, stocherte ihre Tochter nur im Essen herum. Nun hatte sie eine für sie scheinbar wichtige Frage gestellt, so ernsthaft, wie sie dabei wirkte.

„Natürlich habe ich manchmal Angst, Vicky“, antwortete Paula daher ebenso ernst. „Wie kommst du darauf?“

„Letzte Nacht“, gab Vicky leise zurück. „Dieser Mann, der bei uns im Haus war, ohne dass du es wolltest.“

Jens hatte Unrecht, kam es Paula in den Sinn. Vicky hatte doch alles mitbekommen und sie hatte auch begriffen, was passiert war.

„Ich weiß, das muss schrecklich für dich gewesen sein, mein Schatz", sagte sie eindringlich. „Aber er wird uns nicht noch einmal aufsuchen. Der Polizist vor der Tür passt auf uns auf."

„Und was ist mit heute Nacht?" Vicky blickte ihrer Mutter in die Augen. Sie sah bekümmert und müde aus. „Ich bin doch im Kindergarten, und du hier ganz alleine. Wer passt denn dann auf dich auf, wenn ich nicht da bin? Auch der Polizist?"

„Ich denke schon. Und Jens hat mir versichert, dass ich ihn jederzeit anrufen kann, wenn etwas ist."

„Das find ich gut."

„Ich auch, mein Schatz."

Vicky schien beruhigt. Sie nahm ihre Gabel und begann zu essen.

„Magst du ihn eigentlich?"

Paula hielt erstaunt im Kauen inne. Belustigt hakte sie nach: „Wie kommst du denn jetzt darauf?"

„Weil er dich mag, hat mir Louisa erzählt", antwortete Vicky unbedarft. „Also, ich mag ihn. Und es ist bestimmt lustig, wenn man so viele Geschwister hat, oder?"

„Das weiß ich nicht", antwortete Paula verwirrt. „Ich hatte nie welche."

„Louisa hat drei", fuhr sie begeistert fort. „Da ist jeden Tag ganz viel los, hat sie mir erzählt. Wie im Kindergarten. Und einen Hund haben die auch. Er heißt Benni und ist ein ganz toller Mischling."

„Hast du ihn schon gesehen?", fragte Paula interessiert.

„Ja, Louisa hatte ein Foto von ihm mit. Willst du es mal

sehen?“

„Du hast es hier?“

„Klar! Sie hat es dagelassen, um mich zu trösten.“

Vicky sprang von ihrem Stuhl auf und raste in ihr Zimmer. Dabei redete sie so schnell weiter, dass ihre Mutter kein einziges Wort verstehen konnte. Louisa hatte wirklich einen super Eindruck bei Vicky hinterlassen.

Als sie mit dem Foto zurückkam, klingelte Paulas Handy. Sie musste ja ohne Telefon auskommen, da Vicky es beim Sturz auf der Terrasse fallengelassen hatte und seitdem keinen Ton mehr von sich gab. Ein Vorteil dabei war, dass der seltsame Mann sie nicht mehr erreichen konnte.

Paula schob ihr Interesse an Vickys Foto per Handzeichen auf später und nahm den Anruf entgegen.

„Hans Petersen hier“, vernahm sie die Stimme des Altenpflegers, nachdem sie sich gemeldet hatte. „Erinnern Sie sich an mich?“

„Ja, natürlich“, antwortete sie und hakte neugierig nach: „Woher haben Sie meine Handynummer?“

„Ich habe versucht, Sie auf dem Telefon anzurufen, aber da meldet sich seit gestern Abend nur Ihr Anrufbeantworter“, erklärte der Pfleger. „Und die Stimme nannte mir Ihre Handynummer.“

„Warum rufen Sie mich an? Gibt es etwas Neues von Frau Modritz?“

„Mehr oder weniger“, gab Petersen zurück und klang dabei mürrisch. „Haben *Sie* Herrn Stolle ins Heim geschickt?“

Paula hielt irritiert inne.

„Natürlich nicht“, antwortete sie nach einer Weile. „War er denn da?“

„Ja, gestern." Sein Tonfall wechselte in Unzufriedenheit. „Frau Leander, ich habe Ihnen nicht von den Briefen erzählt, damit Sie die Verursacher zu uns schicken. Stolle war sehr aufdringlich, als er da war. Jelena ging es nicht gut, Sie haben sie ja schon erlebt. Und wenn jemand kommt und in diesem Zustand heftig auf sie einredet, kann man tagelang nichts mehr mit ihr anfangen."

„Das tut mir leid ...", versuchte Paula sich zu entschuldigen, wurde aber sogleich wieder von Petersen unterbrochen.

„Und Behrendt ist stinksauer auf mich", fuhr er verdrießlich fort. „Ich musste ihm erklären, wer Stolle ist und woher er wusste, dass sie bei uns im Heim lebt."

„Aber das hätte er doch auch von seinem Freund Fechtner erfahren können", entfuhr es Paula verlegen. Sie verstand die ganze Aufregung nicht.

„Haben Sie sich mal gefragt, warum Fechtner es nicht weitererzählt hat?", kam prompt Petersens Antwort.

Hatte sie nicht, musste sie zugeben. Was ihr seit dem Ausflug nach Schweden jetzt erst bewusst wurde, war, dass auch Gustav Lund nichts von Jelena Modritz Aufenthalt im Altenheim zu wissen schien. Und das, obschon er Fechtner als einen seiner besten Freunde aus alten Tagen bezeichnet hatte. Sie trafen sich hin und wieder immer noch, um alte Erinnerungen auszutauschen, hatte er bei ihrem Aufenthalt im Haus am See betont. Aber, so kam es ihr nun in den Sinn, tauschte man bei solchen Treffen nicht auch die neuesten Neuigkeiten aus? Und gehörte eine an Demenz erkrankte, ehemals verhasste Kinderheimleiterin nicht dazu?

„Wie gesagt", fuhr Petersen unwirsch fort, „das war nicht das, was ich mit der Weitergabe der Namen erreichen wollte."

„Wenn Sie so etwas machen“, wehrte sich Paula, der der Ton des Pflegers nicht gefiel, „müssen Sie damit rechnen, dass ich den Informationen nachgehe.“

„Verraten Sie immer Ihre Quellen, wenn Sie recherchieren?“, echauffierte sich Petersen. „Dieser Stolle hat sich hier aufgeführt wie der berühmte Elefant im Porzellanladen. Er hat mich sogar angefaucht, warum Jelena überhaupt noch am Leben ist. Wahrscheinlich wäre es ihm lieber gewesen, wenn sie schon zwanzig Jahre unter der Erde wäre.“

„Hören Sie, Herr Petersen“, versuchte ihn Paula zu beruhigen. „Ich kann Ihre Aufregung ja verstehen. Wenn ich das vorher gewusst hätte, hätte ich ihm nichts von Frau Modritz erzählt. Aber ich konnte ja nicht ahnen, dass er so ausrasten würde, wenn er von ihrer Existenz erfährt.“

Petersen schien zu zögern. Erst nach einer Weile erklang wieder seine Stimme, diesmal ruhiger.

„Na, gut. Wird sich schon wieder regeln lassen. Behrendt hat sich so aufgeregt, als er die Hintergründe von Stolles Aufkreuzen erfuhr, dass er seinen ganzen Frust an mir ausgelassen hat. Jelena ist nicht irgendeine Heimbewohnerin, müssen Sie wissen. Sie gehört zu den bestzahlenden Gästen hier bei uns. Da ist man natürlich besorgt, wenn so ein Berserker auftaucht und rumstänkert.“

Paula verdrehte die Augen. „Verständlich.“

„Also, ich will Ihnen nicht den ganzen Sonntag versauen“, ergänzte der Pfleger seinen Bericht. „Nichts für ungut, aber beim nächsten Mal wäre etwas mehr Diskretion ganz angebracht.“

Der Sonntag war bereits versaut, kam es Paula unweigerlich in den Sinn. Solch eine Anschuldigung wollte und durfte sie nicht auf sich sitzen lassen.

„Diskretion in allen Ehren", presste sie hervor, „aber wenn ich interessante Namen in einer Reportage genannt bekomme, dann gehe ich den Informationen nach."

„Dann sollten Sie sich vielleicht überlegen", sagte Petersen betont eisig, „ob Sie das ganze als Reportage betrachten oder als einen wichtigen Teil Ihres Lebens. Sie sagten mal etwas von Sensationshascherei. Ich hoffe nicht, dass Sie zu diesen Pappa-razzi gehören. Schönen Tag noch."

Damit würgte er sein Telefonat ab und ließ Paula verstimmt zurück. Der Sonntag war absolut versaut, befand sie.

Es war früher Mittag, als Theo Lanvers mit der Akte von Marie Bender unter dem Arm zurück in sein Büro trat. Nach längerer Suche im Archiv war er schließlich fündig geworden. So konnte es doch noch ein hochheiliger Rest vom Sonntag für ihn werden. Er hatte beschlossen, die Akte einzupacken und sich direkt auf den Nachhauseweg zu machen. Doch dann klingelte sein Telefon und er machte den Fehler, den Hörer abzunehmen.

„Kripo Münster. Kommissar Theo Lanvers am Apparat."

„Hannah Söderberg von der Svenska Politie, Distrikt Sölvesborg." Die helle, freundlich klingende Stimme der Anruferin wurde von einem leichten Knistern überlagert. Trotzdem war sie gut zu verstehen. „Man hat mich zu Ihnen durchgestellt, Herr Lanvers."

„Aha."

„Ich wollte nur fragen, ob die Sachen bei Ihnen angekommen sind."

Lanvers verzog das Gesicht.

„Um welche Sachen handelt es sich?“, hakte er nach.

„Vor einiger Zeit haben wir hier in einem Waldstück einen Möbeltransporter aus Deutschland gefunden“, antwortete Söderberg. „Inzwischen gibt es Hinweise darauf, dass es der Wagen einer verschwundenen Studentin aus Ihrem Bezirk ist.“

„Aha?“

„Ja. Hat sich inzwischen Frau ...“, Lanvers hörte Papier rascheln, dann wieder die Stimme der Beamtin, „Leander bei Ihnen gemeldet?“

„Sagten Sie Leander?“, fragte Lanvers verblüfft und ließ sich in seinen Stuhl fallen. „Etwa Paula Leander?“

„Genau. Sie hat sich also bei Ihnen gemeldet?“

„Mehr oder weniger.“

Söderberg schien verwundert.

„Könnten Sie mir das bitte näher erklären?“, hakte sie nach.

Lanvers tat es, bevor seine Kollegin ihn über die Umstände von Paulas Besuch in Näsum aufklärte. Als er alle Informationen einigermaßen gespeichert und mit Hand aufgeschrieben hatte, bat er noch, ihm die Fotos des Möbelwagens zuzufaxen, ehe er auflegte. Die vielen neuen Auskünfte, die er nun hatte, ließen ihn tief durchatmen, bevor er mehrere Telefonate führte und dann sein Büro verließ. Es hatten sich ein paar Dinge aufgestaut, die es unbedingt zu klären galt.

Im Kindergarten war es, wie so oft, wuselig und unruhig. Paula hängte gerade Vickys Jacke an einen Haken, als eine der Erzieherinnen zu ihnen kam und beide fröhlich begrüßte.

„Vicky, schön, dass du da bist.“

„Ja“, antwortete Vicky und hielt ihrer Kindergärtnerin ihre Lieblingspuppe entgegen. „Mecki freut sich auch schon auf die

Nacht. Soll ich schon meinen Schlafsack ausrollen, Kathrin?"

„Na ja, einen Moment dauert es noch, bis es Nacht ist", antwortete Kathrin belustigt und sah Paula an. „Sie sind alle so aufgeregt; ich glaube, vor Mitternacht schlafen die Kinder nicht ein."

„Das wird dann ja eine lange Nacht für euch", bemerkte Paula gefühlvoll. „Wenn es gar nicht anders geht, könnt ihr mich gerne anrufen und ich hole meine Tochter ab."

„Ach, Mama!" Vicky verzog unwirsch ihr Gesicht. „Was du wieder hast. Als wenn das nötig wäre. Komm bloß nicht!"

Katrin lachte.

„Ich glaube auch, dass das nicht nötig sein wird", sagte sie und fügte spielerisch böse hinzu: „Wer heute Nacht nicht schläft, macht morgen früh das Frühstück."

„Oh, nein." Vicky verdrehte die Augen. „Bloß nicht. Das kann Maike übernehmen."

„Maike kommt nicht", gestand Kathrin verlegen. „Tut mir leid, aber ihre Mutter hat sie vorhin abgemeldet."

„Schade."

„Ja, das finde ich auch."

Paula kniete sich vor ihre Tochter und blickte ihr ins Gesicht. Aber Vicky wich ihr aus.

„Ach, komm", spornte Paula sie an. „Ich weiß, Maike ist deine beste Freundin, aber es wird auch ohne sie gehen, meinst du nicht? Du hast doch Mecki dabei. Und die anderen aus der Schulgruppe sind alle da."

Vicky verzog das Gesicht, nahm ihre Lieblingspuppe an sich und stapfte missmutig in ihren Gruppenraum. Paula zuckte die Schultern und stand auf.

„Tja, schade für sie."

„Es tut mir auch leid", gestand Kathrin verlegen. „Der Anruf von Maike kam sehr kurzfristig, was mich wundert. Dabei hatte sie eigentlich fest zugesagt."

„Ist manchmal so im Leben."

Paula fand diesen Spruch zwar dämlich, aber ihr fiel nichts Besseres ein. Wenig später verabschiedete sie sich und verließ den Kindergarten.

Es war achtzehn Uhr, als Theo Lanvers den Unfallort erreichte. Sein Freund war schon da und hatte bereits den Baum sowie die kurze Bremsspur begutachtet. Lanvers parkte seinen Wagen am Seitenstreifen und stieg aus, bevor er den jungen Mann heranwinkte.

„Na, Michael, schon was Außergewöhnliches gefunden?"

Michael Bäumer schüttelte den Kopf. Er sah fesch aus in seinem Anzug. Mitte dreißig, knapper Dreitagebart, und dazu ein dezenter Hauch von Rasierwasser, gaben ihm eine verführerische Note. Nicht umsonst galt er als begehrtester Junggeselle im Kripo-Team. Hinzu kam seine Art, sich auszudrücken. Kurz, bündig und dennoch aussagekräftig.

„Mir fehlen Hintergrundinfos", gestand er lapidar.

Lanvers reichte ihm sogleich eine dünne Mappe.

„Ich hab da was für dich", bemerkte er steif, als Bäumer ihm die Mappe aus der Hand nahm und sogleich durchzublättern begann. „Der Unfall ereignete sich vor knapp drei Wochen. Alles sieht nach einem Zusammenstoß mit einem Reh aus."

Bäumer hob eine Augenbraue und sah seinen Kollegen durchdringend an.

„Aber jetzt vermutest du was anderes dahinter?"

Lanvers nickte. „Es gibt da ein paar neue Tatsachen, die die

Sache in ein anderes Licht rücken.“

„Was genau sind das für Sachen?“

„Die Frau des Verunfallten gibt an, bis zuletzt mit ihm am Telefon gesprochen zu haben. Aber wir fanden kein Handy im Autorwrack. Zudem fehlt der Schlüsselbund, an dem unter anderem der Zünd- und sein Haustürschlüssel waren.“

Bäumer horchte auf.

„Hört sich nach Schlamperei in eurer Ermittlungsarbeit an“, bemerkte er spöttisch.

„Das hört sich nicht nur so an“, bestätigte Lanvers konsterniert.

„Brannte der Wagen direkt aus?“

„Das hatten wir vermutet …“, begann Lanvers, hielt aber abrupt inne.

„Aber dem war nicht so, wenn ich dich richtig verstehe“, ergänzte der junge Beamte daher. „Und was soll ich jetzt hier? Ich muss gleich noch auf eine Geburtstagsparty. Wenn du jetzt von mir verlangst, dass ich hier über den Boden krieche …“

Lanvers winkte ab.

„Kriechen brauchst du nicht“, sagte er schnell. „Aber ich habe das ungute Gefühl, dass der Unfall vielleicht inszeniert wurde. Und jetzt brauche ich deinen Sachverstand, um mich vom Gegenteil zu überzeugen.“

Bäumer atmete tief durch und sah sich die Fotos der Reihe nach an. Als er den Bericht des Pathologen unter die Lupe nahm, schüttelte er verdrießlich den Kopf.

„Schlampige Untersuchung“, sagte er tonlos. „Demnach hätte der Tote jeder sein können.“

„Aber die Zahnbrücke war die von David Leander“, versuchte Lanvers sich zu rechtfertigen.

Bäumer blickte ihn vielsagend an.

„Ja, und?“, gab er zurück. „Wenn ich meine Keramikzähne rausnehme und sie in ein angekokeltes Fahrzeug werfe, heißt das noch lange nicht, dass ich mit der Kiste gefahren bin, oder?“

„Eine Zahnbrücke herausnehmen? Wieso sollte jemand so etwas machen?“

Bäumer reichte die Akte zurück und zuckte die Schultern.

„Versicherungsbetrug, nur so als Beispiel“, antwortete er trocken. „Habt ihr mal die Papiere von dem Typen gecheckt? Lebensversicherung, Kreditkarten, Kontostände? Hat er auswärtige Guthaben? Ein Konto in der Schweiz, Lichtenstein, oder woanders?“

„Ne, haben wir noch nicht überprüft“, gestand Lanvers zerknirscht. „Eigentlich war der Fall für uns erledigt. Die Ausgangslage schien eindeutig.“

„Eindeutig? Du erzählst mir was von einem entfernten Handy und dass der Zündschlüssel fehlt, und dann soll die Lage eindeutig sein? Mensch, Theo, dass ihr geschlampt habt, sieht doch ein Blinder! Dafür brauche ich nicht mal hier am Tatort gewesen zu sein.“

Lanvers nickte bedächtig, bevor Bäumer auf den Baum hinter sich deutete.

„Also, wenn der Mann mit seinem Honda davor gefahren ist“, erklärte er dabei, „hatte er kaum eine Chance, ohne eine Schramme aus dem Auto zu kommen, richtig?“

„In dem Punkt sind wir uns einig.“

„Moment.“ Bäumer hob einen Zeigefinger. „Ich hab nicht gesagt, dass er gar keine Chance hatte, aus seinem Honda zu kommen. Aber, wie gesagt, er hätte sich ein paar ordentliche Schrammen geholt.“

„Aber er hätte überlebt."

„Ja, sicher hätte er das."

Bäumer hatte die Bremsspuren erreicht und betrachtete sie eingehend.

„Mal sehen. Unebener Straßenbelag, ich schätze, er konnte maximal siebzig Kilometer pro Stunde fahren. Eine Hand am Steuer, eine am Handy, falls es keine Freisprecheinrichtung gab?"

Er sah Lanvers demonstrativ an.

„Wir haben keine gefunden", bemerkte der Kripobeamte zögernd.

„Also, eine Hand am Handy." Bäumer schritt weiter die Straße ab. „Hier könnte er das Reh erwischt haben. Er bremst, kommt vom Weg ab, wirft in der Hektik das Handy auf den Boden, um das Steuer mit beiden Händen zu packen. Also, wenn, dann hättet ihr es im Fußraum des Hondas vorgefunden."

Wieder ein demonstrativer Blick, Lanvers schüttelte nur den Kopf.

„Na gut."

Bäumer sah auf seine Armbanduhr. Scheinbar hatte er noch etwas Zeit bis zu seiner Verabredung.

„Er rast mit siebzig auf den Baum zu", resümierte er weiter. „Auf den paar Metern bis dahin kann er auf vierzig runterbremsen. Dann macht's Bums. Er schleudert nach vorne, der Gurt beißt in seine Brust, hält ihn aber fest ..."

Diesmal nickte Lanvers, als Bäumer ihn erneut musterte.

„Er war angegurtet, und der Airbag hat sich ausgelöst", bestätigte er.

„Gut, also, Rums Bums vor den Baum. Er lebt auf jeden

Fall noch, ist benommen, aber ansprechbar. Unverständlich für mich, wieso er sich übers Handy keine Hilfe holt."

Bäumer stockte. Sie hatten inzwischen den halbverkohlten Baumrest erreicht; ein einstmals kräftiger Eichenstamm, dessen Überreste auch jetzt noch stabil und fest im Boden verankert waren.

„Die Stoßstange lag hinter dem Baum, hast du gesagt?"

„Ja." Lanvers zeigte auf ein Maisfeld, auf dem sich erste zarte Pflänzchen befanden. „Ungefähr zwei Meter weiter. Wir hatten angenommen, sie hätte sich beim Aufprall gelöst und wäre dorthin geschleudert worden."

„Aha."

Bäumer maß in Gedanken die Entfernung bis zu den Maispflanzen. Lanvers zog sich derweil eine Zigarette heraus und entzündete sie. Der Wind hatte seit dem Mittag zugenommen, und das Streichholz flackerte unruhig hinter seiner abschirmenden Hand.

Als er einen tiefen Zug genommen hatte, fragte er: „Wäre das möglich?"

Sein jüngerer Kollege schwieg weiterhin und maß mit den Augen noch einmal die Bremsspur ab. Endlich hatte er seine Einschätzung beendet und wandte sich Lanvers zu.

„Nein, das ist unmöglich, wenn er die Front seines Hondas bereits an den Stamm der Eiche gedroschen hatte", erläuterte er nachdrücklich. „Das einzige, was die Stange auf dem Feld erklären könnte, wäre, wenn sie vor dem Aufprall vom Wagen gerissen wurde. Zum Beispiel bei der Kollision mit dem Reh. Habt ihr den Kadaver von dem Tier gefunden?"

„Negativ."

„Hm, seltsam. Bei solch einem Zusammenstoß kann es

eigentlich unmöglich überlebt haben."
„Aber die Haare stammen eindeutig von Rotwild."
„Wie alt?"
Lanvers stutzte. „Was?"
„Wie alt die Haare sind", wiederholte Bäumer seine Frage. „Sind es frische gewesen oder waren sie schon ein paar Monate alt?"
Lanvers zuckte die Schultern.
„Haben wir nicht untersucht." Er kramte die Tüte mit den Haaren aus seiner Gesäßtasche und reichte sie weiter. „Tu mir den Gefallen und find's raus."
„Na, super." Bäumer sah Lanvers skeptisch an, nahm den Beutel dann aber entgegen. „Aber verlang kein Ergebnis vor Mittwoch."
„Dienstagvormittag dürfte reichen."
Bäumer verzog das Gesicht und steckte die Probentüte in seine Anzugjacke.
„Mal auf die Idee gekommen, dass die ganze Klamotte inszeniert wurde?", fragte er beiläufig.
„Ja. Heute."
„Und? Wurde bereits eine Versicherungssumme ausgezahlt?"
„Soweit ich weiß, nein."
„Dann würde ich die Sache ganz schnell und ganz neu aufrollen und sofort seine Versicherung informieren, dass das alles nicht koscher sein könnte", bemerkte Bäumer ernst. „Die werden dann schon eine passende Antwort parat haben."
Der Hauptkommissar kratzte sich nervös an seiner Nase. Den Fall neu aufrollen … er wusste, dass sich das nicht vermeiden ließ, aber wie sollte er seinem Vorgesetzten davon

berichten, ohne dass ihm dieser gleich den Kopf abriss?

„Und du bist dir bei der Einschätzung ganz sicher?"

„Was heißt hier sicher." Bäumer zuckte die Schultern. „Natürlich bin ich mir nicht hundertpro sicher, aber deine Version der Story ist jedenfalls voll daneben."

Er reichte die Akte an Lanvers zurück.

„Und ich meine: *voll* daneben", wiederholte er bekräftigend.

„Mit der Versicherung habe ich kein Problem", sagte Lanvers mürrisch. „Aber wie soll ich Frau Leander beibringen, dass ihr Mann vielleicht noch am Leben ist?"

„Wenn sie in die Geschichte involviert ist, weiß sie's eh schon", konterte Bäumer trocken und setzte dann einen fragenden Blick auf. „War's das?"

Eine Sache hatte Lanvers noch, die ihm unter den Nägeln brannte und die er geklärt haben wollte.

„Wenn der Tote nicht dieser David Leander war …", er stockte.

„Was sich leicht durch eine Gen-Analyse beweisen ließe", erklärte Bäumer. „Oder habt ihr ihn schon eingeäschert?"

„Da war nicht mehr viel zu äschern", bemerkte sein Gesprächspartner knurrig. „Von dem Rest konnte man kein DNA-Material mehr bekommen, sagt unser Pathologe. Nur die Zahnbrücke reichte für eine Identifizierung."

„Bei über tausend Grad nicht verwunderlich, dass nur die übrig blieb. Tja, schade auch. Ein Gen-Test hätte dir die Aufklärung erleichtert."

„Aber wie kommt die Zahnbrücke ins Auto, wenn der Tote nicht David Leander war?"

„Vielleicht hat der Typ sie sich vorher rausgenommen", gab

Bäumer ungeduldig zu bedenken. „Ich hab da mal einen Film gesehen, in dem sich einer …"

„Wenn es nicht dieser Leander war, der im Auto verbrannt ist", unterbrach ihn Lanvers, „wer war es dann? Wo bekommt man eine Leiche her, um sie an seiner Stelle hinter das Lenkrad zu klemmen?"

„Versuchs mal in einem Altenheim", witzelte Bäumer und kramte seinen Autoschlüssel aus der Hosentasche. „Ich muss jetzt wirklich los, Theo."

„Ja, ja, ist klar."

Lanvers nickte gedankenverloren. Er dachte bereits über den Hinweis nach, als Bäumer sich von ihm entfernte. Ein Altenheim. Hatte er nicht in Zusammenhang mit Paula Leander von einem Seniorenstift gehört?

Als sein Kollege im Hintergrund den Wagen auf die Straße lenkte, klingelte Lanvers Handy.

„Tach, Kommissar. Sie baten um Rückruf?"

Der junge Mitarbeiter der Telefongesellschaft kaute, so dass seine Worte sehr verzerrt klangen. Lanvers schüttelte unwirsch den Kopf.

„Ja, ich brauche eine Auskunft über ein Handy", erklärte er tonlos. „Die Nummer ist …"

„Hab ich schon", unterbrach ihn der Anrufer, weiterhin heftig kauend. Lanvers konnte die Brotkrumen fast sehen, wie sie versuchten, sich durch den Hörer hindurch in sein Ohr zu bohren. „Haben Sie meiner Kollegin ja schon gegeben. Tja, also die SMS wurde von dem Mobiltelefon aus gesendet, dessen Nummer ich hier hab. Demnach ist der Anschluss noch aktiv."

„Und es gibt keine Möglichkeit, sich von woanders in die Leitung einzuklinken?", hakte Lanvers nach.

Der junge Mann lachte glucksend. „Wenn Sie bei uns im Laden arbeiten würden, könnten Sie das natürlich. Aber das tun Sie ja nicht, oder?"

„Also, *Sie* könnten das?", hakte Lanvers nach.

„Ja, klar. Mit ein paar technischen Tricks kein Problem. Aber wie gesagt, ohne Kenne keine Chance." Der Mann lachte erneut und verschluckte sich fast dabei. „Aber verlangen Sie jetzt nicht von mir, dass ich das machen soll."

„Keine Sorge", antwortete Lanvers knurrig, da ihm der Ton seines Gesprächspartners anfing, auf die Nerven zu gehen. Dann aber stutzte er, als ihm etwas einfiel.

„Eine Frage hätte ich noch, arbeitet bei Ihnen ein Jens Bender?"

„Der Jens? Ja, klar. Arbeitet immer noch hier, hat aber heute frei. Wieso?"

„Nur so", sagte Lanvers knapp, bevor er mit klopfendem Herzen die Leitung kappte.

War das die Verbindung zwischen dem Überfall an Paula Leander und dem Unfall ihres Mannes?, kam ihm in den Sinn.

XIV.

Paula hatte die Kerzen aus dem Badezimmer in ihrem Wohnzimmer verteilt. Sie sah auf die Uhr, es war inzwischen halb acht geworden. In einer halben Stunde würde Jens Bender kommen. Sie hatte sich nach dem *vielleicht ja* nun doch mit ihm verabredet, um ihre Schulden in Form eines Abendessens zu begleichen. Den Kinobesuch, den er vorschlug, hatte sie allerdings auf einen anderen Termin verschoben. Sie wollte zuhause sein, falls Vicky, aus welchen Gründen auch immer, aus dem Kindergarten abgeholt werden musste.

Der Tisch war gedeckt, die Zutaten für das Essen bereits am Herd platziert, eigentlich musste Paula nur noch die Weinflasche öffnen. Der Korkenzieher steckte bereits im Korken, soweit war sie gekommen. Aber dann hatte sie ein Gedanke davon abgehalten, ihn herauszuziehen. Etwas, das ihr zuvor noch gar nicht in den Sinn gekommen war.

Was tat sie hier eigentlich?

Sie hatte sich einen Mann eingeladen, oder besser: War auf seine Verabredung eingegangen. Eigentlich eine schöne Sache; mit David hatte es damals auch so begonnen. Aber gerade das war der springende Punkt dabei.

David.

Drei Wochen, genauso genommen sogar fast vier, nach seinem tödlichen Autounfall, und sie hatte ein abendliches, vielleicht sogar nächtliches Date, von dem sie nicht wusste, wie es ausgehen würde.

Was wollte Jens? Was wollte sie? Ein spontanes Abenteuer, um sich direkt danach zu verabschieden und sich gegenseitig beizupflichten, das ja eigentlich gar nichts passiert sei? Sie konnten sich in Zukunft nicht aus dem Weg gehen, natürlich nicht. Allein schon deshalb, weil seine Tochter auf ihre Vicky aufpassen würde. Also, was wollte sie so kurz nach Davids Tod?

Die Zeiger der Uhr rückten unausweichlich vorwärts, und Paula hatte nichts Besseres zu tun, als in der Küche zu sitzen und ihnen dabei zuzusehen. Sie wollte einen schönen Abend haben, sehnte sich nach etwas Gesellschaft und einen Gesprächspartner mit einer Schulter, an die man sich anlehnen konnte. Jens würde sie sicher gerne anbieten, aber was war, wenn er mehr sein wollte als ein Gesprächspartner mit einer Schulter?

In den letzten Stunden hatte sie des Öfteren an ihn denken müssen. Er war witzig, er war spontan, er konnte gut mit Kindern umgehen und er hatte auch seinen Lebenspartner verloren. Alles Dinge, über die man reichlich Konversation betreiben konnte. Aber dann? Wenn die Konversation versiegte und Gefühle hereinbrachen, die mehr wollten als nur reden?

Sie war sich im Klaren, dass das nicht passieren durfte. Nicht, bevor sie hundertprozentig wusste, dass David tot war.

Paula trat in den Flur und sah durch ein Seitenfenster neben der Haustür hinaus in den einbrechenden Abendhimmel. In der Einfahrt parkte ein dunkles Auto. Schemenhaft war auf dem Fahrersitz eine Person zu erkennen. Ihr polizeilicher Bodyguard. Den ganzen Tag schon war er in ihrer Nähe; ein netter, junger Beamter in Zivil, der sich am Morgen freundlich vorgestellt hatte und seitdem nicht mehr von ihrer Seite gewichen war. Eigentlich konnte sie sich sicher fühlen. Aber irgendwie tat sie es nicht.

Sie ging zurück in die Küche. Ein Blick auf die Uhr, Viertel vor acht. Ein weiterer Kaffee, um ihre Aufregung zu unterbinden. Als das Telefon klingelte, zuckte sie zusammen. Rini war am Nachmittag so nett gewesen, ihr ein altes schnurloses Telefon zu überlassen. Seitdem war sie wieder erreichbar. Da sich aber seitdem noch niemand bei ihr gemeldet hatte, war der Rufton erschreckend laut und ungewohnt.

„Leander?"

Hatte sie zunächst gedacht, es wäre Jens, der sich abmelden wollte, überraschte sie die Stimme, die sie nun hörte, umso mehr.

„Hallo, Paula, Marie Lund hier. Ist Gustav bei dir?"

„Nein. Wieso sollte er?"

„Ich hatte nur gedacht …" Die Schwedin stockte, dann fuhr sie fort: „Er ist heute Mittag nach Deutschland gereist. Aber er hat mir nicht gesagt, wohin er wollte. Und da hatte ich angenommen, vielleicht wollte er zu dir."

„Hier ist er nicht", entfuhr es Paula etwas zu hart. Ruhiger setzte sie hinzu: „Hat er kein Handy?"

„Er meldet sich nicht."

Paula konnte in ihren Worten die Angst spüren, dass etwas passiert sein musste.

„Wieso wollte er denn nach Deutschland?", hakte sie daher nach.

„Ich weiß es nicht genau", antwortete Marie Lund leise. „Heute Vormittag bekam er einen Anruf von Oliver Stolle. Danach war er wie aufgedreht. Er rannte planlos durchs Haus und sagte etwas wie *Das darf doch nicht war sein* , oder so ähnlich. Und dann packte er seinen Koffer und hat einen Flug gebucht. Karl ist hier bei mir. Er wollte mit seinem Vater reden … wir machen uns wirklich Sorgen, Paula."

Paulas Gedanken drehten sich mit einem Mal im Kreis.

Petersens Anruf kam ihr in den Sinn, als er sich am Nachmittag über Stolles Besuch im Altenheim echauffiert hatte. Konnten die Begebenheiten miteinander zu tun haben?

„Vielleicht ist er bei Oliver Stolle“, vermutete sie daher.

„Ich habe schon versucht, ihn zu erreichen“, erklärte Marie Lund ausweichend, „aber auch er meldet sich nicht. Ehrlich gesagt, ich mache mir echt Sorgen. Gustav war so komisch nach dem Anruf. So kenne ich ihn gar nicht.“

„Er wird sich schon melden“, versuchte Paula sie zu beruhigen, obwohl die Phrase mehr als abgedroschen klang. Daher fügte sie hinzu: „Und falls er hier auftaucht, gebe ich dir sofort Bescheid.“

Marie Lund schien gedanklich woanders. Ihre Stimme wirkte zurückhaltender, als sie weiter sprach: „Seitdem dieser Möbelwagen aufgetaucht ist, hat sich hier alles verändert.“

„Was meinst du?“

„Gustav. Es scheint mir jetzt, als hätte er fast damit gerechnet oder sogar darauf gewartet.“

Paula stutzte. „Du meinst, er *wusste*, dass der Wagen auftauchen würde?“

„Ob er es gewusst hat, weiß ich nicht. Ich glaube aber inzwischen, dass er es zumindest geahnt hat. Die Polizei war ein paar Mal hier und hat ihn befragt.“

„Worüber?“

„Das weiß ich nicht. Vermutlich zum Fund des Wagens.“

„Was hatte Gustav denn mit dem Wagen zu tun?“

„Nichts“, sagte Marie schnell, fügte dann aber langsamer hinzu: „Glaube ich zumindest.“

Paula atmete tief durch, nahm ihre Kaffeetasse und schritt zur Terrassentür. Durch die Scheiben sah sie die Schatten der Nacht, die sich über ihren Garten hermachten.

„Du vermutest doch etwas anderes, oder?", hakte sie aufgeregt nach und nippte an ihrer Tasse.

„Wir haben ein altes Haus", erklang Marie Lunds gedämpfte Stimme aus dem Hörer. „Hinten, in der Nähe von Västanå. Mein Vater hat früher Hopfen angebaut, bis er starb und der Betrieb eingestellt wurde. In den letzten Jahren haben Gustav und ich uns nie viel darum gekümmert, weißt du. Wir hatten soviel anderes zu tun. Zum Haus gehört allerdings auch eine Garage."

Sie schwieg für einen Moment, in dem Paula sie nicht unterbrechen wollte, obwohl sie es gerne getan hätte. Als sie begriff, dass die Schwedin auf eine Aufforderung wartete, gab sie sie ihr.

„Du vermutest, dass der Möbelwagen dort untergebracht war, bis er jetzt wieder aufgetaucht ist?"

„Einer der Polizisten machte eine Andeutung", antwortete Marie Lund zögerlich. „Sie haben wohl Spuren an den Reifen des Wagens gefunden und … ich kann mir das gar nicht erklären!"

Aber ich!, wollte Paula antworten, tat es aber nicht.

„Hast du der Polizei das gesagt?", fragte sie stattdessen. „Deine Vermutung mit eurer Garage?"

„Natürlich nicht!", antwortete Marie Lund schnell. Als sie fort fuhr, klang es wie eine Entschuldigung. „Es ist ja wirklich nur eine Vermutung."

„Und wenn es der Wahrheit entspricht?", gab Paula zu bedenken. „Wenn der Wagen wirklich all die Zeit dort gestanden hat?"

„Und wer sollte ihn dann in den Wald gefahren haben? Dein David etwa?"

Darauf wollte Paula nicht antworten. Sie starrte weiter in die Schatten der Bäume auf ihrer Terrasse. War David deshalb kurz vor seinem Unfall in Schweden gewesen? Um einen Möbelwagen in ein unbeaufsichtigtes Waldstück zu fahren, damit er endlich gefunden wird? Das einzige, was ihr spontan dazu einfiel, war ein Spruch, den sie vor kurzem gelesen hatte:

„Wenn du mich liebst, nimm meine Hand und spring", sagte ER. Und SIE nahm seine Hand und sprang … doch er ließ los und blieb stehen.

Genau so fühlte sie sich inzwischen.

Sie hatte kaum noch einen Überblick darüber, was ihr David alles angerichtet haben könnte. Nur dass er etwas ausgelöst hatte, drang mit einem Mal tief in ihr Bewusstsein. Und diese Gewissheit erschreckte sie aufs Äußerste und ließ ihre Stimme stocken.

Die Schatten der Bäume schwankten im lauen Wind hin und her. Aber mit einem Mal schien sich einer der Schatten aus der einbrechenden Dunkelheit zu lösen, um dann mit voller Wucht gegen die Terrassentür zu springen!

Paula fuhr entsetzt zurück, verlor den Halt, ihre Kaffeetasse und das Telefon. Die Tasse knallte mit einem dumpfen Aufprall auf die Fliesen und zerbrach in tausend feine Porzellanteile, während sich das Telefon über den Boden schlitternd einen entgegengesetzten Weg suchte. Sie selber konnte keinen Blick von der Gestalt lassen, die sich, schwarz wie die Nacht, mit den Händen noch immer an das riesige Fenster lehnte und aussah, als wolle es die Scheibe eindrücken oder durch sie hindurch kommen. Die Gestalt selber hatte kein Gesicht, das man erkennen konnte. Es war ein dunkles Etwas, eine konturlose Kreatur, die Paula eine solche Angst einjagte und sie, unfähig zu einer Bewegung, auf den Fliesen verharren ließ. Als die Kreatur begann, an der Scheibe zu kratzen, wachte sie aus ihrer Lethargie auf. Sie erlöste ihre Anspannung durch einen Schrei, um dann Richtung Haustür zu flüchten. Nur raus aus dem Haus! Einzig angetrieben auf der Suche nach Hilfe, den Polizeiwagen zu erreichen. Hinter ihr verschmolz derweil die Kreatur wieder mit den Schatten der Bäume. Aber nur für eine kurze Zeit.

Kathrin hatte eine plötzliche Unruhe erfüllt, als sie erneut vor die Tür des Kindergartens trat und nach Vicky Ausschau hielt. Die Stimme am Telefon war Maikes gewesen, da war sie sich sicher. Sie wolle Vicky sprechen, um ihr etwas zu erzählen, hatte sie gesagt. Daraufhin hatte Kathrin den Hörer an Paulas Tochter weitergegeben. Und dann …

Dann war Vicky fröhlich nach draußen geeilt. Hatte etwas gerufen, wie: „Maike kommt *doch*! Ich soll auf sie warten!“

Kathrin hatte sich zwar gewundert, aber irgendwie nicht weiter darüber nachgedacht. Die anderen angehenden Schulkinder erforderten ihre volle Konzentration. Erst nach einer halben Stunde fiel ihr auf, dass Vicky noch immer nicht zurückgekommen war. Die junge Erzieherin verließ das Gebäude und suchte das gesamte Areal des Kindergartens ab. Aber Vicky war nirgendwo zu finden. Dann hatte sie versucht, Maikes Eltern anzurufen. Vielleicht waren die beiden Mädchen ja, aus welchem Grund auch immer, zu ihr nach Hause gefahren. Doch die Mutter war mehr als erstaunt, als sie erfuhr, dass der *Schulkinderabend* nicht abgeblasen worden war, wie ihre Tochter gemeint hatte. Kathrin hakte, nervös geworden, nach, wie sie auf die Idee gekommen sei, dass man den Abend verlegt haben könnte. Als Maikes Mutter erklärte, dass ihre Tochter einen

Tag zuvor mit dieser Neuigkeit um die Ecke gekommen war, wurde die Erzieherin blass um die Nase. Und als dann auch noch Maike am Hörer betonte, sie habe nicht mit Vicky am Telefon, dafür aber einem seltsamen Mann vor einiger Zeit ein paar Sätze in ein Mikrophon gesprochen, war sich Kathrin sicher, dass hier etwas ganz und gar nicht stimmte.

Wie nur sollte sie Paula Leander erklären, dass ihre Tochter abhanden gekommen war?

„Paula?"

Jens Bender fand es mehr als merkwürdig, dass die Haustür offen stand. Vorsichtig durchschritt er den Flur, öffnete hier und da eine der angrenzenden Türen, fand aber nirgendwo eine Spur von ihr. Als er das Wohnzimmer erreichte, bemerkte er jedoch sogleich die zerbrochene Tasse auf dem Boden. Das seltsame Gefühl in seinem Magen nahm erschreckende Konturen an. Er rief lauter, durchsuchte hastig die restlichen Zimmer und eilte dann hinaus auf die Terrasse. Aber auch hier fand er kein Anzeichen dafür, was sich in Paulas Haus abgespielt hatte oder wo sie sein könnte.

Ins Haus zurückgekehrt, konnte er seine Aufregung kaum noch im Zaum halten. Unter einem der Stühle fand er das Telefon. Doch als er es an sich nahm, tat es keinen Mucks mehr. Die Leitung war tot.

„Verdammt!", fluchte er laut.

Der Gedanke an das Date mit Paula hatte sich längst verflüchtigt und war einer plötzlich aufkommenden Angst um sie gewichen. Der Polizeiwagen! Was war mit dem Bodyguard, den dieser Hauptkommissar hinterlassen hatte? Der musste doch wissen, wo sie abgeblieben war.

Als er beim Hinauseilen wieder die Haustür erreichte, standen ihm plötzlich zwei Männer gegenüber, die ihm den Weg versperrten. Einer der beiden sah ihn erstaunt an.

„Guten Abend", grüßte er höflich, aber Jens verzog nur das Gesicht.

„Wer sind Sie?", frage er zurückhaltend.

„Wir suchen Paula Leander", gab der zweite ausweichend zurück. „Ist sie hier?"

„Und wenn schon", antwortete Jens eisig. „Ich wüsste nicht, was Sie das angeht."

„Stimmt", gab der erste zu und lächelte. „Aber vielleicht hat sie mal meinen Namen erwähnt. Ich heiße Gustav Lund. Und das hier", er zeigte auf seinen Nebenmann, „ist Oliver Stolle."

Jens pfiff erstaunt durch die Zähne.

„Sieh an, der Geschichtsprofessor", entfuhr es ihm.

Stolle zuckte zusammen. „Sie kennen mich?"

„Kennen wäre zuviel gesagt.

„Hören Sie, Herr …", begann Gustav Lund erneut und sah Bender herausfordernd an.

„Bender."

„Herr Bender. Wir müssen Frau Leander dringend sprechen. Es ist eine … hm, eher delikate Angelegenheit, um ehrlich zu sein."

„Ich kann mir denken, warum Sie beide hier sind", gab Bender zurück.

„Ach, ja?"

„Aber sie kommen eher ungelegen. Paula ist nicht da."

„Wo ist sie denn?"

„Ich weiß es nicht."

Während Jens sich an den beiden vorbeidrängelte, wechselten Stolle und Lund einen überraschten Blick. Er erreichte den Polizeiwagen, aber als er die Tür öffnete, fand er den Innenraum leer vor. Von einem *Bodyguard* war weit und breit nichts zu sehen. Bender knallte die Tür wieder zu und blickte sich zornig um. Die beiden Männer waren ihm gefolgt und sahen ihm verwirrt zu, wie er die nähere Umgebung des Fahrzeugs absuchte.

„Helfen Sie mir gefälligst!“, blaffte er sie an.

„Wobei denn?“, entfuhr es Lund.

„Im Auto hätte ein Beamter sitzen müssen, der auf Paula aufpassen sollte“, erklärte Jens flüchtig und nahm einen abgebrochenen Ast an sich, mit dem er das am Wegesrand hoch stehende Gras durchstöberte.

„Wieso aufpassen?“, hakte Stolle nach.

„Paula wurde bedroht.“ Der Stock bahnte sich einen Weg durch die feuchten Halme, aber soweit vom Haus entfernt drang zuwenig Licht an diese Stelle, als dass Jens etwas erkennen konnte. Aufgeregt drehte er sich um.

„Ich brauche eine Taschenlampe“, erklärte er hastig.

„Bedroht durch wen?“

„Das ist doch jetzt egal!“, herrschte er die Stimme an, von der er nicht wusste, ob sie Stolle oder Lund gehörte. „Da war ein Einbrecher, vor ein paar Tagen, und er hat Paulas Tochter am Telefon terrorisiert. Vielleicht hat er sogar mit dem Unfall von Paulas Mann zu tun.“

Jens drehte sich erneut zum hüfthohen Gras um. Die Schemen der Nacht hatten die Umgebung in eine diffus schwarze Landschaft verwandelt. Verzweifelt warf er den Stock von sich, als vom Polizeifahrzeug her eine undeutliche

Funkmeldung erklang.

„Wagen 13, bitte melden."

Jens hastete wieder zur Fahrertür und riss sie auf. Im Schein der Deckenbeleuchtung fand er das Funkgerät und nahm das Sprechmikrofon an sich. Wie gut, fand er, dass er sich mit diesen Dingen auskannte.

„Hallo, hören Sie mich?", fragte er überreizt.

Für einen Moment blieb es still, dann erklang wieder die Frauenstimme aus dem Lautsprecher.

„Wer sind Sie?"

„Mein Name ist Jens Bender."

„Wo ist der Beamte des Wagens?"

„Keine Ahnung", antwortete Jens fahrig. „Hören Sie, wir haben hier einen Notfall. Ihr Kollege ist verschwunden, und die Frau, auf die er aufpassen sollte, ebenfalls. Haben Sie das verstanden?"

„Negativ. Bitte wiederholen Sie. Wie heißen Sie?"

„Bender", rief Jens verzweifelt. „Ich sitze hier in einem Ihrer Wagen. Informieren Sie Hauptkommissar Lanvers, dass …"

„Wen ?", unterbrach die Stimme seine Mitteilung.

Ehe Jens den Namen wiederholen konnte, nahm ihm jemand von der Seite her das Mikrofon aus der Hand. Danach wurde er aus dem Wagen gezerrt und fiel, durch die Wucht des Angriffs, auf den spröden Asphalt vor Paulas Haus. Er knallte mit der Wange auf den Boden und merkte sofort, dass sie anschwoll. Ein undeutlicher Geschmack nach Blut erfüllte seinen Mund.

„Was soll das?", herrschte er Gustav Lund zornig an, als er seinen Angreifer erkannte.

Lund schien vor Aufregung zu schnauben. Erst Stolles beruhigende Worte brachten ihn davon ab, weiterhin tätlich gegen den am Boden liegenden jungen Mann, der sich die Wange hielt, vorzugehen.

„Sie dürfen meinem Freund nicht böse sein, Herr Bender“, erklärte der Professor und half Jens auf die Beine. „Wir möchten nur mit Ihnen reden, und es wäre vielleicht klüger, die Kavallerie noch im Stall zu lassen. Verstehen Sie das?“

„Nein, das verstehe ich nicht!“, antwortete Jens hitzig und entzog sich unwirsch dem Griff von Stolle. „Was wollen Sie eigentlich?!“

„Es sind da ein paar ... Dinge eingetreten“, begann Stolle, „die nicht vorhersehbar waren. Dinge, die ...“

„Sei ruhig, Oliver.“

Stolle drehte sich zu Gustav Lund um, der ihn unterbrochen hatte.

„Dinge, die zwei Jahre zurückliegen und etwas aus dem Ruder gelaufen sind“, vollendete er seinen Satz und betonte dabei jedes seiner Worte.

„Sie meinen Paulas Treffen mit Jelena Modritz?“

Stolle wandte sich überrascht wieder Jens zu.

„Sie wissen davon?“

„Und wenn schon“, wehrte Jens ab und zog sein Handy aus der Tasche. „Ich werde jetzt die Polizei darüber informieren, was hier los ist. Und diesmal lasse ich mich nicht davon abhalten.“

„Dann erzählen Sie denen auch gleich, dass Paulas Mann nur ein schäbiger Erpresser war“, brüllte ihn Gustav Lund an.

Jens verharrte in seiner Bewegung.

„Wie meinen Sie das?“

„So, wie ich’s gesagt hab“, echauffierte sich Lund, ehe er die Arme verschränkte. „Und ich bin mir nicht mal sicher, ob seine Frau nichts davon gewusst hat."

„Das ist noch nicht bewiesen, Gustav", unterbrach ihn Stolle, bevor er sich tief durchatmend wieder Jens zuwandte. „Wir sind hier, um eine Sache zu klären, die sich, wie schon gesagt, vor zwei Jahren ereignet haben. Die ganze Angelegenheit hat allerdings inzwischen eine Brisanz erreicht, die uns zu gewissen Schritten zwingt."

„Und die wären?"

„Es war ein Unfall", erklärte der Professor weiter, ohne auf Lunds abfällige Worte zu achten. „Wir haben einer jungen Frau beim Umzug geholfen …"

„Du nicht", unterbrach ihn Lund spöttisch. „Du hattest ja keine Zeit an dem Tag."

„Stimmt, ich war nicht dabei. Dafür aber Gustav, Simon und Gustavs Sohn Karl. Und natürlich David Leander."

„Was ist damals passiert?"

Stolle holte tief Luft, ehe er weiter sprach. „Karl hatte die junge Frau dazu bewogen, nach Stockholm zu ziehen, um dort ihre restliche Studienzeit zu verbringen. Ich denke auch mal, er hatte sich in sie verguckt."

„Quatsch", unterbrach Lund ihn erneut.

„Jedenfalls", fuhr Stolle fort, „haben die eben Genannten ihr beim Umzug geholfen. Einen Tag danach verließ sie mit Karl die Gegend hier und fuhr Richtung Schweden. Aber sie kamen nie in Stockholm an."

„Was ist passiert?"

„Sie hatten einen Unfall", übernahm Lund unwirsch den Gesprächsfaden. „In der Nähe von Kristianstad. Mein Sohn rief mich gleich an. Ich bin dann hin; das Mädchen war tot und Karl völlig verzweifelt. In meiner Panik hab ich Simon angerufen …"

„Simon Fechtner, den Anwalt?"

„Ja." Lund fuhr sich unruhig mit einer Hand durch die wenigen Haare. „Natürlich sprach er von der Polizei, aber ich entschied mich dagegen."

„Warum?"

„Ja, warum eigentlich?", hakte auch Stolle nach.

„Das hab ich dir doch schon erklärt!", sagte Lund ärgerlich. „Weil Karls Karriere dann versaut gewesen wär. Und das konnte ich nicht zulassen."

„Sie haben die Leiche verschwinden lassen und den Möbelwagen versteckt?"

„Genau, Herr Bender", antwortete Gustav Lund aufgewühlt. „Aber zunächst hab ich Karl weggeschickt. Er ist dann mit meinem Wagen weiter nach Stockholm gefahren, während ich die Spuren verwischt hab."

„Welche Spuren waren das?" Jens hatte einen Einfall. Eindringlich fuhr er fort: „Sagen Sie jetzt nicht, ihr Sohn hat sich über das Mädchen hergemacht und sie danach ermordet?!"

Lund zog die Schultern gerade. Seine Stimme wirkte alles andere als sympathisch, als er antwortete. „Es war ein Unfall. Und jeder, der etwas anderes behauptet, ist ein Lügner."

„Wie haben Sie das der Polizei erklären können?"

„Ich hab einfach behauptet, die Frau sei alleine nach Schweden gefahren", erklärte Lund tonlos. „Ohne Karl, nur sie. Jeder hat die Geschichte geglaubt und sie gesucht, aber natürlich nicht gefunden."

„Weil Sie die Leiche beseitigt haben."

„Beseitigt ist ein hartes Wort, Herr Bender", schaltete sich Stolle ein.

„Sie war tot", ergänzte Lund. „Was hätte es genutzt, wenn

man das der Polizei erklärt hätte? Scherereien, mehr hätte es nicht gegeben."

„Was ist das denn für eine Einstellung?", konterte Bender aufbrausend.

„Eine gesunde, das können Sie mir glauben."

„Wie ist die Sache letztendlich aufgeflogen?"

„Die Studentin wohnte in Münster", antwortete Stolle. „Direkt neben Jelena Modritz. Die Alte hat alles mitbekommen, den Umzug, die Abfahrt, alles. Und sie muss es später diesem Leander erzählt haben. War ja auch ihr Sohn, wie wir inzwischen wissen. Die haben sich seit einiger Zeit regelmäßig in ihrem Altenheim getroffen und über alte Zeiten gequatscht."

„Und dabei hat sie sich wohl an ihre Filmaufnahmen erinnert", ergänzte Stolle zerknirscht. „Sie hat damals Verenas Umzug mit einer Super-8-Kamera festgehalten, von wegen, vier seltsame Männer helfen einer jungen Frau. Da muss man ja aufpassen." Er verzog das Gesicht, ehe er fort fuhr: „Nachdem sich David als ihr verlorener Sohn geoutet hatte, hat sie ihm wohl den Film überlassen. Vor kurzem kam dann ein Anruf von ihm. Er wollte Geld, hat mir sogar Bilder von dem Film zugeschickt und mir gedroht, dass er damit zur Polizei wolle."

„Sind Sie sicher, dass es David Leander war, der Sie erpresst haben soll?", entfuhr es Bender, als hinter ihm in einiger Entfernung ein Handyklingeln erklang.

„Wer soll es denn sonst gewesen sein?", antwortete Lund verächtlich. „Der Sohn von der Alten; das kann nur er gewesen sein.

Erneut drang ein Klingelton aus dem undeutlichen Dunkel und lockte Jens, unruhig vorwärts laufend, in die Richtung, aus der er erklungen war. Seine Wange brannte wie Feuer. Ihm schwirrte zudem die unglaubliche Geschichte, die er gerade erfahren hatte, durch den Kopf. Schon nach wenigen Schritten stolperte er über eine Person, die reglos unter einem Gebüsch versteckt lag. Gleichzeitig wurde das Klingeln lauter.

„Hier liegt jemand!“, rief er und kniete sich neben dem Bewusstlosen nieder. Es war nicht Paula, wie er zunächst gehofft hatte. Die Konturen gehörten zweifelsohne einem jungen Mann.

„Lassen Sie ihn liegen“, vernahm er Lunds Stimme hinter sich.

„Einen Teufel werd ich tun!“, rief Jens zurück. „Helfen Sie mir lieber.“

„Vergessen Sie's!“

Lunds beißende Stimme gefiel Jens überhaupt nicht. Er drehte sich um und sah ihn strafend an.

„Einen Mord haben Sie schon vertuscht“, betonte er eisig. „Ich werde nicht zulassen, dass Paula damit reingezogen wird. Sie hat damit nichts zu tun.“

„Behauptet wer?!“

„Behaupte ich, Herr Lund. Und jetzt kommen Sie her und helfen mir, den Mann ins Haus zu bringen.“ Giftig fügte er hinzu: „Oder müssen Sie vorher erst Ihren Freund, den Staatsanwalt, informieren?“

„Das geht leider nicht mehr“, erwiderte Stolle gedämpft. „Deswegen sind wir ja hier. Er ist tot.“

XV.

Kathrin war mehr als aufgewühlt. Die angehenden Schulkinder drückten sich an den Fenster der Kita die Nasen platt, ihre Kolleginnen liefen wie angestochen durchs Gebäude und sie selber drehte seit einer Stunde am Rad, kurzum: Es herrschte ein heilloses Chaos, während sich draußen vor dem Kindergarten mehrere Blaulichter drehten, die allerorten Aufmerksamkeit erregten.

Sie hatte es nicht mehr ausgehalten, nachdem Vickys Mutter telefonisch nicht zu erreichen war. Das naheliegendste war daher, dass sie die Polizei informierte. Der kleine Hort war in Darup bekannt, daher hatten es die Beamten aus Nottuln nicht schwer gehabt, ihn zu finden. Allerdings brauchte der diensthabende Kripokommissar etwas länger, bis er erschien, war dafür aber umso eifriger bei der Sache.

„Viktoria Leander, sagten Sie?“, hatte er verblüfft seine Frage wiederholt, als ihm Kathrin den Namen des vermissten Kindes mitteilte. Danach war der Mann, der sich als Theo Lanvers vorgestellt hatte, schier ausgerastet.

„Lassen Sie die Ihnen anvertrauten Kinder immer alleine draußen herumlaufen!?“, hatte er sich echauffiert.

„Ich hatte mir nichts dabei gedacht“, antwortete Kathrin sich verteidigend.

„Das ist ja noch schlimmer!“, fuhr sie der Beamte weiterhin an. „Das darf doch alles nicht wahr sein! Gerade auf die kleine Leander hätten Sie doppelt aufpassen müssen!“

„Wenn man uns eher über diese Telefonate aufgeklärt hätte, dann hätte ich das auch getan!“, kam die patzige Antwort der

Erzieherin. „Aber weder Frau Leander noch einer aus Ihrer Abteilung hat uns darüber informiert. Also schieben Sie die Schuld nicht auf mich."

Lanvers sah sie zornig an, spürte aber im gleichen Moment, dass die junge Frau Recht hatte. Er hatte diese Telefonate rundweg vergessen, vielleicht sogar als einfach zu unbedeutend beiseite geschoben, als dass er sich einen großen Kopf um die Konsequenzen gemacht hatte, die daraus folgen konnten. Verdammt, Verdammt!

„Haben Sie gesehen, wie Viktoria abgeholt wurde?", hakte er nach und versuchte dabei, einen ruhigeren Ton einzuschlagen. Erst jetzt bemerkte er, wie beunruhigt die junge Frau vor ihm war.

„Nein", antwortete Kathrin, den Tränen nahe. „Glauben Sie wirklich, diese Telefonanrufe haben mit Vickys Verschwinden zu tun?"

Lanvers zuckte die Schultern.

„Wäre schon komisch, wenn es nicht so wär", gab er ausweichend zur Antwort.

„Haben Sie denn schon einen Verdächtigen?"

Der Hauptkommissar schürzte die Lippen und atmete dabei tief durch. Was sollte er ihr antworten?

Als sein Handy klingelte, dankte er insgeheim für die Ablenkung. Doch der Anruf, den er entgegennahm, war alles andere als tröstlich.

Nichts war mehr so, wie zuvor. Sie war gesprungen und hatte irgendwann unterwegs Davids Hand verloren. Sein Versprechen, immer bei ihr sein zu wollen, empfand sie inzwischen als Ballast. Sie grübelte sogar darüber nach, dass es ein Fehler gewesen war, ihn zu heiraten. Aber jetzt war es zu spät. Viel zu spät.

In ihren Dämmerschlaf stahl sich die Überlegung, wie es weitergehen würde. Sie konnte sich mühsam daran erinnern, dass sie den Wagen, der vor ihrem Haus stand, erreicht hatte, aber anstatt dort einen Polizisten anzutreffen, hatte sie nur einen leeren Innenraum vorgefunden. Dann kam diese Kreatur mit seinem stinkigen Lappen von hinten und packte sie mit festem Griff, dem sie sich nicht entziehen konnte, bis das äthergetränkte Tuch, das er ihr vor die Nase hielt, seine Wirkung entfaltete. Von da an fehlten ihr einige Stunden. Stunden, in denen sie nur einmal kurz aufwachte, um zu begreifen, dass sie in einem engen Raum eingesperrt war, der sich obendrein noch zu bewegen schien. Ein Auto? Vielleicht.

Mit dem seltsamen Bild des leeren Polizeifahrzeugs und der Kreatur hinter sich, rutschte Paula wenig später wieder in ihren Dämmerzustand, der solange anhalten sollte, bis sie im Morgengrauen Sölvesborg erreichten.

Lanvers warf einen fast verzweifelten Blick auf die Szene vor Paulas Haus. Im Rettungswagen wurde sein Kollege verarztet, der Gott sei Dank nur eine klaffende Wunde am Kopf davongetragen hatte; direkt vor dem Eingang hatte sich ein uniformierter Kollege postiert, der soeben mit zwei Reportern im Clinch lag; und etwas weiter entfernt stand sein Kollege von der Kripo mit den drei Zeugen, die einen ersten Bericht abgaben. Einer der Männer war, *natürlich*, der *Freund der Familie*. Wer auch sonst!

Lanvers schnaubte verächtlich und zerdrückte seine Zigarette unter dem Schuh. Soeben hatte eine Einheit der Spurensicherung aus Münster kommend den Schauplatz erreicht. Wahrscheinlich die gleichen wie beim letzten Mal, überlegte er schnell und stöhnte leise, bevor er sich einen neuen Glimmstängel anzündete. Wenn das so weiterging, könnten sie die Einsatzzentrale gleich nach Darup verlegen! Was ihm an der ganzen Sache noch weniger gefiel als diese vielen kleinen Schauplätze, war der Gedanke, dass Paula Leander ebenso verschwunden war wie ihre kleine Tochter. Selbst *wenn* ihr Mann David noch am Leben sein sollte … auf diese Art und Weise hätte er den Rest seiner Familie sicher nicht abgeholt.

Leise fluchend zog er sein Handy aus der Tasche, als es klingelte. Nicht noch eine Hiobsbotschaft, bat er eindringlich.

„Lanvers."

„Moin, Theo, hier ist Michael Bäumer."

Gott sei Dank nicht Hiob!

„Was gibt's?"

„Deine Rehhaare", begann Bäumer und klang belustigt, „damit haben sie euch ganz schön an der Nase herumgeführt."

„Wie meinst du das?"

„Die sind einige Jahre alt. Aber, da gibt es etwas, was dich weitaus mehr interessieren könnte."

„Schieß los."

„Wie gesagt, die Fransen kannste vergessen. Zu alt, zu brüchig. Gegen ein Reh ist euer Opfer jedenfalls nicht gefahren. Der Tatort wurde fingiert, da bin ich mir inzwischen mehr als sicher. Aber irgendwie konnte ich heut Nacht nicht schlafen, und da hab ich mir die Haare mal näher angeschaut. Rate mal, was ich gefunden habe."

Lanvers verzog das Gesicht. „Nach raten ist mir jetzt wirklich nicht zumute."

„Na gut. Latexpartikel."

„Aha?"

„Ja, entweder war das Biest ein Männchen und trug ein Kondom ..." Lanvers hörte seinen Kollegen lachen.

„Witzig", gab er eisig zurück. „Oder ...?"

„Oder jemand trug Latexhandschuhe, als er die Haare an der Stoßstange angebracht hat."

„Das bedeutet?"

„Das bedeutet, ihr solltet nach einem Klinikmitarbeiter Ausschau halten. Krankenhaus, Sanitäter, Altenheim, irgend so was."

„Altenheim?", hakte Lanvers verdutzt nach.

Schon wieder!

„Ja, die Einrichtungen kennst du doch." Bäumer lachte erneut. „Oder hast du dir noch keinen Platz reservieren lassen? Du, das solltest du aber beizeiten tun. Bist ja auch nicht mehr der Jüngste."

Der Sitz war kalt und unbequem. Als Paula die Augen wieder aufbekam, fühlte sie sich gerädert. Kopfschmerzen, rissige Lippen und ein unbefriedigtes Durstgefühl. Zudem hatte sie das Gefühl, schlecht geschlafen zu haben. Der Sitz war einfach zu kalt und unbequem kurz.

Durch ein schmales Fenster über ihrem Kopf drang die grelle Morgensonne und stach in ihre Augen, die sie kaum offen halten konnte. Sie zwang sich, es doch zu probieren. Nach einiger Zeit konnte sie Konturen erkennen. Ein Sitz, ein Steuerrad, ein Armaturenbrett und ein Zündschloss. Erst jetzt begriff sie, dass sie auf der Rückbank eines Autos lag. Sie versuchte sich aufzurichten, bekam den Sitz vor sich zu greifen und schaffte es dann mit Mühe, sich einigermaßen aufrecht hinzusetzen. Schon diese kleine Anstrengung verursachte Schwindel und Atemnot. Sie fühlte sich kraftlos, ausgelaugt und müde. Als hätte sie die Nacht zuvor durchgezecht.

Die Nacht zuvor, die Kreatur an der Terrassentür, ein leerer Polizeiwagen, der stinkige Lappen.

Facettenweise drangen die einzelnen Erinnerungen heran und fügten sich langsam zusammen. Als sie den Ablauf notdürftig rekonstruiert hatte, begann sie damit, sich einen Überblick über ihre Lage zu verschaffen.

Der Blick aus dem Fenster war ernüchternd. Der Wagen, in dem sie saß, schien sich auf einer Klippe zu befinden. Unter ihr konnte sie blaue, schäumende Wellen erkennen, die auf ein steiniges Ufer klatschten. Wo war sie gelandet? Und vor allem ging ihr die Frage nicht aus dem Kopf, *wie* sie hier gelandet sein konnte?

Hinter ihr klopfte jemand an die andere Seitenscheibe. Sie drehte sich um und erstarrte gleichzeitig, als ein junger Mann freundlich grinsend zu ihr in den Fond des Wagens schaute.

„Guten Morgen, junge Dame." Petersen schien ihren verdutzten Blick zu genießen. „Gut geschlafen?"

Er öffnete die Tür und half ihr hinaus. Paula wankte, als hätte sie tatsächlich die Nacht durchgemacht. Sie konnte sich kaum auf den Beinen halten, während Brechreiz in ihr aufstieg.

„Die Übelkeit vergeht gleich", sagte der Altenpfleger sachlich und wies auf das offene Meer hinaus. „Schön tief durchatmen, dann wird's besser."

„Wo sind wir?"

Ihre eigene Stimme klang seltsam verstellt. Paula sah sich um; nur nackte Felsen mit einzelnen Gräsern. In weiter Entfernung meinte sie ein kleines Holzhaus erkennen zu können, über dem eine blau-gelbe Fahne wehte. Das schwedische Hoheitszeichen.

„Hm“, Petersen sah sich um. „Ich schätze, zwei, drei Kilometer vor Sölvesborg.“

„Sölvesborg?“ Paula sah ihn irritiert an. „Wie komm ich hierher?“

Der Pfleger lachte glucksend.

„Mit dem Auto und einer Reihe verschiedener Schlafmittel, die ich dir injiziert habe“, erklärte er seelenruhig. „Aber keine Angst, ich kenn mich mit dem Zeug aus. Da bleiben keine Nachwirkungen.“

Paula wich entsetzt einen Schritt von ihrem Entführer zurück. Wankend suchte sie am Dach des Wagens Halt, während sie einen Blick auf ihre Arme warf. Im linken Ellenbogen erkannte sie ein Pflaster.

„Du hast mir ein Mittel verabreicht, um mich nach Schweden zu bringen?“, fragte sie entsetzt.

Petersens Gesichtsausdruck veränderte sich in Gehässigkeit. Paula trat unweigerlich noch einen Schritt zurück, als sie es bemerkte. Ein erneuter Schwall von Unwohlsein durchdrang sie.

„Wärst du denn freiwillig mitgekommen?“, fragte der Pfleger lauernd.

„Natürlich nicht.“

„Siehst du. Mir blieb leider keine andere Wahl, um dich hierher zu bringen.“

„Aber warum hast du das überhaupt getan?“

Petersen bemerkte ihren bekümmerten Blick, ging aber nicht weiter darauf ein. Frostig fuhr er fort: „Ich brauche deine Hilfe. Bisher hast du deine Aufgabe schon recht gut gemeistert, aber ein paar Feinheiten fehlen mir noch. Du weißt, warum wir hier sind, oder?"

Der Wind fuhr durch Paulas Haar. Er tat gut, da hatte ihr Kidnapper Recht. Die Übelkeit wich mit jedem Atemzug, und ihre Gedanken begannen sich weiter zu sortieren. Noch immer erschien ihr seine Unverfrorenheit allerdings unbegreiflich, dass er es gewagt hatte, sie auf diese Art und Weise zu entführen und in einen, für sie noch nicht durchschaubaren Plan einzubeziehen.

„Du willst zu Gustav Lund?"

Er nickte. „Exakt."

„Und was willst du von ihm?"

„Das lass mal meine Sorge sein", antwortete Petersen kalt. „Es gibt da noch eine Rechnung, die er bezahlen muss."

„Hat sie mit Verena Pohlmann zu tun?"

Petersen musterte sie überrascht, bevor er lächelte. Ein kühles, gezwungenes Lächeln.

„Du bist gut, Klatschtante", honorierte er belustigt ihre Worte.

„Bist du mit ihr verwandt?", fuhr Paula fort.

„Sie war meine Schwester."

„Und jetzt willst du Rache?"

„Ein zu hartes Wort, finde ich." Der Pfleger verzog das Gesicht. „Ich würde eher das Wort Gerechtigkeit gebrauchen. Nennen wir es mal eine Art Kreuzzug, auf dem ich mich befinde."

„Und was ist mit den anderen beiden?"

„Du warst so nett, sie mir auf dem Tablett zu liefern", erklärte Petersen und kratzte sich am Kinn. „Einen hat es bereits erwischt. Armer Simon." Er lachte glucksend. „Ist schon seltsam, wenn ich mir vorstelle, dass er die ganze Zeit damit zu tun hatte und ich wusste es nicht einmal. Da hat man jahrelang mit so jemandem zu tun …"

„Kennst du ihn denn schon so lange?"

„Ja, sicher. Ich bin praktisch an seiner Seite aufgewachsen. Na, ja, fast an seiner Seite."

Paula versuchte den Sinn in Petersens Worten zu verstehen, aber sie kam nicht wirklich dahinter, was er meinte. Er schien das zu ahnen und hob verteidigend die Hände.

„Ach, richtig", fügte er hinzu, „soweit bist du mit deinen Recherchen wahrscheinlich nie gekommen."

„Was meinst du?"

„Simon, also Herr Fechtner, ist … nein, *war* der Vormund von Jelena. Er hat immer alles für sie getan. Ein Muttersöhnchen par exzellence und ein braver Staatsanwalt dazu. Darum haben die anderen ihn bestimmt immer beneidet. Ich übrigens auch."

„Woher kanntest du ihn?"

„Aus dem Heim, wie die anderen auch. Oliver, Gustav, dein David … wir stammen alle aus demselben Loch, alles Gossenkinder. Nur dass es die anderen besser getroffen haben als ich."

„Du wurdest auch adoptiert?"

„Abgeschoben würde ich es eher nennen", gestand Petersen frostig. „Jelena war da rigoros. Sie hat nur die Besten behalten, der Rest wurde meistbietend versteigert. Eigentlich habe ich es nicht schlecht getroffen. Meine neuen Eltern waren zwar streng, aber stets freundlich. Bis Verena zur Welt kam. Meine kleine Schwester. Ich hab mich stets um sie bemüht, hab auf sie aufgepasst. Immerhin war ich zehn Jahre älter, da weiß man, auf was es ankommt. Aber meine neuen Eltern sahen das wohl anders. Die dachten wohl, ich würde mich eines Tages über sie hermachen. Und diesen Ungedanken bekam ich irgendwann zu spüren, bis ich es nicht mehr aushielt und auszog."

Er kam kurz ins Stocken, bevor er nachdenklicher weiter sprach: „Tja, und dann kam Karl, der schwedische Supermann aus Stockholm. Der sah gut aus, kam aus klasse Familienverhältnissen und war wie Gustav Gans vom Glück verfolgt. Ich habe ihn von der ersten Minute an gehasst, und die Story, die man uns über Verenas Verschwinden aufgetischt hat, habe ich eh nie geglaubt. Zu Recht, wie ich jetzt weiß."

Paulas Unbehagen wuchs. Was sie jetzt brauchte, war mehr Zeit.

„Was ist damals wirklich passiert?", fragte sie ausweichend, während sie fieberhaft zu überlegen begann, wie sie aus ihrer misslichen Lage herauskommen konnte.

„Verena beschloss, nach Stockholm zu ziehen", erklärte Petersen weiter. „Ein paar *Freunde* boten ihre Hilfe beim Umzug an, und nachdem sie Münster vor zwei Jahren verlassen hatten, verlor sich bis vor kurzem ihre Spur. Irgendwann stieß ich auf meine alte gute Jelena Modritz. Bis zu dem Tag, wo dein David zum ersten Mal bei ihr aufkreuzte, hätte ich nie gedacht, dass sie den Schlüssel zu Verenas Verschwinden besitzt."

„Wie hast du es erfahren?"

„Diese Gespräche, die dein David mit ihr geführt hat. Er hat sie doch aufgezeichnet. Gott sei Dank." Petersen lächelte dankbar. „Und dann war er so blöd und hat sie mir vorgespielt."

„Aber woher wusste Jelena …?"

„Sie wohnte zu jener Zeit neben Verena und hat das Umzugtreiben beobachtet. Wahrscheinlich hat sie da sogar schon geahnt, dass David, der beim Umzug half, ihr eigener Sohn ist, den sie

Jahre nicht mehr gesehen hatte. Na, ja, und nachdem ich deinen Mann kennen gelernt hatte, war es ein leichtes, eins und eins zusammenzuzählen. Gustav, sein Sohn Karl, Oliver, Simon, alles alte Heimkollegen. Aber ich war mir nicht hundertprozentig sicher und außerdem hatte ich sie jahrelang nicht mehr gesehen. Von daher wusste ich nicht, wie ich an sie herankommen sollte. Also hab ich deinen David unter Druck gesetzt."

„Er sollte dir helfen, damit du sie findest."

Petersen nickte. „Genau. Jelena hat den Umzug mitgefilmt. Die ging immer auf Nummer sicher, und so`n paar alte Knacker mit einem jungen Mädchen … das war ihr nicht koscher. Also hat sie ihre alte Kamera rausgeholt und laufen lassen. Unscharf, aber im Nachhinein faszinierend. Ich hab den Film später in ihrem Schrank gefunden, neben den Briefen von Simon und Oliver. Dann hat sie ihn aber wohl deinem Mann gegeben, denn als ich später danach gesucht habe, war er weg."

„Hat sie dir gesagt, wer beim Umzug mit dabei war?"

„In dem Punkt war sie wenig kooperativ." Erneut ein frostiges Grinsen. „David wollte mir auch nicht helfen, obwohl er inzwischen den Film von Jelena bekommen hatte. Kann sogar sein, dass er damit die anderen erpresst hat."

„David hatte den Film?", hakte Paula irritiert nach.

Petersen nickte. „Als ich ihn darauf ansprach, war er sehr ungehalten. Dabei wollte ich nur wissen, wer auf dem Film zu sehen war. Gewissheit haben, dass es die drei waren, die ich im Auge hatte. Als er aber dann sogar von der Polizei sprach, musste ich das verhindern und hab seinen kleinen Unfall inszeniert."

„Du warst das?"

„Ja, alles ich. Der Unfall, seine Schlüssel …"

„Das Unkraut im Rosenbeet, der Tee auf dem Wohnzimmertisch …", ergänzte Paula unmerklich.

Petersen zuckte verteidigend die Schultern. „Ich hab nur versucht, deinen David in deinem Leben zu ersetzen, damit du ihn vergisst. Deshalb hab ich alles, was dich an ihn erinnert, gelöscht. Auch diese Datei auf deinem Notebook."

„Und dann hast du dich neben mich gelegt."

„Stimmt."

„Warum hast du das gemacht?"

„Weil ich wissen wollte, wie sich das anfühlt", erklärte Petersen sachte. „Neben dir zu liegen, dich beim Schlafen zu beobachten, zu überlegen, wovon du wohl träumst. Ehrlich gesagt, ich hab mich direkt in dich verliebt, als ich dir zum ersten Mal begegnet bin. Ich bin irgendwann David zu eurem Haus gefolgt, und da habe ich dich gesehen."

Die Übelkeit nahm wieder zu. Paulas Atmung wurde schneller, als sie merkte, wie ihr Herz zu rasen begann.

„Und Vicky?", fragte sie angewidert. „Wolltest du da auch wissen, wie sich das anfühlt, wenn sie sich wehtut?"

„Das war nicht gewollt. Ich mag deine Tochter, Paula, keine Frage. Ich wollte nur mit ihr spielen, da du in den letzten Tagen kaum noch Zeit für sie hattest. Ich würde ihr nie etwas antun, das musst du mir glauben."

„Muss ich das?" Paula versuchte sich zusammenzureißen. Sie hatte keine Lust mehr, irgendwem irgendetwas zu glauben. Am allerwenigsten einem Mann, der sie entführt und geistig missbraucht zu haben schien. „Du hast mich benutzt …"

„Ja."

„Ich hab dir die Personen besorgt, die deine Schwester auf dem Gewissen haben sollen …"

„Stimmt."

„Du hast meine Tochter am Telefon gequält und mich nach Schweden entführt …“

„Ging leider nicht anders.“

„Und was willst du jetzt noch von mir?“

„Du wirst mir helfen, meinen Kreuzzug zu Ende zu führen“, vollendete Petersen Paulas Gedanken. „Heute Gustav Lund und morgen früh den Geschichtsprofessor. Du weißt, wo sie wohnen und wie sie inzwischen aussehen. Es ist ganz einfach. Wir gehen hin, du zeigst sie mir, und das war's für dich.“

Paula schüttelte den Kopf. Sie sah sich um, bevor sie einen Gedanken aussprach, von dem sie meinte, er würde ihr helfen.

„Schon mal überlegt“, murmelte sie und verschränkte die Arme vor der Brust, „dass ich deine Bitte ablehnen könnte?“

„Ja, das hab ich tatsächlich“, antwortete Petersen herb, bevor er die Wagentür öffnete. „Aber das wirst du nicht tun. Also, steig ein.“

Paula sah ihn perplex an und reagierte nicht auf seine Aufforderung.

„Was macht dich so sicher?“

Der Pfleger schnalzte mit der Zunge und leckte sich dann über die Lippen, während er auf die offene See starrte.

„Ich soll dich schön grüßen“, erklärte er nachdrücklich.

„Von wem?“

„Vicky. Sie meint auch, dass es besser ist, wenn du mir hilfst.“

„Wo …?“ Paula konnte ihre Frage nicht vollenden. Starr vor Schreck sah sie auf die Statur des Pflegers, während sich ihre Gefühle auf ein einziges reduzierten.

„Im Kindergarten. Davids Diktaphon ist schon eine feine Sache, wenn man die richtigen Stimmen damit aufnimmt. Ich glaube, sie hieß Maike."

„Du hast ...?"

Petersen nickte beiläufig. „Sie aufgenommen und deiner Tochter am Telefon vorgespielt. War eigentlich ganz leicht. Ich musste dieser Maike nur noch einreden, dass die Übernachtung gecancelt wurde. Aber sie war in dem Punkt sehr einsichtig. Genau wie du jetzt hoffentlich. Steig ein!"

Sein Ton war rauer geworden, doch noch immer rührte sich Paula nicht vom Fleck.

„Wo ist Vicky?", fragte sie eindringlich.

Petersens Blick war unnahbar. Er hob die Augenbrauen, wies mit der Hand auf die geöffnete Hintertür des Wagens und zuckte dann seine Schultern.

„Wenn du wissen willst, wo sie ist, dann zeig mir vorher das, was ich will", antwortete er lapidar. „Eine Hand wäscht die andere."

„Wo ist meine Tochter", wiederholte Paula eindringlich und biss sich auf die rissigen Lippen, die zu brennen begannen.

„An einem sicheren Ort." Petersen sah auf seine Armbanduhr. „Aber du solltest dich beeilen. In etwa vierundzwanzig Stunden ist der Ort nicht mehr ganz so sicher für sie."

„Und David?", hauchte Paula fahrig. Die Welt um sie herum schien mit einem Mal zusammenzubrechen.

„Keine Sorge", gab der Pfleger diesmal grob zurück. „Er war der Mann im Auto, auch wenn ich die Spuren geschickt von ihm abgelenkt habe. Ich hab ihn einfach abgefangen und auf der Straße geblendet. Das Schwierigste war später nur die Stoßstange von dem Wagen. Aber ich musste sie abhaben, damit die Haare vom Reh nicht mit verbrannt wurden, als ich das Auto hochgejagt hab. War 'ne Heidenarbeit, aber das Ergebnis hat sich gelohnt. Die Bullen werden noch Wochen brauchen, bis sie mir auf die Schliche kommen. Also, David ist tot, das kann ich beschwören."

Paula unternahm einen letzten verzweifelten Versuch zur Gegenwehr, aber sie war zu schwach, und ihr heldenhafter Angriff endete mit einer derben Ohrfeige, ehe Petersen sie wieder auf den Rücksitz warf, auf dem sie sich schluchzend zusammenkauerte. Wenig später verließen sie die Klippen und fuhren nach Norden in Richtung Näsum.

XVI.

Lanvers knallte die Faust auf den Tisch und rieb sich danach seine müden Augen. Seit einer Stunde saß er im Verhörraum des Reviers und lauschte der Geschichte dieser beiden älteren Herren, die sich als Oliver Stolle und Gustav Lund vorgestellt hatten. Demnach gaben sie zu, mit dem Verschwinden der Studentin Verena Pohlmann zu tun zu haben. Er hatte sich die alte Akte und die Faxe aus Schweden besorgt. Jedes ihrer Details stimmte, nur wer hinter dem Kidnapping von Paula Leander und ihrer Tochter steckte, konnten sie nicht beantworten. Es war wie verhext.

Er sah auf die Uhr des Vernehmungszimmers und stöhnte. Zehn vor neun am frühen Morgen. Die Nacht war mehr als kurz gewesen.

„Also“, begann er ein weiteres Mal. „Sie haben mir die komplette Story dieser Frau Pohlmann erzählt. Der Umzugswagen, den man in Schweden gefunden hat und den Sie, Herr Lund, zwei Jahre in ihrer Garage versteckt haben.“

Lund nickte schuldbewusst.

„Die Verbindung der jungen Frau zu Ihnen als ihr Mentor.“

Diesmal bejahte Oliver Stolle.

„Und der angebliche Unfall, den Ihr Sohn Karl nicht verhindern konnte, Herr Lund.“

„Er hat mit ihrem Tod nichts zu tun, Herr Lanvers“, bemerkte Lund mit heiserer Stimme. Lanvers winkte ab.

„Damit sollen sich andere befassen“, entschied er müde. „Mir geht es allein darum, diesen Leander-Entführungsfall aufzuklären. Sie können sich also alle beide nicht vorstellen, wer dahinter steckt?“

Fast synchron schüttelten die Männer vor ihm die Köpfe.

„Schon seltsam, finden Sie nicht?“

„Vielleicht hat David Leander seinen Unfall doch überlebt, und jetzt sind alle drei geflohen“, versuchte Stolle eine Erklärung.

„Ohne Gepäck?“ Der Hauptkommissar verzog das Gesicht. „Wohl eher ungewöhnlich. Nein, es muss eine weitere Person geben, die Ihnen allen nicht wohl gesonnen ist. Sie haben mir ja selber gesagt, dass Ihr Freund Simon Fechtner tot sei.“

„Das hat uns zumindest seine Frau am Telefon erzählt.“

„Ich werde das überprüfen, Herr Lund.“ Lanvers bog seinen Oberkörper gerade und stützte ihn dann mit den Ellenbogen auf der Tischplatte ab. „Ich schlage vor, wir nehmen uns alle eine Mütze voll Schlaf und warten auf den Anruf des Entführers. Normalerweise wollen die mit so einer Sache etwas erwirken.“

„Sie wollen einfach nur abwarten?“

„Haben Sie einen besseren Vorschlag, Herr Stolle? Dann raus mit der Sprache, ich bin für alles offen.“

Lund hatte etwas anderes auf dem Herzen. „Haben Sie schon mit den Eltern von Verena Kontakt aufgenommen?“

„Nein. Solange Sie mir nicht sagen, wo die Leiche ihrer Tochter steckt, werde ich das auch nicht machen. Sie beide haben um Zwölf einen Termin beim Haftrichter. Überlegen Sie sich bis dahin, ob Sie kooperieren und uns den Tatort mitteilen wollen. Wenn nicht, behalte ich Sie länger hier. Ich schätze ohnehin, dass meine schwedischen Kollegen noch einige Fragen an Sie haben. Also, wie sieht’s aus? Kooperation?“

Lund und Stolle wechselten einen Blick. Fast unmerklich schien der Geschichtsprofessor den Kopf zu neigen.

„Auf Ihren Staatsanwaltfreund brauchen Sie übrigens nicht zu warten", fügte Lanvers hinzu.

„Ich …", begann Gustav Lund, stockte und begann dann von neuem: „Mein Sohn Karl und Verena hatten zusammen die Idee, ihr Studium in Stockholm zu beenden. Sie wollte aus Deutschland verschwinden, und zwar so schnell, wie nur möglich."

„Aha. Und warum?"

„Sie hatte einen heimlichen Verehrer." Lund stutzte und berichtigte sich lächelnd: „Ach, was sag ich, es war wohl eher ein unheimlicher *Verehrer*. Sie hatte regelrecht Todesangst vor ihm."

„Wie das?"

„Er hat ihr nachgestellt, im Neudeutschen gebraucht man jetzt wohl den Begriff stalker dafür."

„Das ging soweit", fuhr Stolle fort, „dass er sogar vor meinem Studiensaal auf sie gewartet hat und sie genötigt hat, alles zu tun, was er von ihr wollte."

„Sie war ihm hörig", übernahm Lund wieder den Gesprächsfaden. „In allen Belangen. Sogar sexuell, soweit ich das weiß. Der Typ hat sie nicht aus den Augen gelassen, bis sie meinen Sohn kennen gelernt hat. Aber anstatt es ab da besser wurde, bekam sie die Hölle auf Erden, als sie sich mit Karl einließ. Selbst für ihn wurde es lebensgefährlich."

„Warum hat niemand von Ihnen die Polizei eingeschaltet, Herr Lund?", hakte Lanvers interessiert nach.

„Weil es nicht ging. Die beiden haben sich nicht getraut."

„Sie kamen mit dem Problem zu mir", gestand Stolle nach einer Weile. „Als Verenas Mentor habe ich eine gewisse Schutzfunktion für meine Studenten zu übernehmen. In diesem extremen Fall, in dem mir der Mann sogar gedroht hat, mir etwas anzutun, wenn ich mich einmische, wollte ich mich nicht der Polizei offenbaren. Ich wandte mich daher an Gustav und Simon."

„Und dann kamen Sie auf die Idee mit dem Umzug?"

Stolle nickte beklommen.

„Der Mann ist ein Psychopath", bemerkte Lund nachdrücklich. „Dem ist alles zuzutrauen."

„Wo ist der Mann jetzt?"

„Das wissen wir nicht, Herr Lanvers."

Lanvers verzog das Gesicht, lehnte sich in seinem Stuhl zurück und verschränkte die Arme vor der Brust. Hämisch grinsend hob er eine Augenbraue.

„Und das soll ich Ihnen glauben?", sagte er zweifelnd.

„Na, ja", gestand da Stolle zögernd. „Ich habe ihn letztens getroffen. Er arbeitet wohl inzwischen als Pfleger in einem Altenheim."

Lanvers miese Bauchgefühle wurden stärker, als er das Wort hörte.

Näsum wirkte wie ausgestorben, als Petersen seinen Wagen auf dem kleinen Platz vor der Kirche parkte. Er hatte keine Ahnung, wo Gustav Lund mit seiner Familie wohnte, daher hoffte er, dass Paula ihm weiterhalf. Aber die war seit ihrem Gespräch auf der Klippe in eine Art Starre verfallen, aus der sie bisher nicht aufgewacht war oder aufwachen wollte.

Der Pfleger würgte den Wagen ab, bevor er sich zu ihr umwandte.

„Und jetzt?", fragte er streng.

Paula reagierte noch immer nicht.

„Hör mal“, Petersen änderte seine Taktik, „wenn du deiner Tochter helfen willst, solltest du kooperieren. Das hab ich dir vorhin schon gesagt. Die Zeit läuft gegen sie, falls dir das nicht bewusst ist.“

Paula zuckte zusammen. Ohne den Mann anzusehen, richtete sie eine Frage an ihn.

„Wo ist Vicky?“

„Ich werde den Teufel tun und es dir sagen, bevor ich hier fertig bin“, antwortete Petersen unfreundlich. „Es ist jetzt gleich neun. Ich schätze mal, Gustav ist noch zuhause. Also, wir könnten um zehn fertig sein und zurück nach Deutschland fahren. Wenn da auch alles glatt geht, hast du heute Abend deine Tochter wieder.“

„Wo ist sie?“ Diesmal hatte Paula den Kopf angehoben und starrte Petersen feindselig in die Augen.

„Hörst du mir eigentlich nicht zu?“, wich er ihrer Frage aus.

„Ich weiß nicht, wo sie wohnen!“, fuhr ihn Paula entnervt an. „Ich war nie in dem Haus der Lunds.“

„Willst du mich auf den Arm nehmen?“, unterbrach Petersen sie erbost. „Ich weiß, dass du sie hier in Schweden besucht hast. Zum letzten Mal, wo wohnen sie?!“

„Ich war nur unten in ihrer Hütte am See“, verteidigte sich Paula genervt.

Petersen stutzte. „Sie haben eine Hütte am See? Ist das weit von hier?“

„Nein.“

„Und du kennst den Weg?“

Paula nickte beklommen.

„Gut“, entschied Petersen, „dann fahren wir jetzt dahin. Ich könnte mir vorstellen, dass wir vielleicht dort eher fündig werden."

Er startete den Motor seines Wagens und fuhr langsam los, hinaus aus Näsum.

Eine Viertelstunde später hatte er mit Paulas Hilfe das schmale Anwesen am Ivosjön erreicht. Nachdem er seinen Wagen kurz vor Erreichen der Hütte am Seitenstreifen des Zufahrtsweges geparkt hatte, warf er einen vorsichtigen Blick auf das Holzhaus. Leises Wellengeplätscher drang durch die heruntergekurbelten Seitenscheiben des Fahrzeugs, ansonsten herrschte eine friedliche, fast gespenstische Ruhe.

„Ist das die Hütte?"

Paula sah Petersens Blick im Innenspiegel auf sich gerichtet. Sie nickte zaghaft. Was würde jetzt passieren? Seine Hand glitt zum Handschuhfach, aus dem er eine Pistole an sich nahm. Dann stieg er aus und riss Paula wenig später unsanft aus dem Heck des Wagens. Vorsichtig schob er sie vor sich her auf das Blockhaus zu. Die Wellengeräusche wurden lauter. Kurz bevor sie die Terrasse erreicht hatten, öffnete sich die Tür und Marie Lund erschien, einen erstaunten Ausdruck auf ihrem Gesicht.

„Paula? Ich hatte mir schon Sorgen gemacht, als unser Telefonat so abrupt ...", begann sie erfreut, ehe sie einen besorgten Blich auf Hans Petersen warf.

„Sind Sie Frau Lund?", polterte der Pfleger los, als sie ins Stocken geriet.

Kaum dass sie mit „Ja" antworten konnte, wurde sie von Petersen zurück ins Haus gestoßen und landete unsanft an der hinteren Flurwand. Gleichzeitig drängte er Paula zu ihr, bevor er hinter sich die Holztür schloss. Marie Lund wollte bereits anfangen, sich zu beschweren, als sie die Waffe in Petersens Hand bemerkte.

„Was wollen Sie?“, fragte sie leise und wandte sich, als Petersen zunächst nichts sagte, sondern mit frostigem Blick die angrenzenden Räume musterte, an Paula.

„Was will er?“

„Gustav“, antwortete Paula mit rauer Stimme.

„Wo ist er?“, unterbrach sie Petersen aggressiv. Seine Haltung war nicht eben dazu angetan, ihm Lügen aufzutischen.

„Draußen“, antwortete Marie Lund patzig.

Petersen sah durch das Wohnzimmerfenster hinaus auf den Ivosjön.

„Ein weitläufiger Begriff“, sagte er säuerlich. „Geht’s auch etwas präziser?“

„Wen suchen Sie denn überhaupt?“

„Deinen blöden Mann Gustav.“

„Der ist nicht hier.“

Petersen starrte sie perplex an. Dann richtete er mit einer schnellen Bewegung die Mündung der Pistole an ihren Hals.

„Mir ist nicht nach Scherzen, Engelchen!“, erklärte er drohend. „Wo ist dein Mann?“

„In Deutschland“, antwortete Marie gedämpft. „Er wollte einen Freund besuchen. Ich habe schon versucht, ihn anzurufen, aber er ist nicht erreichbar.“

„Und wen meintest du dann mit *draußen?* Wer ist noch hier, außer dir?“

„Mein Sohn Karl.“

Petersens Gesichtsausdruck wechselte in ein Unheil verkündendes Grinsen.

„Das ist ja noch besser“, bemerkte er finster. „Der Supermann persönlich. Da bin ich ja mal gespannt, was er über Verenas Verschwinden zu sagen hat."

„Er weiß nichts", antwortete Marie Lund schnell, bekam dafür aber den Stahl tiefer in die Haut gedrückt.

„Ich hab dich nicht nach deiner Meinung gefragt", zischte Petersen drohend. „Also, halt die Klappe, bis ich dir was anderes sage. Vorwärts, ins Zimmer da."

Petersen drängte die beiden Frauen ins angrenzende Wohnzimmer. Nachdem er sie aufs Sofa platziert hatte, trat er ans Fenster und sah hinaus. In einiger Entfernung tuckerte ein Boot über den sich kräuselnden See. Ansonsten schien es ruhig vor der Hütte zu sein.

„Wer ist der Mann?", fragte Marie leise und deutete mit einer Kopfbewegung auf Petersen.

„Verenas Stiefbruder", antwortete Paula ebenso gedämpft.

Marie sah ihr überrascht ins Gesicht, und obschon ihre Stimme fast nicht zu verstehen war, konnte Paula an der Lippenbewegung ablesen, dass sie nach dem Grund seines Überfalls fragte. Was sollte sie antworten?

Endlich gab sie sich einen Ruck und sprach in normaler Lautstärke: „Er hat meine Tochter, und wenn wir nicht das machen, was er verlangt, wird er ihr etwas Schreckliches antun."

Marie legte erschrocken die Hände vor den Mund und wandte sich zu Petersen um. Der Pfleger stand noch immer im Halbschatten des Fensters und blickte weiterhin unverwandt auf den See.

„Betrachte es einfach als Spiel", sagte er beiläufig. „Dein Sohn gegen das Leben der Kleinen. Ist doch ein fairer Tausch, oder?"

Sein Blick traf Marie Lund, und eindringlich hakte er nach:

„Oder?!“

„Mein Sohn Karl hat damals alles richtig gemacht.“

Petersen verzog das Gesicht.

„Und weil er alles richtig gemacht hat, musste Verena sterben?“, entgegnete er.

Marie Lund winkte energisch ab. „Sie war froh, dass Sie sie endlich in Ruhe ließen. Dass Sie keine Handhabe mehr hatten, ihr etwas zu tun.“

Petersen trat bedrohlich nahe an Marie heran, doch sie fuhr unbeirrt fort: „Sie waren doch so sehr mit sich beschäftigt, dass Sie Verena mit ihrer angeblichen Liebe irgendwann erdrückt und umgebracht hätten. Für Sie gab es doch nichts anderes mehr auf der Welt als Ihre Schwester.“

„Na, und?“, antwortete Petersen kalt. „Wer gibt euch das Recht, solch eine Liebe zu zerstören.“

„Das Recht hat sich Verena selber gegeben, als sie vor Ihnen davongelaufen ist.“

„Dein Sohn hat sie überredet, mit ihm abzuhauen. Sie sollte sich auf ihn einlassen, nur damit sein Ego befriedigt ist. Und was hatte sie davon? Den Tod hat es ihr gebracht!“

Der Pfleger hatte sich bei seinen Worten so in Rage geredet, dass sein Gesicht rot angelaufen war. Nervös fuchtelte er mit seiner Waffe vor den Köpfen der Frauen herum, dass Paula Angst bekam, sie könne losgehen. Marie Lund jedoch schien sich nicht einschüchtern lassen zu wollen und schüttelte den Kopf.

„Sie haben wohl gar nichts kapiert, was?“, fragte sie flüchtig und brachte Petersen damit erst recht in Wut. Und als sie noch hinzufügte: „Sind Sie eigentlich zu blöd dafür?“, war es um seine Ruhe geschehen.

Er packte Marie Lund an den Haaren und zog sie Richtung Terrassentür, die er weit offen stieß. Marie versuchte sich aus seinem Griff zu lösen, doch er war zu muskulös für sie. Paula zwang sich, ihnen zu folgen, doch erst am Ufer des Sees sollte es ihr gelingen, sie einzuholen.

„Wo ist der verdammte Kerl!?", herrschte Petersen die Schwedin an.

„In einem Boot auf dem Wasser", antwortete sie außer Atem. „Er kommt erst heute Nachmittag zurück."

„Das wäre nicht gut für Paulas Tochter", zischte Petersen drohend. „Aber er hat doch bestimmt ein Handy dabei, oder? Ruf ihn an und sag ihm, dass es hier um ein Kinderleben geht, wenn er nicht sofort auftaucht."

„Ich kann ihn nicht erreichen!"

„Sicher kannst du das!"

Paula blickte auf den See hinaus. Von einem Boot war weit und breit nichts zu sehen.

„Bitte, Marie", begann sie eindringlich, „tu, was er sagt. Es geht um das Leben von Vicky."

„Selbst, wenn ich wollte", keuchte Marie Lund aufgeregt, „er hat kein Handy. Ich weiß nicht, wo er steckt. Sie wollten rüber zur Insel, hat er nur gesagt. Verena und er haben dort Freunde, die sie besuchen wollen. Und jetzt lassen Sie mich endlich los!"

Überrascht löste Petersen den Griff und trat taumelnd einen Schritt von ihr weg.

„Verena?"

„Ja, Sie verdammter Mistkerl!", antwortete die Schwedin genervt. „Ich sollte es Ihnen eigentlich nicht sagen, aber ich tue es trotzdem: Ihre Stiefschwester lebt."

Petersen ließ die Waffe sinken. Fassungslos starrte er in Maries Gesicht und schüttelte ungläubig den Kopf.

„Du lügst."

„Nein", verteidigte sich Marie Lund. „Karl und sie leben seit zwei Jahren in Stockholm."

„Aber ... der Unfall?"

„Es hat nie einen gegeben. Kapieren Sie es endlich, Verena wollte von Ihnen loskommen. Sie wusste, selbst wenn sie mit meinem Sohn nach Stockholm zieht, würden Sie ihr nachspionieren und der Terror nie enden. Ich habe es auch erst vor kurzem erfahren, dass sie noch lebt. Es war der Plan meines Mannes."

„Verena lebt?"

Petersen sah Marie immer noch so ungläubig an, dass er Paula fast sogar leid tat. Aber inzwischen traute sie dem Mann alles zu. Es hieß, weiterhin auf der Hut vor ihm zu sein.

„Dann ist doch jetzt alles gut", entrang sie sich eine Bemerkung. „Dann kannst du mir doch sagen, wo Vicky ist und ..."

Sein Blick ließ sie verstummen.

„Glaubst du", gab er zurück, „wir sind hier auf einem verdammten Flohmarkt? Nimm dies, und du kriegst das dafür? Wir bleiben hier, bis ich sie gesehen habe. Erst dann bekommst du deine Tochter wieder. Ich bin ..."

Aus dem Hintergrund erklang eine resolute Stimme, die seine weiteren Ausführungen energisch unterbrach.

„Waffe runter!"

Paula drehte sich um. Vier Personen kamen langsam über den Strand auf sie zu, von denen sie zwei sogleich wieder erkannte: Hannah Söderberg und Ole Lindström. Sie hatten Waffen in der Hand. Hinter ihnen, halb verdeckt, stand ein junges Pärchen, von denen Paula annahm, dass es sich um Karl Lund und Verena Pohlmann handelte. Aber noch ehe sie eine Bestätigung für ihre Annahme bekam, unterbrach Petersen die bedrohliche Situation.

„Bleiben Sie stehen!“, rief er aufgebracht, und da ihm Paula inzwischen am nächsten stand, zog er sie mit einem kräftigen Ruck vor seinen Körper. Gleichzeitig fühlte sie die Mündung seiner Pistole am Kopf.

„Stehen bleiben, sag ich!“, wiederholte er energisch.

Die beiden schwedischen Polizisten hielten tatsächlich inne. Söderberg übernahm die Initiative.

„Das hat doch keinen Zweck, Herr Petersen.“

„Woher wissen Sie, wer ich bin?“

„Wir haben vorhin einen Anruf aus Deutschland bekommen“, erklärte Söderberg und zeigte dann auf die Personen hinter sich. „Und da die beiden gerade bei uns auf der Wache waren und uns alles erzählt haben, haben wir uns gedacht, dass Sie vielleicht hier sein könnten.“

„Pfiffig von Ihnen.“ Petersen lachte verächtlich. „Haben Sie auch schon überlegt, wie es weitergehen wird?“

„Ich hoffe auf Ihre Einsicht, dass Sie hier nicht mehr wegkommen.“

„Ach, wirklich?! Ich sag Ihnen, wie's weitergeht: Sie geben mir die Kleine da hinter Ihnen, und dann schauen Sie uns dabei zu, wie wir hier verschwinden.“

„Vergiss es!“, schaltete sich Verena aus dem Hintergrund ein und suchte dabei Schutz in den Armen von Karl Lund, der sie die ganze Zeit nicht losgelassen hatte.

„Verena, komm hierher zu mir!“, schrie Petersen aufgebracht. „Wir fahren zurück nach Deutschland! Ich werde für dich sorgen!“

„Das kenn ich schon!“ Sie ließ Karl los und trat hinter Söderberg. „Ich bin es leid, vor dir davonzulaufen, Hans. Ich gehör dir nicht. Sieh das endlich ein. Lass die Frau gehen. Mach nicht alles noch schlimmer.“

„Schlimmer?“ Petersen verzog das Gesicht. „Wie kannst du das sagen, gerade DU! Wir hatten so ein schönes Leben, du und ich, das war für die Ewigkeit.“

„Das war für’n Arsch!“, entgegnete Verena, mit einem Mal empört.

„Sag das nicht.“

„Ich sag noch mehr.“ Verena lief weiter und ließ sich auch von Ole Lindström, der sie am Arm zurückhalten wollte, nicht aufhalten. „Ich hasse dich! Ich habe dich seit meiner Geburt gehasst! Du hast in meinem Leben nichts mehr zu suchen! Zwei Jahre habe ich es ausgehalten, nicht mehr die zu sein, die ich bin. Ich wollte endlich ein neues Leben anfangen, aber die Furcht, dass du jederzeit auftauchen könntest, hat es mir nicht erlaubt. Ich musste mich verstecken, musste mit ansehen, wie meine Eltern gelitten haben, weil sie der Meinung waren, ich lebe nicht mehr. Die anderen haben für mich gelogen, weil sie mich schützen wollten. Ich habe eine neue Identität angenommen, aber jetzt ist Schluss mit dem Versteckspiel.“

Sie hatte ihren Stiefbruder fast erreicht, drei Schritte noch. Unverhofft streckte sie eine Hand nach ihm aus und fügte ruhiger hinzu:

„Lass es sein, Hans. Gib mir die Pistole und lass die Frau los. Sie hat dir nichts getan.“

Paula hoffte inständig, dass er es tun würde. Sie stöhnte unter seinem Griff, der ihr die Luft abschnürte. Fast meinte sie, seinen Herzschlag spüren zu können. Schnell und dröhnend und bedrohlich.

„Aufgeben?“

In seiner Stimme schwang eine Fassungslosigkeit, die ihr Angst machte. Verenas Augen jedoch schienen sich nicht von seinem Gesicht lösen zu wollen. Sie wirkte beherrscht, auch wenn Paula fühlte, dass sie am liebsten wieder davongelaufen wäre.

„Ja, gib auf“, bat die junge Frau inständig.

„Versuchst du mich zu verarschen, oder was?“

„Keiner will dich verarschen, Hans.“

Verenas ruhige Stimme klang so überzeugend, dass Paula bereits darauf hoffte, der Altenpfleger würde ihr seine Waffe geben. Doch noch schien er nicht bereit, es zu tun.

„Du willst mich also nie mehr wieder sehen?“

Sie nickte nur stumm, und mit hartem Gesichtsausdruck redete sie weiter auf ihn ein.

„Du willst doch sicher, dass keinem hier etwas passiert, oder?“

„Will ich das?“ Es klang nicht wie eine Frage, mehr wie eine Feststellung. Spöttisch fügte er dann noch hinzu: „Was willst du denn überhaupt, du bist doch schon tot.“

Seine letzten Worte bargen für Paula plötzlich eine Ahnung. Eine Warnung und zugleich ein Grauen vor dem, was jetzt folgen würde. Lähmung stieg in ihr auf, als Petersen sie losließ und wie in Zeitlupe von sich weg stieß. Für einen Moment schien es ihr, als solle sie ihn nicht loslassen, als könne sie das verhindern, was nun kommen würde. Instinktiv wehrte sie sich gegen seine Bewegung, sie von seinem Körper zu entfernen und diesen dadurch preiszugeben. Sie erhaschte einen Blick auf seinen Gesichtsausdruck, der starr und unbeweglich geworden war. Eine innere Stimme riet ihr, sich wieder vor ihn zu stellen um nicht zuzulassen, dass ES geschah. Doch er war stärker als sie und schien sich nicht aufhalten lassen zu wollen.

„Du bist doch schon tot“, wiederholte er seine Worte mit ruhiger aber intensiverer Stimme.

„Nicht …“, flüsterte Paula benommen.

Er sah sie kurz an, strich ihr mit einer flüchtigen Handbewegung über die Wange. Dann richtete er seine Waffe auf Verena.

„Du bist tot“, erklang seine Stimme ein letztes Mal, bevor ein Schuss die Stille durchdrang.

Petersen wankte, stolperte über den Strand, erhob erneut seine Pistole, als ein zweiter Schuss erklang. Paula schrie vor Entsetzen auf, als sie zusehen musste, wie ein Projektil fast, wie es ihr erschien, in Zeitlupe in seinen Körper einschlug und seine Brust zerfetzte. Es war aus, jetzt war alles aus, war ihr einziger Gedanke.

Vicky!

Der Mund des Pflegers hatte sich geöffnet. Er sah Paula bestürzt an, als wolle er sich bei ihr entschuldigen, weil er vergessen hatte, es ihr zu sagen. Aber er konnte es nicht mehr in Worte fassen. Noch bevor er den Boden erreichte, hatte sein Herz aufgehört zu schlagen.

XVII.

Sie hatten Vicky noch nicht gefunden. Keiner hatte eine Ahnung, wo man suchen sollte. Hans Petersen hatte über Jahre in einer kleinen Zwei-Zimmerwohnung im Schwesternwohnheim des Seniorenstiftes gelebt. Die Wohnung hatten sie gepflegt und sauber vorgefunden; mehr aber nicht. Auch von seinem Arbeitgeber Walter Behrendt war nicht viel mehr herauszubekommen, als das, was sie bisher wussten. Petersen war bei seiner Arbeit korrekt, pünktlich und zuverlässig. Aber darüber hinaus schien er kein Leben geführt zu haben, von dem irgendjemand Einzelheiten kannte. Ein Scheindasein, ein Leben ohne Knalleffekte, Freunde, Partys und Befriedigung. Wo also sollte man ansetzen, wenn man wusste, dass er irgendwo ein kleines Mädchen versteckt hatte?

Paula sah auf die Uhr der Polizeiwache in Sölvesborg. Kurz nach eins; der Mittag hatte gerade begonnen. Sie zählte erneut die Stunden und überlegte dabei mit Grauen, was der Mann ihrer Tochter angedacht hatte, wenn sie nicht pünktlich gefunden wurde.

Sie wirkte blass und abgespannt, als Hannah Söderberg mit einem Becher voll Kaffee zu ihr trat und sich neben sie setzte.

„Wie geht's?", fragte die Polizisten.

Paula nahm die Tasse entgegen.

„Wie man sich halt so fühlt", antwortete sie niedergeschlagen, „wenn man erfährt, dass ein Verrückter alles versucht hat, um so zu tun, als sei dein Mann von den Toten aufgewacht, er deine sechsjährige Tochter mit Anrufen unter Druck gesetzt, sie irgendwohin entführt hat und mich selber fast umgebracht hätte. Wie würde es dir da gehen?"

„Beschissen", antwortete Söderberg ernst.

„Da sind wir ja schon zu zweit." Paula blickte ihre Nachbarin an. „Hat man Vicky gefunden?"

„Noch nicht. Aber meine Kollegen in Deutschland arbeiten fieberhaft."

„Warum lässt du mich nicht nach Hause fahren?"

Söderberg hob eine Augenbraue.

„In deinem Zustand? Sicherlich nicht."

Erst jetzt fiel Paula auf, dass die junge Beamtin in legerer Privatkleidung neben ihr saß. Zudem hatte sie ihren Pferdeschwanz geöffnet und wirkte nun gar nicht mehr wie jene schroffe Polizistin, als die sie sie kennen gelernt hatte. Lächelnd reichte sie ihr ein Taschentuch und wies mit einem Finger auf Paulas Gesicht.

„Tut mir leid, aber ich musste schießen", erklärte sie sich rechtfertigend.

Paula wischte sich mit dem Taschentuch über die Stelle des Gesichtes, auf die Hannah gezeigt hatte. Eine Blutkruste löste sich und blieb im Tuch hängen. Ein Rest von Hans Petersen.

„Schon gut", sagte sie einsilbig. „Vielleicht hätte er sonst Verena erschossen."

„Nicht nur vielleicht. Er schien wie besessen. Was hat er dir erzählt, als du oben auf den Klippen mit ihm allein warst?"

„Nicht viel." Paula hob schuldbewusst die Schultern. „Wie du schon gesagt hast, er war wie besessen. Er hat mir irgendetwas gespritzt, um mich über die Grenze zu bringen. Als ich wach wurde, waren wir schon in Sölvesborg, und, ehrlich gesagt, das Mittel hat mich noch eine halbe Stunde später ziemlich umgehauen."

„Aha. Na ja, hätte ja sein können …"

Söderberg blickte über den langen Flur des Reviers. Sie kannte die Story eigentlich zur Genüge; Paula hatte sie dreimal wiederholen müssen, und selbst in der dritten Version gab es keine neuen oder abweichenden Erkenntnisse. Petersen war enorm zielstrebig vorgegangen. Simon Fechtners Tod hatte man inzwischen von der Kriminalpolizei aus Dortmund bestätig bekommen. Auch ging die Staatsanwaltschaft in Münster seit dem späten Morgen davon aus, dass Paulas Mann David ebenfalls ein Opfer von Petersen wurde. Die Ermittlungen würden sich allerdings hinziehen, aber zumindest wurde der Fall neu aufgerollt und daher wohl lückenlos geklärt werden. Was jetzt noch fehlte, war Vicky, was sich, laut der Kripo in Gestalt von Theo Lanvers, allerdings ebenso hinziehen konnte. Es würde wohl eher ein Zufallsfund werden, hatte Lanvers gegenüber Hannah Söderberg sachlich trocken betont. Auch sie selber war der Meinung, dass Vicky bis zur Nacht nicht wiederauftauchen würde. Aber sollte sie das der Frau neben ihr sagen? Sicher nicht.

„Ich kann doch sein Auto nehmen", bot Paula an. „In ein paar Stunden wäre ich wieder zu Hause und …"

„Ich kann dich so nicht fahren lassen", unterbrach sie Hannah Söderberg eindringlich. „Stell dir nur vor, man findet deine Tochter, während du fährst, und in der Zwischenzeit hast du einen Unfall."

„Das hatten wir schon mal", ergänzte ihre Nachbarin zurückhaltend.

„Eben." Die Polizistin beugte sich zu Paula und ergriff ihre Hand. „Glaubst du, deine Tochter verkraftet noch einen solchen Verlust? Und davon abgesehen, das Auto von dem Mann wird gerade auf einen Transporter verladen. Es gibt eine Anfrage aus Deutschland, wonach sich jemand gemeldet hat, der den Wagen für sich beansprucht."

Paula horchte auf.

„Hat Petersen ihn gestohlen?"

„Nein, aber verkauft. Morgen früh sollte die Abgabe stattfinden, hat mein Kollege mitgeteilt. Daher lassen wir ihn gerade von einem Abschleppdienst aus Deutschland abholen."

„Er sollte verkauft werden? Morgen früh?"

Söderberg nickte.

„Wie spät?", hakte Paula nervös nach.

Hannah Söderberg verzog das Gesicht.

„Ich weiß nicht genau … jedenfalls morgen."

Paula sprang auf, achtete dabei nicht auf den Kaffee in ihrer Hand, der aus dem Becher schoss und auf dem Boden eine bräunliche Pfütze bildete.

„Habt ihr ihn untersucht?", erkundigte sie sich aufgebracht. „Den Wagen meine ich?"

Söderberg schüttelte perplex den Kopf.

„Nein, das war nicht notwendig. Wieso sollten wir?"

Paula überlegte fieberhaft. Morgen früh, vom Zeitpunkt her konnte es passen.

„Wo ist er jetzt?"

„Ich sagte doch, er wird soeben abgeholt", erwiderte die Beamtin abwehrend. „Was ist denn eigentlich los?"

„Er hat mir heute Morgen vierundzwanzig Stunden gegeben, bis Vicky etwas Schreckliches passiert", antwortete Paula erregt. „Wenn sie bis dahin nicht gefunden wird, ist es zu spät."

Söderberg sah auf die Kaffeepfütze. So langsam begriff sie.

Vielleicht war nicht nur Paula damit unerkannt über die Grenze gekommen, sondern auch …

Sie sprang ebenfalls auf.

„Komm …“, befahl sie hektisch. Danach verließen die beiden im Eilschritt das Revier.

Der Wagen war bereits weg, und auch von einem gelben Transporter aus Deutschland war nichts mehr zu sehen. Sie waren zu spät, trotz Blaulicht und überhöhter Geschwindigkeit. Jetzt hieß es, leidenschaftlich zu reagieren. In diesem Punkt war Hannah Söderberg allerdings ein Profi. Mit schnittigem Tempo verließen sie den Ivosjön und rasten in Richtung Autobahn. Noch von unterwegs aus informierte die Polizistin ihre Kollegen und teilte ihnen mit, dass sie per Funkverkehr oder Handy versuchen sollten, den LKW ausfindig zu machen und ihn zu stoppen. Minuten vergingen, in denen sie bis nach Kristianstad vordrangen. Dann endlich kam die erlösende Mitteilung, dass man den Transporter in der Nähe von Hörby, auf halbem Weg nach Malmö, geortet hatte. Als die beiden ihn endlich erreichten, war es später Nachmittag geworden.

Auf einem kleinen Parkplatz an der E22 hatte man ihn bereits abgeladen. Uniformierte Kollegen aus Ystad schirmten den Bereich ab, so dass niemand dem Wagen zu nahe kommen konnte. Zudem hatte sich ein Rettungsfahrzeug eingefunden, den Hannah zwar nicht bestellt hatte, ihr aber trotzdem recht gelegen kam. Sie parkte ihren Dienstwagen direkt daneben und sprang dann eiligst hinter Paula her, die sich bereits am Kofferraum von Petersens Auto zu schaffen machte.

Söderberg warf einen unruhigen Blick auf ihre Kollegen.

„Wer hat den Schlüssel?“

Ein untersetzter Mann in gelber Montur kam auf sie zu und reichte ihr den Zündschlüssel des Wagens.

„Da kommt ein ziemlich seltsames Piepen raus“, erklärte er dabei in schlechtem Englisch und wies auf den Kofferraumdeckel. „Hoffe nicht, dass uns das Ding gleich um die Ohren fliegt.“

Die Polizistin lauschte. Ein feiner, eindringlicher Piepton erklang aus dem Inneren. Noch während sie schwankte, ob sie den Deckel öffnen sollte, riss ihr Paula ungeduldig den Schlüssel aus der Hand und stieß den Kofferraum hastig auf. Inmitten eines Berges aus Kissen, umhüllt von einer Decke, lag Vicky und schlief. In ihrem kleinen Arm steckte eine Kanüle. Während Paula fast ungläubig das blasse Gesicht ihrer Tochter streichelte, durchtrennte einer der Sanitäter den Infusionsschlauch, über den dem Mädchen während der letzten Stunden kontinuierlich ein Schlafmittel zugeführt worden war. Dass sie bereits die Augen öffnete, als Paula sie vorsichtig aus dem Kofferraum hob, war dem Umstand zu verdanken, dass der Infusionsapparat schon vor einiger Zeit seinen Dienst beendet hatte und nun in regelmäßigen Abständen einen Warnton von sich gab.

Epilog

Es war eine sehr feierliche Messe geworden. Ole Johansson stand in vorderster Linie und hatte diesmal intensiv für seine Rolle als Thuriferar geübt. Noch einmal würde ihm das Missgeschick wie zu Ostern nicht passieren!

Die kleine Kapelle des Bosjöklosters war bis auf den letzten Sitz gefüllt und platzte fast aus den Nähten. Viele Gesichter waren dabei, die Ole persönlich kannte. Sie alle würden ihm dabei zusehen, wie er seine Aufgabe zelebrierte, und allein diese Tatsache gab ihm soviel Selbstvertrauen, dass einfach alles gut gehen *musste.* Wo andere vor Lampenfieber ihren Einsatz verpassten, wenn man ihnen auf die Finger sah, fing bei ihm die Konzentration an. Eine sehr brauchbare Eigenschaft, die er von seiner Mutter geerbt hatte.

Während der Predigt traf sein Blick zum wiederholten Mal die Gestalt des kleinen Mädchens in der ersten Bankreihe. Sie saß neben ihrer Mutter, schien aber gedanklich ganz woanders als hier im Kloster zu sein. Marie Lund hatte Ole einen Tag zuvor erzählt, dass die Mutter des Mädchens eine gute Freundin aus Deutschland sei, die für ein paar Tage Urlaub in Schonen machen würde. In Lunds Hütte hinten am Ivosjön. Ole hatte das Mädchen sehr freundlich begrüßt, als sie an diesem Tag in Begleitung ihrer Mutter in die Kapelle kam, aber sie hatte nur verlegen auf den Boden geschaut. Fast so, als habe sie Angst vor ihm.

Ein schrecklicher Gedanke, den er bisher nicht losgeworden war. Er lenkte ihn ab; zwar nur unbewusst, aber zunehmend, je näher er seinem Einsatz während der Wandlung kam.

Marie hatte ihm kurz die Geschichte über die beiden aus Tyskland erzählt. In seiner spontanen Fürsorglichkeit ging ihm seitdem der Gedanke nicht mehr aus dem Kopf, wie man sich fühlen mochte, wenn der Vater getötet und man selber ebenfalls fast umgekommen wäre. Er hatte da so einiges in der Zeitung gelesen und am Fernsehen geschaut.

Aber wie fühlte es sich tatsächlich an? Wenn man zum Beispiel nicht mehr den Duft von Weihrauch riechen konnte? Oder einen Eichelhäher beobachten, wenn er dicht vor einem auf dem Waldboden nach Nahrung suchte? Oder einen der Priester strafend ansah, wenn man zu spät mit dem Weihrauchbehälter zu ihm ging?!

Als das kleine Mädchen über sein Missgeschick laut zu lachen begann, wusste er, dass er es wieder einmal versemmelt hatte! Und als er endlich reagierte und dem Pfarrer das Weihrauchgefäß übergab, erhaschte er im Augenwinkel einen Blick auf das Gesicht der Mutter. Sie wirkte, als sähe sie ihre Tochter zum ersten Mal seit Monaten wieder fröhlich lachen.

Dass dem tatsächlich so war, konnte Ole nicht wissen. Es hätte ihn ansonsten sehr stolz gemacht.

Tiefe Wunden

Ein Steinfurter Kripo-Krimi

Eine Bunkerleiche, ein missglückter Einsatz und ein dezimiertes Team; Heinz Bauer steht am Anfang des wohl schwersten Falles in seiner Karriere als Kriminalbeamter. Nicht genug der Hiobsbotschaften versuchen höhere Stellen, die Arbeit seiner Abteilung mit allen Mitteln zu unterbinden und eine Auflösung zu verhindern. Eine Tatsache, die Bauer übel aufstößt, zumal es immer mehr den Anschein hat, als seien zwei unterschiedliche Fälle eng miteinander verwoben.

Bauer und seine Mitarbeiter lassen sich jedoch nicht beirren und ermitteln weiter. Und schon bald haben sie das Gefühl, auf ein Wespennest gestoßen zu sein, das man besser hätte in Ruhe lassen sollen!

€ 9,90 · 216 Seiten · ISBN: 978-3-939172-07-9

In Requiem Pace

Ein Steinfurter Kripo-Krimi

Kommissar Bauers zweiter Mordfall bringt ihn und sein Team mit dem seltsamen Leben und Sterben eines Mönches zusammen. Hinter den dicken Mauern der Abtei Buchenberg leben nur noch wenige Mönche im Geist ihrer Ordensgemeinschaft. Jäh wird die Ruhe des Klosters unterbrochen, als einer ihrer Patres eines unnatürlichen Todes stirbt. War er wirklich Mönch und Familienvater zugleich? Wie passt die verwirrende Vergangenheit in das Leben des Ordensbruders Albertus?

Stück für Stück entwirrt sich der Fall und wird gleichzeitig zu einem Wettlauf mit der Zeit. Denn der Mönch soll nicht das letzte Opfer in einem erschütternden Drama gewesen sein, das seinen Anfang vor vielen Jahren an einem ganz anderen Ort nahm.

Jenseits der Schwelle

Ein Steinfurter Kripo-Krimi

Der Mord an einem Laienschauspieler gibt der neu gegründeten Mordkommission um Hauptkommissar Heinz Bauer Rätsel auf. Scheint es zunächst die Tat eines betrogenen Ehemannes zu sein, so weisen im Verlauf der Ermittlungen immer mehr Indizien darauf hin, dass der Ex-Physiker aus Gründen sterben musste, hinter denen sich eine teuflisch geplante Katastrophe verbirgt. Diese könnte mit einem bevorstehenden Castor-Transport zu tun haben.

Während sich die schreckliche Wahrheit nur langsam entblättert und die Kripobeamten immer mehr unter den Druck der allzu neugierigen Presse geraten, schlägt der Mörder erneut zu.

€ 9,90 · 216 Seiten · ISBN: 978-3-939172-09-3

Unter den Eichen

Die Chance ihres Lebens, bei Ausgrabungen eines sächsischen Fürstengrabes in der Nähe von Horstmar dabei zu sein, endet für eine junge Archäologie-Studentin mit einem tödlichen Autounfall.
War es wirklich ein Unfall? Was hat es mit dem grünlichen Licht auf sich, das Augenzeugen kurz vor dem Unfall um ihren Wagen herum gesehen haben wollen? Hat es mit den Ausgrabungen zu tun? Liegt ein uralter Fluch über dem Grab, wie einige behaupten?
Mit Hilfe des jungen Polizisten Christoph Böhler sucht sie nach der Wahrheit, die in dem Fürstengrab zu liegen scheint. Und sie stößt auf mehr als nur den Fluch.

€ 9,90 · 250 Seiten · ISBN: 978-3-939172-08-6